인간이고 싶다

인간이고 싶다

초판 1쇄 인쇄 2009년 11월 06일
초판 1쇄 발행 2009년 11월 13일

지은이 | 김혜숙
펴낸이 | 손형국
펴낸곳 | (주)에세이퍼블리싱
출판등록 | 2004. 12. 1(제315-2008-022호)
주소 | 157-857 서울특별시 강서구 방화3동 822-1 화이트하우스 2층
홈페이지 | www.essay.co.kr
전화번호 | (02)3159-9638~40
팩스 | (02)3159-9637

ISBN 978-89-6023-283-9 03810

인간이고
싶다

김혜숙 지음

ESSAY

추천사

황장엽

전 북한노동당 비서

세습적 방법으로 인민의 정권을 횡령한 것은 최악의 민족 반역적 범죄이다. 부당한 방법으로 차지한 지위는 부당한 방법으로서만 유지할 수 있는 법. 김정일은 폭력과 기만의 방법으로 얻은 통치자의 지위를 유지하기 위하여 인간을 짐승으로 만들어놓고 짐승을 지배하는 방법에 매달렸다. 동물의 왕은 역시 야수 이외의 다른 것으로 될 수 없다.

김정일의 야수적 정치를 반대하여 탈북한 우리들은 뼈에 사무치는 수령 독재의 비인간성을 폭로하고 고발할 사명을 지녔지만 그동안 능력이 염원을 따라가지 못하는 고민에서 벗어날 수 없었다.

그러나 이번에 김혜숙 동지의 작품을 읽어보고 드디어 우리의 원한을 풀어 줄 수 있는 탁월한 인재가 출현하였다는 기쁨과 함께 승리의 신심으로 용기백배하는 고무를 받게 되었다.

김혜숙 동지의 작품은 수령 독재가 빚어낸 천인공노할 만행과 시련을 이겨낸 인민의 양심의 승리의 역사적 서사시이다. 그것은 김정일 독재의 비인간성과 반인민성을 가장 진실하게, 가장 양심적으로, 가장 생동한 예술적 화폭으로 실증하여주는 불멸의 명작이다.

우리는 이 책에서 백전백승의 정신적 무기를 받아 안게 되며 높은 민족적 긍지를 가지게 된다. 친애하는 김혜숙 동지에게 최대의 경의와 감사를 드린다.

황장엽 *황장엽*

박선규

청와대 1대변인

만 20년 3개월의 기자생활을 하는 동안 '현장기자'로 수많은 사람들과 만나고 헤어졌습니다. 치열한 전투가 벌어지던 걸프지역과 소말리아, 수단, 유고 등의 분쟁지역에서 엄습하는 공포와 숨소리조차 죽여야 했던 혹한의 두만강 변에서….

그렇게 만난 사람들 가운데는 아직도 그때의 연을 놓지 못하고 지금껏 만나는 사람들이 있습니다. 러시아와 중국의 넓은 대륙, 특히는 동북삼성을 유리걸식하며 민족의 사생아로 떠돌던 북한의 젊은이들입니다.

'따뜻한 남쪽나라'에 대한 일념으로 모든 것을 걸고 '눈물의 고향'을 떠난 그들에게 먹을 곳은 물론 당장 묵을 곳도, 마땅히 불러야 할 이름(명칭)조차 없었습니다.

힘겹게 숨어사는 처지에 신분이 드러나 공안에 체포되면 북한에 압송될 것이고 그럴 경우 죽게 될지도 모른다며 완강하게 취재를 거부하던 그 사람들의 침통했던 표정과 겁에 질린 목소리가 지금도 생생합니다.

"언제까지 이런 불안한 상태로 살 수 있는가. 문제를 풀 방법은 여론밖에 없다. 그 여론을 만드는데 내 모든 것을 걸겠다"고 설득 반, 협박 반의 시간을 일주일을 보낸 뒤에야 그들의 이야기를 담을 수 있었습니다.

1994년 3월, 그렇게 KBS 뉴스를 통해 '비참한 존재'를 드러낸 그들이 탈북자란 이름으로 하나, 둘 한국을 찾아오더니 이제 그 수가 1만 7천명에 이르고 있습니다.

그들 가운데는 교수도 있고 박사도 있으며 의사와 열정적인 사업가도 있고 때로는 눈물 많은 시인도 보입니다. 모든 것이 낯선 이 땅에서 과거를 딛고 멋지게 살아가는 그들의 모습을 볼 때마다 흐뭇하고 소중한 역할을 하게 될 것이라고 저는 믿고 있습니다.

며칠 전, 반갑게도 평양의 연극영화대학에서 문학수업을 받은 작가님이 책 한권을 들고 저를 찾아왔습니다. '하나의 물방울에 우주가 담긴다'는 말이 있듯이 놀라운 이야기가 빼곡히 담겨진 글에는 우리가 믿고 싶지 않은 사실들이 가장 진실하게 표현되었습니다. 북한 주민들과 탈북자들의 삶이 갈피갈피 새겨진 한 젊은이의 처절한 이야기는 결코 소홀히 할 수 없는 역사의 기록이었습니다.

대한민국의 많은 사람들이, 특히 시대의 아픔을 함께 하고자 하는 많은 젊은이들이 꼭 한번 읽어 봤으면 좋겠습니다.

박선규

추천사

이철민

탈북자동지회 이사

우리에게 아직은 초미의 문제로 남아 있는 이 땅의 수많은 디스포리아들 중에 탈북민이라는 시대의 사생아에게도 그를 감싸 안고 사랑해줄 수 있는 따뜻한 햇빛이 비쳐야 한다는 것을 현시대를 살아가는 우리들에게 피부로 와 닿게 하는 좋은 책입니다.

글을 읽는 내내 안타까움과 쓰면서 차마 가슴이 아파서 문장을 잇기가 힘드셨을 작가의 심정이 느껴졌습니다.

개인적으로 하나의 '작품'이라고 하면 가벼운 표현 같고, 그 이상의 사실과 증언, 역사, 그리고 비슷한 아픔을 경험한 동일 탈북자 다수의 생각을 대변도 하는 가장 소중하고 비싼 최고의 '작품'이 아닐까 생각합니다.

개인적인 체험과 뼈아픈 느낌을 그림을 보는 듯 생동하게 그려내어 이 시대의 또 하나의 걸작을 장편의 글로 완성하신 '미소천사'님께 존경과 격려를 드리고 싶습니다. 아울러 자라나는 새 시대 청년들과 이 시대를 함께 하는 수난 당하는 탈북자들의 인권의 절박함을 알고자 하시는 진실된 동시대인들에게 이 책을 추천해 드리고 싶습니다.

추천사

김성민
자유북한방송 대표

평양출신인 저자 김혜숙은 1998년에 북한을 탈출하여 두만강을 건너 중국으로 탈북하여 수년을 타향에서 고생하다가 강제 송환된 뒤 2007년 재 탈북에 성공하여 대한민국에서 생활하고 있는 탈북여성이다.

북한의 수도라고 하는 평양에서 유년시절을 보낸 저자는 북한의 대표적 대중문학공모전인 '청소년백두산상창작대회' 현상응모에 당선됨으로써 노동당 선전선동부의 작가후보군으로 등록되며 김정일의 지시에 의해 평양연극영화대학 창작학과에 입학하게 된다.

평양영화대학은 연극과 영화 인력을 전문적으로 양성하는 북한의 대표적 인재교육 기관으로 다수의 졸업생들이 주요 영화인으로 활동하고 있으며 드라마와 시나리오 작가들도 이곳에서 배출된다.

대학을 졸업한 그가 처음 배치 받은 곳은 조선중앙방송위원회의 창작부서. 하지만 그녀는 사랑이라는 삶에 기대어 북한에서도 심심산골이라 불리는 함경북도의 깊은 오지마을을 찾아 떠난다.

그리고 그곳에서 평소엔 생각지도 못했던 삶의 고뇌와 사랑의 유희, 인생의 희로애락을 맛보게 된다. 이제 소설의 주인공은 북한과 일본, 중국과 북한이 연계된 인생의 먼 길을 방황하게 되며 삶의 순간순간마다 나도 인간임을 외치고 있다.

그 때문에 그의 자전적 소설 「인간이고 싶다」에는 두 체제 두 문화를 경험한 인간의 고뇌와 다중적 정체성, 동시에 고향에 대한 양가적 시각이 다분히 상충되어 있다.

인간의 존엄이 파리 목숨처럼 버려지는 최악의 인권유린국가 북한, 3백만이 넘는 아사자가 발생하고 있음에도 체제수호를 위해 미사일을 쏘아 올리는 독재국가에 대한 비판이 들끓는 동시에 그 땅 한 모퉁이에서 나를 키운 부모님을 떠올리는 저자의 글은 가히 사랑과 증오가 충일되어 있는 탈북자의 독보적 자서전이기도 하다.

이제 그녀는 못다 이룬 사랑을 품고 이정표를 잃어버린 여행자의 모습으로 우리들 곁으로 다가온다. 과거에 길들인 습관과 버릇들, 그리고 그 속에 스며있는 소중한 추억과 사람들, 길은 있어도 못가는 길이 있음을 사람들에게 깨우치며 분단의 고통을 독자들에게 호소하고 싶음이다.

내가 버틸 단 한발자국의 여지도 남기지 않고 나를 밀쳐버린 야속한 조국이면서도 그 땅을 품어야할 이유를 한편의 글로 일깨워준 저자가 평양의 내 고향 후배임에 감사할 따름이다.

소설 〈인간이고 싶다〉를 쓰기 까지

소설의 초고가 완성되어 가던 어느 날 나는 "한국에 온 지 2년도 안 된
사람이 장편의 글을 낸다니 웬 말이냐?"는 질문을 받았다. 처음 마주하는
한국문학에 대해 공부도 좀 하고 서둘지 말고 시작하라는 따뜻한 권고여
서 이해도 가고 한편으론 고마웠지만 나에겐 그럴 수 있는 여유가 없었다.

어찌 키보드를 두드린 나날을 다 헤아릴 수 있을까. 참으로 많은 날을
소설을 쓰면서 견디었다. 그러니 나에겐 마지막 2년이 얼마나 길었는지 모
른다. 마음이 급했다. 처음부터 잘 다듬어지고 깨끗이 씻겨진 고운 인형
처럼 아름다운 완성작을 원하는 것은 아니었다. 작고 소박하고 평범한 한
탈북 여성이 걸어온 파란 많은 수난을 따라가는 일은 어떤 아름답고 멋
진 예술적인 화폭을 완성하듯 그렇게 여유 있고 한가한 일이 아니었기 때
문이다.

나는 이미 10년 동안 이 글을 쓰고 있었던 셈이다. 오히려 너무 늦어져
서 미안할 뿐이다. 우리의 이야기는 현실 그대로 동시대인을 감동시킬 수
있는 리얼리즘의 호소이고 애원이라고 생각한다.

나는 탈북자도 인간이고 싶다는 이야기를 하고 싶었을 뿐이다. 지금도 자유를 얻지 못하고 감옥에서 죽어가고 있는 생명에게 하루하루가 얼마나 절박한 것인가를 세상에 알리고 싶었다.

하지만 이런 수난 받은 영혼들에게 해줄 수 있는 것이 아무것도 없기에 나는 펜을 잡기로 했다. 나는 철저하게 경직된 보위부의 철창 속에서 이 글을 썼다. 아마도 문장들을 구구절절 머릿속에 외워나간 덕분에 그 짐승우리 같은 곳에서도 인간으로서 최소한의 존엄을 지킬 수 있었는지도 모른다.

그렇게 탈북자들의 이야기는 글로 옮겨지지 않은 것들이라도 그 하나하나가 처음부터 모두 평범치 않은 드라마의 테마 감일 것이다. 아마도 21세기를 함께 하고 있는 지구상의 인도적이고 평화적인 동시대인들이 다 같이 귀를 기울이고 마음을 합쳐서 풀어가야 하는 절박한 과제가 아닐까.

한국에 입국하여 정착하는 동안 건강치 못하고 모든 것이 생소했던 저자를 응원하고 아낌없이 후원해주신 잰 스타 패션의 안병무 사장님, 이 책의 출판을 선뜻 결정해주신 에세이퍼블리싱의 손형국 사장님, 글의 완성도를 높이기 위해 새벽시간까지 수고해 주신 김용철 선생님과 사랑하는 모든 이들에게 감사를 드린다.

김혜숙

차례

단동 — 신의주

싸늘한 바람이 먼지를 쓸고 가는 중국의 단동항구, 늦가을 저녁노을이 마지막 차가운 빛을 발하고 있다. 우리를 태운 소형 버스는 웅장한 '단동-신의주' 국제 철교를 지나 때늦게 북녘 땅에 들어서고 있었다.

차창 밖으로 동포들의 살이 섞인 검푸른 강물이 지는 해의 살인적인 빛을 조각조각 부서뜨리며 출렁이고 있다.

…….

압록강! 원한의 강이다.

일제강점기 우리 할머니들이 살길을 찾아 북간도로 가기 위해 이 강을 건넜다.

그리고 1990년대 초, 북한에서 고난의 행군이 시작되면서부터 수많은 사람들이 또 이 강을 건넜다.

많이도 죽었다.

빠져 죽고 총에 맞아 죽고…….

누구도 모르게 시체가 돼서 둥둥 떠다니다 고기밥이 되어 썩어간 수많은 사람들의 영혼이 차고 무정한 강물 속 어딘가에서 아직도 머물 곳을 찾지 못하고 헤매고 있는 것 같다.

푸르른 압록강을 사이에 두고 그렇게 눈이 부시도록 환하던 중국-조선 국경의 압록강 다리도 이제 더는 돌아볼 수 없을 만치 멀리 뒤로 사라져 갔다. 앙상한 줄기만 남은 갈대가 쌀쌀한 바람에 꺼시시 흔들거리고 저물녘 컴컴한 어둠은 무정한 침묵 속에 금방 다가왔다.

내 나라 땅, 신의주다.

슬프게도 내 땅 내 나라 나서 자란 곳이 틀림없었다.

언젠가 중국 경찰에게 잡혀 북송되던 26세 여성 한 명이 이 철교에서 뛰어내려 자살을 시도한 이후로 손발을 사슬로 채우고도 모자라 탈북자 한 명에 중국 경찰이 두 명씩 붙어 호송을 한다.

중국 경찰들이 둘러앉은 버스의 창 곁에는 아까부터 신음소리인지 기도소리인지 분간하기 어려운 이상한 소리로 중얼거리고 있는 머리가 하얗게 센 할머니가 타고 있었다. 북한 경성군에 살았다는 79세의 이 할머니는 남한에 살아 계시다는 아버지의 친척들에게서 만나자는 연락이 와서 중국에 들어갔다가 뜻밖에도 한국행을 결심하게 되었다고 한다.

옆 좌석에 앉아 고개를 푹 수그리고 있는 청년은 26세의 월경자 이송천이다. 또 16세 소녀인 초연이, 32세의 시집 안 간 여자 혜주 그리고 나 이렇게 우린 모두 5명이고 중국 경찰은 우리들 각 한 명에 호송원이 두 명씩 붙어 모두 10명이 북송 길을 가고 있었다.

중국 경찰은 그래도 조선 손님들을 친절히 잘 모셔다 드린다는 소리를 듣고 싶었는지 신의주 세관에 들어올 때가 되자 묶었던 수갑과 족쇄를 풀어 주었다. 손목에 붉고 푸르게 어느새 멍이 들어 있었다. 아프다고 우는 소리를 했더니 중국 경찰이 심술을 부리며 "조금만 참으라"고 더 꽉 조인 탓이었다.

아픈 손목을 쓰다듬으며 창밖을 바라보았다. 그래도 행여나 했는데 이제는 송환이 더는 부인할 수 없는 현실로 다가와 있었다. 중국에서부터 탈북자들을 북송한단 말을 많이 들었다. 그래도 설마 북송을 하랴 했다. 잡혀서부터 내내 기적을 바라며 애써 부정했던 것이 참말로 무서운 현실이 되어 다가온 것이다.

"내 나라다" 하고 생각해 보았지만 사뭇 감정이 이상하다.

'법'이라는 건 무엇일까?

언젠가 열일곱 살 적 일이다. 깊어가는 밤에 평양 대동강변의 유서 깊은 역사유적인 연광정 아래서 음악대학 남학생과 손을 잡고 어깨동무하고 앉았다가 순찰하는 안전원의 눈에 띄어 보안서에 끌려간 적이 있었다.

무슨 영문인지 알 수 없었지만 그들은 대학생 오빠를 구류하고 나에게 질문을 들이댔다.

"그 사람이 뽀뽀 하자고 하던가?"

나는 그들의 물음이 무슨 뜻인지 몰라 어리둥절하여 엉엉 울음을 터뜨렸다. 미성년이던 나는 불려온 부모님과 함께 금방 집으로 돌아갔지만 대학생 오빠는 새벽녘에야 풀려났다.

무섭게 떨리던 그 밤 이후로 '법'이란 이유로 끌려가기는 이번이 처음이다. 얼마나 그리던 조국인데 이제 그 조국의 '법'에 의해 '범죄자'가 되어서 송환되고 있었다.

죄인 취급을 받으며 묶인 채 오는 몸이지만 그래도 내 나라라는 생각 때문일까? 오랜만에 차창 밖으로 다가오는 풍경을 굶주린 맘으로 바라보는데도 무엇인가 뜨거운 것이 목구멍에 차올라 가슴이 미어지는 듯했다. 금방이라도 떨어지려는 눈물을 참으려니 가득 고인 눈물로 앞이 보이지 않았다.

차가 멎어선 곳은 3~4층짜리 건물 앞이다.

사복차림의 남자 몇 명이 다가서는 차를 마주보며 기다리고 있었다. 캄캄한 철색의 마른 얼굴에 무표정하게 굳은 얼굴들이었다. 하지만 우리를 압송해온 중국 경찰들이 우르르 차에서 내리자 마치 아부하는 듯 비굴한 웃음을 띠면서 반긴다.

"오시느라 수고하셨습니다."

"쒀 더 쩐머 양? (어떻게 잘 지냈습니까?)"

시뿌연 살이 미끈하고 보기 좋게 붙어 있는 듬직하고 깔끔한 스타일로 북한 보위지도원들을 순식간에 제압한 중국 경관들이 중국 담배 한 대씩을 나누어주며 껄껄 웃었다. 죄인을 호송하는 일 따위는 아예 잊은 듯이 악수하고 농담까지 해대는 폼이 그냥 잘 흥정된 장사 물건을 넘겨주러 온 듯한 태도다. 이런 일을 자주 하는 모양이다. 호송 문서를 주고받았고 나이 많은 보위부 책임자는 문서에 잠시 눈길을 주더니 옆에 있는 아래 사람에게 그냥 건네 줘 버렸다.

버스 문이 열리자 우리는 떠밀리다시피 내려 비틀거리며 한 줄로 섰다.

이미 두 번씩이나 잡혀 가 본 사람들이 감옥 생활을 처음 해보는 우리에게 조선에 들어가면 굶을 것이니 중국 감옥에서 많이 먹고 가야 한다고 거듭 얘기를 해주었다. 하지만 중국 감옥에서 보낸 한 달 내내 심리적 타격으로 밥 한술 제대로 넘길 수 없었다.

이관이나 호송하는 날에는 먹을 것을 주지 않는 게 세계 공통의 감옥법인지 아니면 중국만의 법인지 모르겠지만 우리는 하루 종일 아무것도 먹지 못한 채 북송되고 있었다. 도주예방 차원에서 힘을 빼놓는 것인가? 한 달 동안 중국 감옥 생활에서 겪은 정신적 고통과 여위고 상한 육체로 밥까지 굶었으니 서있을 맥도 없었다.

게다가 무서운 공포로 온몸이 떨렸다.

그래도 그 땅을 디디는 순간 우리는 무심코 고개를 숙였다.

누구에게 인사했을까.

버리고 떠났던 나라와 무심했던 고향 땅에 대한 미안함일까, 죄의식이었을까, 아니면 처음 보는 사람들에 대한 '예의지국'에서 나서 자란 습관적인 행동이었을까?

"어! 잘 왔다."

옆에 중국 사람들이 있어서 그런지 보위부측 사람들이 대충 인사를 받아주는걸 보니 그래도 안도의 한숨이 나왔다.

오랜만에 밟아보는 땅, 그래 돌아왔다.

비록 잡혀 오는 것이지만 그래도 꿈결에서도 보고 싶은 땅이었다.

우리의 모습이 가련한 듯 뿌옇고 불그스레한 여운으로 애절하게 우리 몸을 감싸던 마지막 노을빛이 뉘엿뉘엿 사라지고 있었다.

땅거미가 깃들기 시작하자 저녁을 짓느라 연탄내와 나무연기들이 여기 저기 피어오르며 목구멍을 메케하게 한다.

얼마나 보고 싶은 곳이었을까, 얼마나 밟아보고 싶은 땅이었을까.

부모처자가 계시는 곳, 어릴 적 꿈이 깃든 땅, 소꿉놀이 친구들이 있는 곳 '내 땅 내 것'.

그런데 그 '내 것' 중에 제일 먼저 눈에 띈 것은 군데군데 보이는 똬리를 틀고 있는 한줌씩 되는 누런 덩이들이다. 금방 내질러 놓은 듯 김이 솔솔 나는 것도 보였다.

멀리 여위고 파리한 아이들이 낮은 싸리 울타리를 둘러친 단층집 모퉁이에서 이상한 눈길로 우리를 쳐다보고 있었다. 흐린 불빛 아래 가느다란 목과 파랗게 올려 깎은 머리가 듬성듬성 난 새까만 눈동자의 대여섯 살 난 아이들이 몰려 서 있었다. 검푸른 색깔의 가난과 집단의 대명사 같은 낡고 특이한 북한 교복바지를 껑충 걷어 올린 초등학생들도 보였다. 아이들은 잡혀온 '도강자'들이 사뭇 신기한 모양 목을 빼들고 바라본다.

그 땅을 떠난 지 오래된 우리에게도 그 땅은 처음 본 것 같이 신기했다. '고난의 행군'이 시작된 후로 몇 년 동안 헐벗고 굶주리며 애쓰다가 최선의 선택으로 중국행을 결심했던 그날로부터 5년이란 세월이 탈북자들과 북녘을 갈라놓았던 것이다.

나는 중국에서도 대도시인 상해, 항주 등에서 오래 살았다. 그래서 중국에도 후진 지역이 많이 있으련만 이곳 신의주처럼 흙으로 그냥 있는 생땅을 밟아본 지도 퍽 오래 되었고 저녁이면 도시가 이렇게 캄캄한 곳은 더구나 낯설고 생소했다.

"대가리 숙여!"

누군가 버럭 지르는 소리에 깜짝 놀라 엉겁결에 머리를 숙였다.

어느새 중국 사람들은 다 떠나가고 없었다.

좋은 일도 별로 없으련만 중국 경찰들과 어울려 아부 어린 얼굴로 싱글거리던 사복차림 보위부장의 얼굴이 언제 그랬던가 싶게 험악스런 짜증으로 변해 있었다. 그의 옆에는 보위부 군복을 입고 둥근 군모에 어깨에서부터 가슴 위를 지나 옆구리로 비껴간 가죽 끈에 권총을 찬, 눈이 큰 껄끄러운 사내가 우리 앞에 서 있었다.

"눈 깔아!"

멍청하게 쳐다보고 있는 나를 향해 또 한 번 버럭 소리를 질렀다.

무엇인가 숨구멍을 콱 막은 듯 무섭게 떨리던 심장이 뚝 멎는다.

앞이 캄캄해진다.

그래. 우리가 온 곳은 악명 높은 인권유린 국가 북한이 분명하다.

한 줄로 서서 2~3층 되는 건물 안으로 들어갔다.

머리를 수그리고 떠느라 어딘지 알 수는 없었지만 현관에 들어서니 〈사업을 토의하시는 위대한 수령님과 위대한 영도자 김정일 장군님〉이란 제목의 대형 그림이 붙어있는 걸 봐선 아직 감옥은 아닌 것 같았다.

복도에 들어서자 "모두 벽을 향해 돌아 앉으라!" 하고 또 군관이 소리 지른다.

"대가리 박아!"

두절 세절로 접혀진 자리가 있는 누런 A4 종이 한 장이 옆 사람을 통해서 나에게 넘겨졌다.

앞사람들이 적어 넣은 이름, 성별, 생년월일과 조국을 떠난 날짜, 그리고 체포된 날짜와 장소들이 줄줄이 적혀 있었다. 나도 덜덜 떨리는 손으로 가까스로 신고서에 적어 내려갔다.

"이름 김설아, 나이 35세, 출생지 평양시 중구역 대동문동 11반……."

북한을 떠날 당시 거주지가 어디였더라? 은정동 10반…….

"월경 장소."

아, 이건 사실대로 쓰면 안 되겠군. 무산군 칠성리라고 하자.

"월경 날짜."

음 제일 어렵던 고난의 행군 시기였으니까 좀 봐줄까?

1998년 2월 16일, 아니 장군님 생일에 월경했다면 걸려들 수 있겠군. 그래 시끄러운 건 피하자. 그럼 기억하기 좋게 17일……, 너무 배고파서 힘들어서 갔는데 죄가 될까?

체포된 날자 2003년 10월 23일, 체포된 장소 중국 내몽고 알렌…….

비운을 예고하다

이제 정말 암흑이다.

땅거미가 지기 시작한 신의주는 캄캄하였다.

유조 탱크를 실은 신형 디젤유조차 앞좌석에 기사와 권총을 찬 보위부 군관이 앉았고 그 뒤로 나무 벤치같이 딱딱하고 좁은 뒷좌석에 다섯이 쪼그리고 얼기설기 딱 붙어 앉았다.

중국에서 그나마 잘 먹고 잘 지냈지만 잡혀오는 근 한 달 만에 반쪽밖에 안 남은 몸이 됐는데 북한 보위지도원은 눈을 뒤로 흘기고 입귀를 씰룩거리며 누런 입새로 비아냥거리는 소리를 내뱉는다.

"잘 처먹고 살쪄서 쭙내?"

어둠속으로 유일하게 비치는 전조등 사이로 언뜻 언뜻 비치는 강물과 먼지바람 일으키는 차의 스산한 동음 소리로 미루어 강변 뚝방길로 달리고 있음을 짐작할 수 있었다.

창 곁에 송천이의 무릎에 억지로 앉혀진 16살 난 초연이 쿨쩍거리는 소리만이 침묵을 깨고 있다. 초연이도 이제 딴에는 다 큰 소녀여서 어느 때

같으면 내외할 나이지만 중국에서부터 우리는 남녀 성별의 차이를 느낄 만큼의 인간적인 대우를 상실 당하고 있었다.

"이 간나새끼, 너 뭐 하러 중국 갔댄?"

그나마 아가씨라 해선지 사뭇 동정 어린 말투로 보위원이 묻는다.

"구경 갔댔습니다."

"이 멍청이 같은 엠나야. 그걸 말이라고 하니?"

군관은 운전수를 돌아보며 재미있다는 표정으로 껄껄 거렸다.

오랜만에 들어보는 평안도 사투리로 이렇게 살기 있고 무서운 목소리를 들을 수 있는지 나는 처음 알았다.

부모님 고향인 이곳 평안북도는 우리나라의 재능 있는 예술가들과 정치인들 종교인들을 비롯해 순수한 문인들을 많이도 탄생시킨 곳으로 우리나라 뿐 아니라 미국이나 캐나다 일본 등지에서도 알아주는 곳이다. 해방 전에는 정주 오산 중학교 출신이라면 어느 정도 인정했다고 한다.

나의 아버지는 타고난 예술적 재능과 지성으로 우리나라에서 손꼽히는 문인이셨지만 정치나 법 같은 것은 아주 모르고 살 정도로 순진했고 그렇게 마음을 비우고 살아오신 분이었다. 또 그 때문에 노동당에서 맡겨준 정책적인 책임인 평북도당 문예부장, 노동신문사 사장, 영화문학창작사 1급창작실 실장 등 온갖 책임 있는 위치에 계시면서도 돈키호테 같은 시대착오적인 면이 있어 문인들 속에선 '민주인사'(한국에서 말하는 민주의 냄새하고는 조금 다른 너무나 좋기만 한, 덕이 많은, 유지 비슷한 뜻)라는 호방한 별명으로 불리곤 했다. 그만큼 인자하셨고 말 그대로 사람만 좋은 고지식한 분이셨다.

지금도 "노래 〈내 나라 제일로 좋아〉를 가지고 A 작가동무가 다부작 예술영화를 만드시오" 라는 김정일의 친필 서한이 또렷이 적힌 엽서를 액자 안에 모셔두었던 아버지의 서재가 눈에 선하다.

하지만 아버지의 글에서 작가 이춘구나 시인 만철처럼 김정일과 어머니

조선노동당에 대한 아부 가득하고 충성스런 글을 본 기억은 없다.

어느 날 평양에서 우리나라의 첫 춘향전 춘향 역을 맡았던 유명한 여배우가 총살당한 사건이 있었다. 그녀는 당시 일본 조총련 간부의 자제와 정분이 나서 차에서 벌거벗은 실신 상태로 발견된 일이 있었다. 당시 이들 두 사람은 가스 질식 사고로 모두 죽은 걸로 소문이 났다. 하지만 그 여배우는 '장군님'의 무조건 살려 내란 '사랑의 명령'으로 살아 있었는데 감쪽같이 비밀이 지켜졌다. 물론 이 '말씀'을 들은 여배우는 '장군님의 사랑'에 참으로 감격해 했다고 한다.

여배우 U의 딸 S양은 나의 1년 선배이고 나와 연극영화대학 동창이다. 학창시절 중앙 방송위원회 텔레비전 연속극과 기록영화들에 함께 출연했던 우리는 늘 손을 잡고 모란봉 고개를 오르내리곤 했다.

내가 아는 그 여배우는 언제나 소박하게 뒤로 묶은 긴 생머리에 단정한 양장차림이었고 참으로 부드럽고 매력적인 아름답고 조용한 여성이었다. 다리가 너무나 튼튼하고 밋밋한 것이 요즘 미인 기준과는 거리가 있지만 그는 몸과 마음이 모두 미인이었다. 그리고 여자이기 전에 먼저 어머니였다. 우리는 S와 친구였던 까닭에 보통사람들은 꿈도 못 꾸는 그 여배우의 집에 자주 드나들었다. 우리 소조 또래들이 집으로 밀려가면 그녀는 아름다운 반달 같은 눈동자에 특유의 빛나는 미소를 머금고 딸의 친구들을 어른 대하듯 다정히 대해 주었다. 방을 하나 비워주고 이전 그 나이에는 먹어보지 못한 커피도 타 주고 맛있는 음식도 차려 주었다.

3년을 감옥에서 보내면서 얻은 기억상실로 희미해진 기억을 가다듬고 생각해보니 그날은 봄바람이 살랑대는 봄날이었던 것 같다. 아니면 그녀가 진달래 빛 재킷을 입었던 것이 봄날처럼 기억되게 하는지도 모르겠다.

그날도 우리는 방송예술단 배우들을 따라서 무슨 야유회(한국에서라면 피서나 휴가)를 가는 줄 알았다. 어디 가는 줄도 모르고 버스 '예술인

따다를 타고 가서 그 현장을 목격했다. 아직도 그 기억을 떠올리면 전율하곤 한다.

잘 요양하면서 퇴원하는 줄 알고 감사하고 있던 그 여배우는 사형장으로 끌려 왔다.

지는 꽃이 마지막 향기를 뿜는 것일까 아니면 지는 노을이 찬란한 빛을 뿌리는 것이었을까? 머리를 잘라서 조금 낯설어 보이는 껑충한 단발을 바람에 흩날리는 그녀의 모습은 참으로 매혹적이었다.

평양의 문화 예술인들이 전부 모인 곳에서 차에서 떨어뜨려 세워놓고 사상투쟁 대 논쟁회의를 열고 있었다. 앞에는 남편과 어린 두 딸인 나의 친구와 그의 언니 그리고 가족들이 앉아 있었다.

"반당 반혁명 분자 UОО 총살!"

그녀가 죽던 날 입었던 진달래꽃 재킷은 수십 발의 총탄 자국으로 벌둥지처럼 피범벅이 되어 형체를 잃었다.

남편은 끝나는 시간까지 한 번도 머리를 들지 않았다. 억지로 반성문을 쓰고 토론하라고 하니 "잘 죽었습니다!"라고 했다고 한다.

어린나이의 나에겐 너무 큰 충격이었다. 나는 그때 땅바닥만 바라보다가 몇 번 훔쳐보기만 했다. 구토가 계속 나와 일주일이나 밥을 먹을 수 없었고 그 이후로는 지금도 피 흘리는 영화의 장면은 보지 못한다. 눈을 꽉 감고 끔찍한 장면이 지나간 다음에야 눈을 뜨곤 하였다.

그 다음날 새벽에 세계에서 제일 먼저 일본 NHK 방송이 그 소식을 보도했다는 소리가 쉬쉬 하며 들려 왔다. NHK는 "북한 최고의 여배우이며 미인인 UОО 총살"이라는 제목으로 보도하며 단순 간음죄로 총살하는 곳은 북한밖에 없을 거라며 북한의 인권상황을 비판했다는 것이다.

나는 아무리 당에서 하는 처사라고 해도 이건 아닌 것 같다고 혼자서 몰래 생각해 보았다.

누구나 할 것 없이 반성문을 써서 바쳐야 했다. 하지만 우린 누구를 증오해야 하는지, 미워해야 하는지 알지 못했다. 아마 그때 다른 사람들처럼 꼭 써야 했다면 나도 "잘 죽었습니다!" 하고 썼을까?

그 처형 사건이 있은 후 나의 아버지도 사상투쟁의 대상으로 지목되었다. 당시 아버지는 새로 수입한 천연색 필름 두 개를 완성하고 있었는데 U를 주인공으로 선택했다는 것이 이유였다. 결국 아버지는 촬영 중이던 U를 주인공으로 한 영화문학을 다른 작가에게 넘기고 '혁명화'를 위해 하방을 하라는 지시를 받았다.

아버지는 한마디 변명도 않고 "자신의 잘못"으로 속죄하면서 속이 까맣게 재가 된 마음을 누구에게도 열어 보이려 하지 않고 침묵으로 모든 것을 포기하고 신참탄광으로 혁명화를 떠나셨다.

떠나간 아버지의 책상에는 당에서 요구한 생활총화기록부가 놓여 있었는데 책갈피에는 김정일에게 '드리는' 편지의 초안이 끼워져 있었다.(당시 잘못한 간부들은 누구나 이런 비판서를 올려야 했다.) "장군님께 근심을 끼쳐드려서 죄송합니다……. 하지만 장군님 믿어주십시오. 장군님께 충실한 전사가 되겠습니다'라고 적혀있었던 것이 기억난다.

아버지의 시나리오는 그 후 다른 작가의 손에 넘겨졌다. 그리고 다른 여배우를 주인공으로 등장시켜 U의 총살사건의 '정당성'을 세상에 알리면서 불후의 명작 〈민족과 운명〉의 중추적 스페셜로 세상에 태어났다.

그런데 웃기는 것은 창작가가 다른 사람으로 되어 있음에도 주인공들의 이름과 스토리는 모두 아버지의 작품 그대로였다는 것이다. 여기 한국에서 같으면 저작권 소송이다, 피해니 피의니 하면서 변호사를 물색하고 재판에 회부했겠지만 '당 중앙의 방침'이라고 하니 끝이었다. 그러나 아버지는 자식을 당에다 바친 수많은 북한의 아버지들 모양으로 한마디 말도 못하고 북한의 한 이름 없는 탄광의 수직갱의 탄 밭에서 질통을 등에 지고 고역을 치루셨다.

자기 작품을 빼앗기고 한마디 말도 할 수 없었던 아버지를 생각하면 육체적인 노동의 힘겨움보다 마음이 얼마나 더 아프셨을지 하는 느낌에 지금도 가슴이 쓰리다.

하지만 어떤 잘못을 했더라도 "인민에 대한 수령의 사랑"을 어떤 방식으로 보여줄 것인지는 '웃분'[1] 자신이 마음먹기 나름이었다. 잘난 체 하는 문인들을 한 번씩 혼 내주고 나서는 시간이 흐르면 회복시켜주고 감격의 눈물을 흘리게 하는 것이 김정일의 장기이고 그 사람만의 방법이었다. 그래서 "따뜻한 사랑의 품속에서"라는 김정일을 우러르는 많은 연속전기도 등장했다.

U씨의 남편 R은 말하자면 북한의 손꼽히는 영화연출가(감독)였고 나의 아버지와는 막역한 사이였다. 그는 어떻든 U씨의 남편이었던 까닭에 혁명화 대상이 되는 것을 당연한 것으로 받아들여야 했을지도 모르겠다. 하지만 나의 아버지는 억울한 것 아닌가?

그렇게 혁명화를 함께 끝내고 두 분 모두 다시 문화 예술계에 복귀되었다. 다 함께 평양에 모인 날 나의 선배 S양은 "난 어머니를 하나도 원망하지 않는다…… 어머니는 우릴 위해서 해줄 수 있는 건 다 해주고 가셨다"라고 말했다.

어머니가 생전에 남겨 준 돈을 두고 하는 말인지 아니면 그 어떤 정신적인 자산을 말하는 것인지는 알 수 없었지만 김정일의 잔인한 처사에 대한 냉담한 반응을 보며 옆에서도 몸이 떨렸다.

후에 안 일이지만 당시 김정일은 비밀의 연인 성혜림의 라이벌인 U를 벼르고 있었다고 한다. U는 성혜림에 비할 수 없는 미인이고 뭇 사내들의 사랑을 독차지했던 만인의 연인이었다. 결국 U는 독점욕을 참을 수 없는 변덕 많은 난폭한 권력자의 광기와 화풀이의 대상이자, 치정의 상대인 질투하는 정부에게 선물로 던져진 희생양이었던 셈이다. U는 그렇게 하소연

1) 웃분. 한때 김정일을 그렇게 불렀다.

할 데 없는 서러움을 간직한 채 비운의 인생을 마쳤다.

　나라에서 누구나 다 아는 최고의 여배우가 예쁘다는 죄 하나 때문에 시기를 받았고 처참한 인생을 마감해야 했던 이야기!

　오랜 세월이 흐른 오늘 문득 떠오르는 그의 운명은 북한 여인으로 태어난 우리네들의 서러운 운명을 예고한 듯하다.

성경

"야! 이 새끼야. 너는 언제 중국 갔댔네?"

보위부 군관이 또다시 평안도 사투리로 버럭 소리를 질렀다.

이번엔 초연을 무릎에 앉히고 쪼그리고 앉은 송천에게 묻는 말이다.

송천은 키가 1m 78cm 훨씬 넘어 보이는 것이 북한 남자치고는 제법 큰 키의 26살 청년이다. 처음 보았을 때는 멋도 어지간히 부려서 신시대 청년으로 손색이 없을 만큼 연한 빛으로 남쪽 청년들처럼 부드럽게 넘겼던 헤어스타일이 이제는 두엄더미에 올려놓은 지푸라기인양 볼썽사납게 헝클어졌다.

얼굴은 군데군데 맞은 흔적이 시퍼렇고 빨갛게 피딱지가 말라붙은 데다 핏기 없는 입술은 까맣게 타들어가고 있었다.

중국에서 잡히자마자 무던히도 맞아서인지 기운이 하나도 없어보였고 숫기는 더욱 찾아보기 힘들고 자기에게 말을 던지는 것도 알아듣지 못하는 듯 퀭한 눈으로 앞만 멍청히 바라보고 있었다.

"야 이 새끼 머 생각하내? 중국에서 매를 덜 맞았나. 이 얼빠진 색캬?"

"네? 저 말입니까?"

"오. 너 말야"

하지만 송천은 자기에게 물었다는 것을 알았지만 아무것도 대답하지 못했다.

무엇을 물었는지 모르는 까닭에……

"노친은 언제 갔댔나?"

79세 난 예정 할머니를 보고 하는 반말이다.

할머니의 아버지는 왜정 때 목사였다고 한다. 해방 후 김일성 정권이 들어서면서 이른바 '악질 기독교'에 대한 탄압이 거세지면서 할 수 없이 남쪽으로 내려갔다고 한다. 집을 떠나며 할머니 형제자매를 부인에게 맡겨 두고 한 달 있다 데리러 온다고 했지만 영 이별하고 말았단다.

고마운 사람들의 도움으로 부모의 이력을 위조하고 추방을 면한 할머니는 어머니의 성씨로 힘들게 살아오셨다고 한다. 그런데 어느 날 한국에 있는 친척들과 연락이 닿아 중국에 들어갔다가 갑자기 한국행을 권고 받으셨다.

어릴 때 기독교 학교를 다니면서 피아노를 배우셨다는 할머니는 상당히 수준 있는 분으로 깨끗하게 늙으셨고 하나님을 믿는 사람들 특유의 성품으로 그렇게 힘든 충격 속에서도 젊은 사람들을 오히려 격려했다.

"……"

혜주와 나는 송천과 초연이 그리고 할머니에게 군관이 말을 시키는 동안 해야 할 일이 있었다.

그렇게 없애라고 했는데 혜주는 아직까지 배낭에 성경을 건사하고 있었다.

하나님에 대한 독실한 믿음 때문은 아닌 것 같았고 북한사람의 자기 물건에 대한 집착 때문에 버리지 못했는지는 알 수 없었지만 결혼을 약속한 사이였던 남한 목사가 선물로 보내준 번쩍번쩍한 성경이었다.

일 년 전 한번 북송되었던 경험이 있는 혜주는 북한에 가면 기독교 믿는 사람은 살아나지 못한다고 체포되기 전에 나에게 말한 바 있다. 하지만 잡혀서 중국의 내몽고, 북경, 단동 감옥으로 이관되면서 국경지역까지 오는 동안 나는 동료들에게 절대로 그럴 수 없다고, 하나님은 꼭 우리를 구원하신다고 신심 어린 말을 해 주었다.

그도 그럴 것이 나는 그때 집사 안수를 받은 상태였다. 나는 집사가 무엇인지도 잘 몰랐지만 이 사람들을 거느리고 제3국을 통해서 한국으로 갈 때까지 성령 충만으로 인도하라는 교회의 위임에 충실하고자 했다. 그런데 그들과 기도하면서 찬송하면서 하나님께 의지하여 간다는 것이 브로커의 무책임으로 사막의 허허벌판에서 길을 잃고 체포되는 것으로 귀결되었던 것이다.

나는 중국 감옥에서 조선족 신분증과 유창한 중국말 덕분에 중국 사람으로 의심 받을 정도였다. 그러나 나는 혼자서 살 수 있는 길을 마다하고 북한사람임을 자백하였다. 하나님이 우리를 지켜주신다고 나는 이들과 헤어질 수 없고 꼭 다 함께 살아서 한국으로 가야 한다는 믿음 때문이었다.

그래서 나는 이 사람들과 함께 잡혀오고 있으면서도 늘 다함없는 마음으로 삼가 예배를 드렸고 하나님은 우리를 버리지 않으신다, 꼭 구원해주실 터이니 걱정 말고 기다리자고 타이르고 고무하곤 했다. 그런데 하나님은 우리를 구원하지 않으셨고 우리는 이곳 지옥으로 끌려가고 있었던 것이다.

혜주는 하나님이 우리를 구원해주실 거라는 나의 말을 믿었는지 사랑이 깃든 그 성경책을 아직 배낭주머니에 건사하고 있었다.

혜주가 팔꿈치로 나의 옆구리를 꾹 눌렀다.

그의 눈은 무엇인가 하염없이 호소하고 있었다.

나는 그의 눈짓과 손짓이 배낭을 가리키고 있다는 것을 알았고 금방 사태가 파악되었다.

비상사태. 그 조그마한 책에 30대 젊은 한 여성의 운명이 달려 있었다.

앞에 앉은 호송원의 눈치를 살피며 얼기설기 끼여 앉은 혜주의 배낭 뒤로 손을 가져가 살그머니 배낭 지퍼를 열었다. 자동차 엔진 소음 덕분에 다행히 들키지 않고 책을 꺼낸 나는 무릎에 닿아있는 운전석 뒤 백에 성경책을 살그머니 넣어버렸다.

뒤진다 해도 우리가 다 내린 후인 다음날이나 점검하겠지 하는 희망으로 안도의 숨을 내쉬었지만 식은땀이 등골을 적시고 이마에서 땀이 물이 되어 줄줄 흘러내려 눈앞을 가렸다.

이제는 내 차례가 아닐까?

정신을 수습하고 불안한 맘에 침을 꿀꺽 삼키는데

"넌 또 언제 갔었어?"

하고 또다시 뒤돌아보는 폼이 혜주에게 묻는다.

"98년도에 갔었습니다."

"간나새끼, 5년 잘 살았구나. 거기서 뭐했네?"

"식당일 했습니다."

"몸이나 팔았갔디 뭐. 좌우간 가서 비판들 잘 하라."

담배연기가 뿌얗게 퍼져나가 숨이 막혀왔다. 중국에 있으면서 그래도 문명이라는 것을 알아서 담배 태우는 사람들은 별로 상대하기가 싫었던 탓인지 참 오랜만에 담배 내를 맡은 것 같다.

머리가 뗑 하고 목이 메케하게 기침이 나면서 속에서 무엇인가 올라오는 것을 꾹 삼키니 눈물이 핑 돌면서 어지러워졌다. 비좁은 운전 칸 안에 7명이 엉덩이를 못 붙이고 앉아 공기가 희박한 데다 군관이 문도 안열고 담배까지 피어대니 숨도 제대로 쉴 수 없었다.

하지만 모두들 잔뜩 긴장하여 운명이 이끄는 곳이 어딜까 하고 두려움에 떨며 아무것도 보이지 않는 차창 밖 어둠 속을 정처 없이 내다보고 있었다.

4

여자가 아니다

어둠 속을 한참 달리던 차는 뻘건 가로등이 희미하게 비치는 높게 둘러쳐진 담을 지나 푸른 페인트칠을 한 큰 대문 안쪽 넓은 마당으로 들어섰다.

차에서 내려 좁은 복도에 들어서니 중앙현관에 "사령관 동지를 호위하시는 혁명투사 김정숙 동지"라는 대형 그림이 붙어 있었다. 김일성의 본처이고 김정일의 생모인 김정숙이 김일성에게 날아오는 일본군의 총알을 막아서는 그림이다.

아까 세관에서 들어갔던 곳보다 더 어둡고 칙칙한 곳이다. 좁고 긴 복도의 양쪽 구석에 시뿌연 전등이 천정에 매달려 희미하게 비추고 있었다.

우리가 이관되어 도착할 때마다 우르르 달려 나와 한 줄로 쭉 마주서고 도망할까 보아 둘러서던 중국 경찰들과는 사뭇 다른 모습인 북한 보위부, 그들이 볼 때 우리는 무지 무력하고 나긋나긋한 존재였다. 부르주아들이 약하고 꼼짝 못하는 것을 알고 부잣집에 달려들어 농락하는 깡패영화의 한 장면처럼 여유 있었고 인원이 많지 않았다.

6·25전쟁 시기 새끼줄로만 여럿을 함께 연줄연줄 묶어서 호송했어도 달아나지 못했을 만큼 이름만으로도 넉넉히 기선 제압하고 손발 하나 꼼짝 못하게 하는 공포가 떠돌고 있었다. 특별한 위압을 주지 않아도 숨쉬기 힘든 곳이 여기다.

어디선가 "벽을 향해서 돌아서라!" 하는 낮고 위엄 있는 목소리가 들렸다. 우리는 아직은 익숙하지 못한 곳이라 몸 둘 바를 몰라 했다. 그런데 또다시 연거푸 거센 소리가 들려왔다.

"다들 벽에 붙어!"

"대가리 숙여!"

"소지품 몽땅 땅에 내려놓아!"

벽을 향해 돌아서서 가로 세로가 40cm만 한 크기의 금방 물걸레질을 한 듯 얼룩이 질척한 인조석 바닥에 배낭과 가방들을 벗어 하나 둘 내려놓았다.

군복을 입은 젊은 군관 두 사람이 문서 같은 것을 들고 이 방 저 방 서로 어기 치며 들락날락 왔다 갔다 하더니 어느 한 구석진 곳의 방문을 열었다.

"여자들만 따라와!"

"들어가!"

열려진 문 앞에 섰던 혜주가 주춤하고 코로 손을 가져갔다.

크레졸 소독약 냄새가 코를 찌르는 것을 보니 무슨 위생소일까 하는 생각이 들었다.

맞은 편 창으로 들어오는 희미한 달빛에 책상 하나가 한 쪽 구석에 놓여 있는 것이 보였다. 가늘고 딱딱한 다리에 가운데만 버팀목이 있는 윤택 없고 거무틱틱한 나무책상이었다. 방이 썰렁하니 빈 창고 같았다.

낮은 천정에 대롱거리는 촉수 낮은 전등에 불이 켜졌다.

어둡고 때가 묻은 축축한 콘크리트 바닥 한 가운데에 보통 크기의 법랑 대야 하나가 놓여 있었다. 그 안에는 마치 사람의 피를 물에 타놓은 것 같은 뻘건 자색의 투명한 액체가 담겨져 있었다.

'무얼 하자는 것일까?'

아무것도 모르면서도 한순간 온몸에 공포의 소름이 오싹하는 느낌이다. 벽을 향해 돌아서 있으려니 어디선가 여자의 소름 끼치는 평안도 사투리가 쨍쨍히 들려 왔다.

"야 네야?"

이어서 "돌아서!" 하는 소리에 돌아보니 한 줄에 별 세 개짜리 연장을 달고 있는 40대쯤으로 보이는 여성군관(장교) 상위가 우리 앞에 마주하고 있었다.

모자를 쓰지 않은 짧은 파마머리에 광대뼈가 툭 불거지고 둥글 넙적한 얼굴이다. 못 먹어 말라있는 북한 사람치고는 비교적 뚱뚱한 편이다. 그녀의 얼굴은 분을 두툼하게 발라 윤기가 없었고 아래로 내리처진 눈까풀은 보위부 아니랄까봐 사뭇 무표정하게 굳어져 있었다.

"머리 다 풀고 옷을 싹 벗어."

방금 뭐라고 말하는 건가?

중국 감옥에서도 옷을 벗기고 검사하지만 벗은 사람은 따로 가두고 옷만 검사하거나 어떤 곳은 속옷을 입히고 여자간수들이 전기곤봉이나 손으로 몸을 쓸어 보곤 하는 것이 보통이다. 소지품을 놓고 들어가면 그것을 속속들이 뒤지는 것 정도는 여러 번 체험하였다.

그런데 사람들이 보는 앞에서 옷을 벗으라니?

지금은 초겨울인 11월 달이고 여기는 냉방이라 그렇지 않아도 공포에 떨며 서있던 참이다. 게다가 나는 사우나에서도 누가 볼까봐 수건으로 몸을 살짝 가리고 욕탕으로 가곤 했다. 나는 또 한 번 놀라서 옆 사람을 바라보았다.

모두 눈을 크게 뜨고 난처한 듯 서있는데 다시 여자의 목소리가 들려

왔다.

"야 너네 못 들었내?" "지금 몇 시야? 야! 너네 온다고 해서 선생님은 퇴근도 못하고 기다렸는데 빨랑빨랑하고 끝내지 못하간?"

누가 우리 선생인가? 그리고 누가 기다려 달래기라도 했나? 콧소리와 둔한 몸집에 어울리지 않게 째지는 듯 높은 톤의 앙칼진 목소리다.

"벗으라는 소리 못 들었내? 야네 귀가 먹었시야?" 다시 한 번 여자가 소리 지르자 그제야 우린 주섬주섬 옷을 벗기 시작하였다.

긴 머리를 대충 매고 있던 머리핀을 끌러서 바지 옆구리 주머니에 넣고 웃옷을 벗었지만 어디다 놓고 다음 옷을 벗어야 할지 몰라 쥐고 서성이다가 그래도 책상 위에라도 들고 있던 웃옷을 걸쳐 놓으려는데 여자가 또 버럭 소리를 질렀다.

"야 이것들이 선생님 책상에다 께끔한 옷을 왜 올려 놓네야! 밑에다 떨구지 못 하가서?"

무엇이 더럽단 말일까. 책상이? 아니면 내 옷이?

책상 위는 타작마당의 작업대마냥 무엇을 했는지 흰 가루가 뿌옇게 묻어 있어 먼지투성이다. 어이가 없지만 하는 수 없이 시컴하고 질척한 젖은 바닥에 옷가지들을 떨구었다. 발 앞에 하나둘 쌓이는 옷가지에 검정물이 얼룩졌다.

10월에 내몽고 허허 벌판에서 잡힌 지 꼭 한 달이 되었다. 그동안 갑자기 다가온 정신적인 충격과 맞지 않은 감옥 음식 탓으로 신체에 이상이 온 탓일까. 속옷을 벗어 내리는데 피부에서 각질이 벗겨져 흰 가루 같은 살 비늘이 떨어져 흩어진다.

써늘한 냉기가 온몸에 파고들어 금방 얼어 들 것처럼 몸이 부르르 떨렸다.

겨울이라 여러 겹씩 입었던 옷을 다 벗고 브래지어와 팬티만 입고 섰다. 옆에 서있는 초연이가 아주 울상이 되어 버렸다. 얘가 언제 타인 앞에서 몸을 다 벗어 보았겠는가. 하지만 초연이도 중국에서는 울고불고 하더니 지금은 하루 이틀 힘든 나날이 아니어선지 하라면 하라는 대로 고분고분 묵묵히 따른다.

서로 눈치만 살피는데 또다시 앙칼진 목소리다.

"야네 말 시키네. 빨리 마저 다 벗지 못하간?"

11월도 다 가는 초겨울 밤, 난방이 전혀 안 돼 있는 을씨년스러운 북방 겨울의 냉방에서 온몸이 다 벗겨졌다. 하지만 나는 추운 줄을 몰랐다. 이미 덜덜 떨리고 있는 몸에 연이어 닭살이 싹 돋아났지만 춥다는 생각보다는 지금 이 순간이 천년 같아 빨리 지났으면 하는 바람뿐이었다.

한 줄로 서있는데 또다시 "돌아서!"라는 소리가 들린다.

79세의 노인으로부터 이제 16세밖에 안 된 어린 초연이까지 모두 알몸으로 벽을 향해 돌아서 있는데 여군관이 문 쪽에다 대고 소리쳤다.

"됐습니다."

문이 열렸다. 당꼬바지에 긴 가죽장화를 올려 신고 옆구리에 권총을 찬 젊은 남자 군관 둘이 들어오더니 애써 여군의와 눈을 맞추면서도 우리 쪽을 힐끔힐끔 보며 시시덕거린다.

"꼴들 좋다. 야네만 오면 이렇게 이상한 냄새가 나. 중국 냄새 정말 고약하다."

시큰둥한 표정으로 투덜거리는데 얼핏 보면 여자들이 이 추운 곳에서 자기들 앞에 알몸으로 있는 것에는 '무관심'이고 그들을 자극하는 것은 마치 이상한 냄새뿐이라는 투다. 매일 서너 차례씩 중국서 잡혀들어 오는 사람들을 다룬다니 그럴 법도 한 것인가? 성이 말살되는 순간이다.

"돌아서!"

여자가 말을 이었다.

"내말 똑똑히 들어. 너네 다 힘들어서 갔갔디. 나라 싫어서 간 사람이 있간."

침묵이다.

"기니까 돈 가져 온 거나 비밀문건 같은 거 감춘 거 있으면 솔직히 내놔."

여전히 침묵이다.

"소지품에 있는 거 말고 밑에 감춘거랑 있으면 아무래도 검사하는데 순순히 빨리 내놔. 만약 검사해서 들키면 어떻게 되는 거 알디 이? 하지만 자발적으로 내놓은 돈은 이제 여기서 지내면서 먹은 값 제끼고 다 준다. 알간?"

"……."

언젠가 중국에 있을 때 북한에서 금방 넘어 온 사람에게서 북한에 잡혀가면 우선 국경보위부에서 하체(vaginal opening) 검사를 한다는 소리를 들은 적이 있다.

국경을 넘나드는 여자들이 돈을 몰수 당할까봐 달러나 중국 돈을 돌돌 말아 비닐 랩에 꽁꽁 싸서 봉인하여 질 안에 넣어 숨긴다는 얘기를 들은 적이 있었다. 그렇게 피를 흘리면서도 통증을 참고 생리대를 한 채 고향으로 돌아가다 붙잡히면 그나마도 다 뺏기고 더러는 성병을 앓기도 한다고 했다. 그런데 설마 했는데 웬걸 나에게도 그 풍문이 현실로 다가와 있었다.

"없어?"

말없이 오들오들 떨고 있는 우리를 매서운 눈으로 쏘아보던 여군의는 나무책상 서랍에서 누런 고무장갑을 꺼내들었다. 오래 돼 찌글찌글 비틀어지고 앞 끝이 탈색된 고무장갑이었다. 게다가 전혀 위생조건이 안 돼 있는 서랍에 방치돼 있던 것이었다.

"정말 없디 이?"

그렇게 다짐 받듯이 말하고는 우리 눈을 하나하나 들여다보면서 천천히 장갑을 꼈다.

"할마이부터 일루와." "늙은 게 뭘 챙피하내? 챙피한 줄 아는 게 나라 팔고 댕게야?"

할머니보고 다짜고짜 야 자 다.

할머니의 회고 성긴 흰머리를 끄집어 머리를 털어본다.

"다리 벌려!"

여군의는 대야를 당겨놓고 장갑 낀 오른손을 넣고 적신다. 소독약인 것 같다. 누런 장갑이 금방 시뻘겋게 돼 피 같은 물을 뚝뚝 떨구는데 그 손을 할머니의 벌린 양 다리 가운데로 가져갔다.

할머니가 기겁하여 차디찬 콘크리트 바닥에 벌렁 엉덩이를 쪼았다.

"아이고 난 없습니다."

"말이나 못 하문. 늙은 게 왜 이렇게 수선을 떨어야. 빨리 하자. 잘 들어. 망측하게 노는 것들은 더 세게 옇는다!" 깊이 넣겠다는 말이다.

그리고는 다시 어르신을 다그친다.

"너 빨리 일어나."

할머니가 엉거주춤 일어나 자세를 수습하고 그 여자에게 다가가 다리를 벌렸다.

올해 79세, 이제 한 달 있으면 바로 80이 되시는 할머니다.

그 여자의 말이 맞다. 집에 가만 계셨으면 이런 욕을 보시지 않으실 것 아닌가.

어르신의 다리는 뱃가죽과 마찬가지로 쭈글쭈글 하다. 피부는 노인 특유의 반점 투성이에 윤기가 하나도 없다. 엉덩이와 뱃살은 축 늘어지고 치모도 이제 백발이 되어 성글고 가운데가 살이 다 빠져서 참말로 보기가 민망했다.

여자는 시뻘건 물 묻은 장갑을 할머니의 하체에 밀어 넣고 한참 만에 손을 뺀다.

물론 아무것도 없을 게 뻔했다.

할머니는 남한에 계시는 친척들이 찾는다고 하여 연길로 넘어갔다가 기획하는 사람들이 하는 지시만 따르느라 언제 돈을 만져 본 적도 없었다.

"이그, 그 주제꼴에. 저리 가!"

"다음! 너 일루와!"

울상이 된 초연에게 하는 말이다.

"그거 놓지 못 해?"

16세의 소녀는 손에 쥐고 있던 머리핀을 맨바닥에 떨어뜨리고 두 손을 가슴 위에 놓아야 할지 배 밑을 가려야 할지 허둥거렸다.

어린 초연의 안에 무엇이 들어갈 수가 있을까.

나도 남자와 첫 경험 때 많은 피를 흘리고 엄청나게 아팠었고 끝내 첫 날에는 남자의 그것이 삽입되지 않았던 기억이 생생하다. 어린 소녀가 거기에 무엇을 감출 수 있다는 것은 상상할 수 없었다.

그러나 이곳의 법은 미성년을 모르는가 보다.

맑고 하얀 피부와 갸름한 턱에 예쁘고 그림 같은 눈썹과 숱지고 까맣게 젖은 속눈썹을 파르르 떨고 서있는 초연은 키만 자랐지 발육이 좀 늦은 편인 듯 매끈한 몸매. 봉긋한 앞가슴이 솟을까말까 하고 아름답게 맺힌 예쁜 두개의 꽃망울도 너무 연하고 맑은 색이어서 아직 분간이 안 된다. 둔부가 숙성하지 못한 하얀 허벅지 사이에 애어린 풀마저 아직 자라지 못한 어린 소녀다.

온몸이 파랗게 질린 그는 다리 사이를 감추느라 동그랗게 올려 붙은 엉덩이를 옆으로 돌리면서 온몸을 비틀고 어쩔 줄 모른다.

"야야! 이 계집애 돌아서지 못하가서야! 다리 벌려!"

무조건 복종할 수밖에 없는 처지지만 잔뜩 겁을 먹고 긴장해 있던 초연이 드디어 훌쩍거리기 시작하였다.

"이놈 엠나 아직 덜 혼났시야. 시끄러워! 여기 오는 애들 너보다 쪼그만 계집년들두 다 몸팔았시야. 이 엠나라구 좀 다르간?"

그러고는 장갑 낀 손으로 초연의 머리통을 한 대 갈기니 긴 채머리가 앞으로 흩어지고 소녀는 더 크게 발광하며 울음을 터트렸다.

"너 네 멀하네? 이 간나 붙잡지 않구?"

여자는 무서워 떨고만 서있는 우리에게 버럭 소리를 질렀다. 벌거벗은 두 여자는 그제야 하얗던 정신을 수습하고 딸 같은 우는 애를 달래며 안아주었지만 사실 그 순간은 자기 몸도 주체하기 힘겨운 충격 자체였다.

알몸인 여자 셋이 끌어안고 울었다. 일생에 처음 여자끼리 알몸으로 안아 보았다.

그러는 사이에 여자는 할머니의 속에 넣었던 장갑을 낀 채 다시 그 대야에 손을 적시고 또 그 손으로 강제로 초연이의 하얀 다리사이에 손가락을 집어넣었다.

이제 겨우 보들보들한 연한 갈색으로 가즈름이 새순이 자라기 시작한 그 애의 아름다운 산에 승냥이가 검은 발을 들여놔 처녀를 유린하는 순간이었다.

"으앙!"

어린 소녀는 경악하며 차디찬 맨 바닥에서 몸부림쳤지만 그 여자의 손은 벌써 소녀의 어린 그곳을 휘젓고 있었다.

5

월경자 집결소

문 밖에 던져진 옷을 가져다 입으라고 해서 보니 어느 누구 옷 팬티 브래지어 할 것 없이 막 섞였는데 검사하느라 그랬는지 겉옷은 지갑이며 혼솔까지 다 뜯고 벨트와 단추도 몽땅 떼져 있었다.

벌거스름하고 기분 나쁘게 끈적이는 액체가 다리 사이를 타고 흘렀다. 그때부터 나는 거의 한 달 가량 아랫도리의 끈적임과 가려움증에 시달려야 했다.

소지품을 다 가져가 버렸으니 훔칠 수 있는 손수건은커녕 화장지 한 장도 없었다. 니트를 주워 울고 있는 초연이의 가운데서 흐르는 피를 대강 막아 주었다.

산처럼 쌓여있는 옷 속에서 자기 팬티를 찾아 입으려고 나체의 네 여자가 침묵 속에서도 부산을 떠는 것이 가관이다. 옷을 입으려고 보니 브래지어는 회수하고 없다. 감옥에서 자해할 수 있는 물건이란다. 언제까지 브래지어를 못 하고 지내게 될지 알 수가 없었다.

폭격 맞은 기분으로 옷을 주섬주섬 입고 나니 이제 정말로 감방으로 간다. 조선에서 자랐지만 조선 감방은 처음 본다. 조국으로 돌아왔고 이제 조국에서 그 첫날밤을 지내는데 그것도 감방에서 보내게 되었으니 기가 막히기도 했지만 아직 얼떨떨하고 실감이 안 간다.

한참이나 맨발로 찬 복도를 걸어 가다가 굽이돌고 돌아서 작은 문으로 들어갔다.

고기 썩은 냄새 같은 지독히 역하고 습한 냄새가 침침하고 긴 복도의 구석구석에 배어 있었다. 이어서 두 폭 남짓 너비의 어두운 시멘트 복도가 또 나타났는데 어린이 키만 한 작은 문들이 한 쪽에 대여섯 개씩 있었다.

어느 구석에선지 사지를 비틀리는 듯한 고통스런 남자의 울부짖음이 들려 왔다. 목에 핏대를 세우고 욕지거리를 해대며 구타하는 듯한 여러 남자들의 광란 소리도 들렸다. 우리와 따로 갈라져 들어간 송천이가 군관들에게 맞아서 얻어터지는 것 같았다.

남자니까.

후에 안 일이지만 당시 S집결소 감방 안에는 200여 명이 있었다고 한다. 전국의 이런 국경 집결소들에 무려 3천여 명의 수감자들이 임시로 감금되어 있다고 한다. 형을 받고 교화소로 떠나간 수감자들은 또 얼마일까?

문아래 또 문, 큰 문이 있어도 죄인은 그 문에 달린 작은 문으로 다녀야 하고 큰 문은 '선생'들의 문이다.

여기서는 보위부 간수들 즉 계옥들은 경찰이나 병사들이 아니라 국가 보위부 장교들이 직접 나와 있었다. 그들도 군인이지만 죄수들은 그들을 '선생님'이라 불러야 했다.

꿇어앉는 것과 허리를 90도로 굽혀서 걷는 것을 배웠다. 태어나 받은 교육 중에서 가장 빠르게 익혔고 오랫동안 기억할 수 있었다. 반복하거나 까먹으면 뒤통수에 매가 기다리고 있었기 때문이었다. 일생 한 번도 못해 본 동작이었으나 모든 동작을 오래전부터 해온 것처럼 한 번만 들으면 아주 익숙한 모습으로 해나갔다.

'무릎으로만 앉기'로 엉덩이를 세우고 무릎을 찬 복도 바닥에 대고 손을 뒤로 가져가고 머리와 가슴을 숙이고 벽 쪽으로 돌아앉아 있는데 감옥문이 요란스레 절컥거리고 열리는 것 같았다.

무슨 일인지 훔쳐 볼 수는 없어도 그만큼 귀가 밝고 눈치도 빨라야 살아날 수 있다.

"들어가!"

허리를 엉거주춤 하고 보니 앞에 내 키 절반만도 안될 만큼 작고 낮은 문이 열려 있었다. 개구멍만 한 문으로 한 사람씩 차례로 머리와 허리를 숙이고 기어서 들어갔다.

감방 안은 길이가 3m 50cm 정도, 너비가 2m 50cm 정도인 작은 마루방이다. 거칠거칠한 판자에 뿌연 때가 끼여 있긴 해도 아직 생나무 색깔인 걸 봐선 오래되진 않은 방이다. 하지만 건물은 임시라 그런지 초라했다. 습기가 꽉 찬 방에는 더덕더덕한 콘크리트 천정에 물방울이 맺혔다 떨어지곤 하였다.

방에는 26명의 여자들이 4열로 뒤로 돌아 앉아 있었는데 우리가 들어오니 가운데 한 줄이 더 생겼다.

뒤에는 물을 받아서 쓰는 50리터 정도 들어 갈 수 있는 시멘트 물탱크가 하나 있었고 그 옆에 앞을 가리지 않은 변기(애기머리만 한 구멍만 있었다)와 그 옆에 녹슨 수도대가 하나 있었다. 변기구멍은 횃불 뭉치처럼 막대기에 천 뭉치를 달아 비닐로 통째로 감싼 것으로 틀어막았다가 볼일을 보고는 다시 덮어 두는 것 같았다. 아까부터 나는 냄새가 이 냄새였구나. 그래서 감옥살이를 하는 사람들 보고 똥간에 앉는다 하는 것을 그제야 알 것 같았다.

어스레한 회색 감방 천장에 애기 주먹만 한 촉수 낮은 전구 하나가 대롱대롱 매달려 있었다. 희미한 불빛에 감방의 모습이 어슴푸레하게 드러났다. 나를 가장 놀라게 한 것은 바로 각색 모습에 나이도 제각각인 여자들이 빼곡히 나란히 줄맞추어 앉아있는 모습이었다.

화장기 없는 누렇고 창백한 얼굴에 깊은 고뇌가 무겁게 실려 있었다. 여자들의 우울한 모습이 나의 뇌리 속에 이미 한번 왔다갔던 것처럼 섬뜩하게 느껴졌다. 여기 감옥에 들어오기 전 그래도 자유롭던 마지막 며칠간, 나는 연거푸 이상한 악몽을 꾸었다. 괴이한 형상들이 어지럽게 나타났었는데 이 여자들의 모습이었는지도 모르겠다.

불법체류가 너무 힘들어진 나는 어떻게든 국적을 가지고 떳떳하게 살고 싶었다. 몇 년을 중국에 사는 동안 북한으로 다시 돌아가려는 시도를 여러 번 했지만 다 실패하고 여러 곳을 떠돌았다. 나름대로 최선을 다해 보았지만 결국 이제 그만 포기할 수만 있었으면 좋겠다는 생각이 들었다. 탈북자를 난민 취급 안 해주는 중국 땅에서의 삶은 그야말로 큰 감옥에서의 생활과 같다고 해야 할 정도였다.

어느 날 남한 선교사로부터 한국으로 갈 수 있는 길이 있다는 얘기를 들었다. 나는 그날부터 중국에서 열심히 일해서 번 돈을 주고 한국에 입국하려는 꿈을 가지게 되었다. 북경 시내의 어느 민박에 숙박하면서 여권을 만드는 등 한국 입국을 준비하기 시작했다. 그러던 중 북경의 한국대사관에 뛰어든 북한사람 65명이 모두 잡혀서 북송되었다는 소식을 들었다. 대사관 진입은 이미 안 될 것 같다는 얘기와 함께 비행기 타는 것도 어려울 것 같다고 연락이 왔다. 그러면서 가장 빠른 길이 있는데 하루 이틀 고생을 하더라도 돌아갈 수 있는 길이 있다고 했다.

이왕 돈도 다 넘겨준 상황이라 어려운 길이라도 어쩔 수 없이 갈 수밖에 없었다. 또 아무래도 한 번은 꼭 단행하고 가야할 길이었기에 결심을 굳혔다. 민박에 남아서 다음 지시를 기다리고 있던 어느 날이다.

그날도 나는 독방에 숨어서 나가지 않고 이런 지루하고 지긋지긋한 수배 생활이 언제나 끝나고 사람답게 한번 살아 볼까 하고 궁리하다가 잠이 들었다.

네온사인이 빙글빙글 돌아가며 낭만의 감성을 자극하는 서양식 나이트클럽이다. 반짝이는 비키니의 화려한 의상과 샤블리나 컬러 스키니진을 입은 예쁜 아가씨들이 흥에 겨운 댄스를 선보이고 요란한 재즈로 귀청이 먹먹하다. 갑자기 사방이 숨죽인 듯 조용해지고 여인의 조용한 노래 소리가 울려온다.

> 봄이면 사과 꽃이 하얗게 피어나고
> 가을엔 황금이삭 물결치는 곳
> 아 아, 내 고향 들꽃 피는 저 언덕이
> 둘도 없는 조국인줄 나는 알았네…….

내가 북한 노래를 부르고 있었다.
관중 속에서 "휘-휘!" 하는 휘파람 소리가 들리고 "와와" 열광하는 소리가 진동하는데 갑자기 나에게 다가오는 사람들이 있다. 경찰제복을 입고 전기곤봉을 들고 있는 모습이 뚜렷하다. 순간 나는 그들이 내 손목에 채우려는 수갑을 낚아채어 내던지고 허둥지둥 그곳을 빠져 나왔지만 사방이 먹장구름으로 뒤덮이고 앞이 보이지 않는다.
비가 오는 허허벌판에 내가 혼자 서있다.
우르릉 꽝꽝 잡아먹을 듯 무서운 굉음으로 우렛소리가 연거푸 들리고 마른 나뭇가지가 하얀 섬광으로 번쩍이더니 캄캄한 하늘이 둘로 갈라진다. 순간 갑자기 나타난 네 명의 괴한이 팔을 사선으로 벌리고 서서 나를 둘러싸고 있었다.

소스라쳐 놀라서 잠에서 깨니 베개가 흥건히 땀에 젖었다.

과연 내가 무슨 죄를 저질렀기에 이렇게 고통에 시달려야 하는가라는 생각이 들었다.

햇빛이 내가 숨어 있는 민박의 베란다 창문으로 눈부시게 쨍쨍 부딪치던 또 어느 하루.

내 영혼이 또다시 찌는 햇볕에 목이 말라 강가에 나섰는데 나무 한 그루 풀 한 포기 없다. 뙤약볕에 바짝 마른 늙은 보리밭 같은 흙에 바위와 자갈밭 사이로 맑은 물이 도록도록 흘러가고 있다.

벗은 발바닥은 뜨거워 데일 것 같고 숨 막히는 더위에 목이 타들어 간다.

목을 축이려고 뜨거운 자갈밭에 의지하고 엎드리는 순간 누군가 내 목덜미를 잡아 일으켰다. 머리에 둥글게 흰 터번을 두른 무슬림처럼 보이는 자가 무표정한 얼굴로 나를 내려다보고 있었다.

나는 그의 손에서 빠져 나오려고 무진 애를 썼지만 힘이 다 빠져 나간 듯 전혀 반항할 수가 없다. 그는 나를 두 팔로 뉘여 안고 성큼성큼 맑은 물이 흐르는 강을 건너 어딘가 해가 쨍쨍 비치는 뜨거운 곳으로 가고 있었다.

숨 막히는 악몽에서 깨어난 그날 나는 꿈속에서 보았던 '요단강'이 부르는 것 같아 머리가 지끈거렸다. 그리고 스스로 살아갈 수 없는 내 신세가 너무도 가여워 눈물로 베개를 적셨다.

운명의 사막으로 떠나던 그날 나는 바로 오늘 감방에서 현실로 보게 된 세 번째 꿈을 꾸었던 것 같다.

해가 다 저물어 가는 초저녁 같기도 하고 햇빛이 들지 않아 어둠침침한 것 같기도 했다. 모든 것이 뚜렷치 않다.

초가 이엉을 낮게 드리운 추녀 낮은 옛 조선의 반토굴집 같은 곳에 컴컴하고 창백하기도 한 죽은 얼굴빛의 여인들이 침울하고 희미한 모습으로 줄지어 나란히 비좁게 앉아 있었다.

그들은 희끗희끗한 머리를 풀어서 직선으로 빗어 내렸고 입고 있는 잿빛 저고리 앞주머니엔 검은 펜으로 무어라고 써 붙인 것 같았다. 그 컴컴하고 비좁은 곳에서 머리를 숙이고 있는 여자들은 무엇을 경청하는 듯도 하고 노래를 따라 부르는 것 같기도 했다.

그때 나는 교회에서 찬송가를 부른다고 보기엔 너무도 으슥하고 쓸쓸하던 그 괴영들에 의아해 했었는데 지금 보니 어른 아이 할 것 없이 비좁게 앉아 있는 이 감방 안의 모습과 너무나도 흡사하였다.

꿈대로라면 나는 이미 체포될 운명이 정해져 있었던 건 아닐까?

'안 된다'와 '할 수 없다'

어찌 되었든 감옥은 내가 꿈에서 본 모습과 너무나 흡사하였다.

이 감옥 안은 전부 CCTV가 설치되어 있고 규정에 어긋나는 행동을 하면 안 된다. '안 된다'는 이 말은 그냥 하는 말이 아니었다. 된다고 생각하다간 목숨을 포기해야 했다.

우리가 들어가자 양쪽으로 사람들이 갈라 앉고 우리 넷을 한 줄로 가운데 나란히 앉게 했다.

이곳에는 제일 처음에 들어온 사람이 변기 앞에 앉는데 더 무서운 자리는 CCTV가 제일 정확히 보이는 가운데 자리였다. 하지만 우린 아직 그런 것을 몰랐다.

자리에 앉자 간수 선생은 '호실장'에게 규정을 가르치라고 말하고 문을 쾅 닫아버렸다. 작은 문이지만 쇳덩이로 만든지라 닫는 소리가 요란했다. 밖으로 쇠 빗장을 지르고 큰 자물쇠 거는 소리가 거슬리면서도 애처롭게 귀청을 때렸다.

영화에서 보고들은 감옥 문 여닫는 소리가 그렇게 크고 유별나던 이유를 알 수 있을 것 같았다. 나는 그날부터 감옥에 있던 나날 매일 무려 10여 차례씩 그 소리를 들어야 했다. 하지만 매번 깜짝 놀라곤 하여 습관이 되는데 오랜 시간이 걸렸다.

언제부터 누가 생각해낸 아이디어였을까. 얼마나 총명하고 사악한 자가 '정좌'란 벌을 만들었을까. 옛적부터 죄인은 이렇게 앉는 것일까. 아니면 최근에 만들어 낸 발견일까.

앞 사람의 엉덩이와 내 무릎이 닫고 내 엉덩이와 뒤 사람의 무릎이 맞닿게 콩나물 시루모양 빼곡히 앉았다. 모두 양반시대의 올 방자를 틀고 앉은 모양으로 양 발목을 넓적다리 사이에 X 자로 포개 넣고 앉아 있어서 처음에는 그것이 제일 편한 자세인 것 같았다.

그나마 오래 견딜 수 있도록 만든 규정인 줄 알았다. 하지만 아니었다. 양손은 펴서 손바닥이 보이게 위를 향하게 하고 두 무릎 위에 각각 올려놓는다. 머리는 45도 각도로 숙이고 선생님을 보아서는 안 되고 선생님의 승인 없이 머리를 들어서도 안 된다. 하루 종일 선생님의 질문에 대답하거나 제기할 일이 없이는 말을 해서는 안 되며 기침을 해도 하품을 해도 안 되며 웃을 수도 울 수도 없다. 졸지 말아야 하고 엉덩이나 다리가 아프다고 들 수도 없다.

하루 종일 아무것도 안 시키고 취조하는 시간과 뒤 보는 시간, 식사시간 외에는 몸을 한 순간도 꼼짝 않고 절대로 움직여서는 안 된다. 선생님이 돌아앉으라 하기 전에는 문 쪽으로 앉을 수 없고 그냥 변기를 마주하고 앉는다.

여기서는 오직 '안 된다'와 '할 수 없다' 뿐이었다.

한 20분 정도 까딱 안 하고 앉아 있으려니 몸에서 식은땀이 흐르고 엉덩이와 허리가 뻐근했다. 모으고 앉은 종아리와 발목은 비틀린 것처럼 피가 안 통하고 쥐가 나서 견딜 수 없을 만큼 저리고 아팠다.

나는 그저께 저녁 단동 감방에 들어온 만두 두 개를 느끼하다고 안 먹고 다른 사람에게 주어버렸었다. 그때부터 계속 굶다보니 아직 습관이 되지 않은 위가 쓰리다 못해 아파왔다. 우리는 이곳 감옥에 들어 올 때 출입문 아래 개구멍 같은 배식구로 검은색의 밥 먹은 공기그릇들을 겹쳐 내놓은 것을 보았었다. 그런데 이제 저녁식사 시간도 지났건만 새로 들어온 우리에겐 저녁밥도 없었다. 얼마나 굶어야 할지 기약할 수도 없었다.

나는 슬그머니 다른 사람들은 어떻게 견디고 있을까 하고 머리를 숙인 채 옆으로 훔쳐보았다. 모두 산사람이 아니고 나무들인 듯 까딱 않고 있다.

조금 있으려니 "선생님!" 하는 애원 섞인 할머니의 음성이 감방 안의 침묵을 깨뜨렸다.

옆에 앉으신 할머니가 숨 쉬는 폼이 너무 힘드신 것 같았다.

"머야?" 등 뒤에서 간수의 섬찍한 목소리가 들리더니 재차 "뒤로 돌아!" 하는 소리가 들렸다.

우리는 앉은 자리에서 출입문 쪽을 향해 돌아앉았다.

"누구야? 너야?" 80세 어르신을 향해서 그냥 반말이다.

"일어서라!"

옆 사람에게 의지하여 엉거주춤 일어서던 할머니는 꼬부라진 다리와 허리를 펴지 못하신다.

"노친 왜 그래?" 간수가 도끼눈을 하고 들여다본다.

"다리하고 허리가 너무 아파서 죽겠습니다."

할머니의 몇 올이 안 되는 듬성듬성한 회색머리는 땀으로 흥건히 젖어 있었고 숨은 금방 넘어갈 것 같았다.

체포된 후로 며칠 동안 일어나지 못한 할머니다. 하지만 곧 정신을 차리신 후에는 편하고 슬기로운 마음으로 오히려 젊은 사람들을 위로하던 연로하신 어르신이 오늘은 오죽 견디기 힘드셨으면…….

넓이가 한 뼘밖에 안 되는 창구로 목이 가늘고 동글납작한 얼굴에 볼이 곱상하고 붉은 애송이 군관이 아무 말 않고 뚫어지게 안을 들여다보았다. 눈빛이 차가운 냉소로 번뜩거렸다.

'너도 부모가 있고 어머니도 있고 누나도 있을 텐데…….' 무엇이 그에게 천부의 권리를 뺏고도 떳떳할 수 있는 마음을 주었을까.

"그러니까 누가 그 고생 하랬나. 이젠 죽을 때 안 됐네? 앉아!"

그렇게 한마디 던지고는 그 애송이 간수는 그냥 돌아서 버렸다.

아무리 아프고 힘들어도 눕지 못하고 그대로 또 앉아야 하는 할머니를 옆 사람이 부축했다. 할머니는 힘겨운 신음소리를 참지 못하고 거의 쓰러지듯 주저앉았다.

어르신의 거친 숨소리만이 여운으로 들리다가 꺽꺽 하고 잦아들고 감방 안은 또다시 정적이 깃들었다. 밖에서는 권총을 찬 군관이 구둣발 소리를 뚜벅뚜벅 내며 왔다 갔다 하는 소리가 들려왔다.

새로 사람이 들어올 때는 그 방 사람들이 활기를 띠고 말 시킬 기회를 찾는다. 때문에 한동안 더 경비가 강화되었다.

CCTV로 본다고 하지만 기계가 좋지 못한지 감방 안의 통제는 호실장에게 맡기고 간수 선생이 출입문 살창 사이 좁고 길게 가로 난 유리창을 통해서 검은 눈을 번뜩이며 뚫어져라 들여다보고 있다.

감옥에서 자다

시계가 없으니 시간 가는 것을 알 수 없었다. 아마 이곳에 들어와 앉은 지 서너 시간 지난 것 같았다. 밥그릇이 드나드는 작은 배식구마저 빗장을 지르는 걸 봐선 이제 잠잘 일만 남은 듯했다.

단동에서 아침부터 귀국하느라 부산을 떨며 시달렸었다. 안 그래도 잠이 올 시간인데 굶은 채 정좌한다는 것은 정말로 힘들었다.

45도로 숙인 얼굴이 금방 탱탱 부어올랐다. 목이 꺾인 듯 가슴은 답답하고 고픈 뱃가죽이 들어붙은 뒤 잔등이 조여서 계속 당기고 째지는 듯 따끔거렸다. 아무리 정신을 차리려고 해도 자꾸만 눈이 내려온다. 금방 숨이 멎을 것처럼 가슴이 꺽꺽 막히고 깔고 앉은 다리는 차츰 감각을 잃어갔다. 가장 참을 수 없고 야속스러운 것은 계속 사정없이 쏟아져 내리는 잠이었다. 죽을 지경이었다.

그 와중에 언젠가 내게 자유로운 날이 돌아오면 아무것도 안하고 오직 잠만 한 달 실컷 자겠다고 생각했다. 이런 생각을 하는 걸 보면 아직 죽을 날은 멀었다. 하지만 지금은 눈을 감거나 졸면 안 된다는 엄격한 규정을 어떻든 견뎌야 했다.

내가 힘들어 신음소리를 내자 옆 사람이 머리를 숙인 채 움직이지 않고 귓속말로 속삭였다.

"조금만 더 참아요. 이제 잘 시간이 거의 되었으니. 그리고 한 3일 지나서 습관이 되면 조금 나을 거예요."

나는 입속으로 중얼거리는 그가 신기하고 고마웠지만 고맙다는 대답도 할 수 없고 머리를 끄덕일 수도 없었다. 그냥 침묵 속에 눈물이 그렁한 눈을 끔뻑이며 목구멍으로 흘러드는 짭짤한 눈물을 삼키고 묵묵히 숨을 몰아쉬었다.

조금 지나자 갑자기 수감자들이 술렁이기 시작하였다. 신입인 우리는 알 수 없었지만 오래 된 수감자들은 밖에서 들리는 소리만으로도 간수 선생의 상태를 알아차린다.

복도에서 나던 구둣발 소리가 잠잠해진 걸 보니 간수 선생이 졸고 있는지 아니면 어디 잠깐 나간 모양이었다. 수감자들은 움직이지 않은 상태에서 소곤대기 시작했다.

소리를 내지 말아야 하니 다들 귓속말처럼 속삭인다. 이럴 때가 있을 줄 알았으면 입을 벌리지 않고 말하는 복화술을 미리 배워 둘 걸 그랬다.

옆의 수감자가 머리를 숙인 채 내게 소곤거렸다. 밖의 날씨가 어떤가, 몇 살인가, 집은 어디인가, 중국 어디서 살았는가, 중국에서 얼마나 살았는가, 어디서 잡혔는가, 한국 기도(한국에 가려고 시도한 죄)인가, 지금도 중국에서 도강자들이 많이 잡히는가, 중국과 연락할 루트는 있는가 두루두루 온갖 것이 궁금한 모양이다.

외부와 격리된 생활을 하고 있는 수감자들은 누가 새로 들어오면 물어보고 싶은 것이 많을 수밖에 없었다. 그런데 새로 들어온 쪽은 심사가 많이 위축되고 공포에 질려 있어 그런 물음이 그냥 시끄럽기만 할 따름이었다. 더욱이 잘 들리지도 않아 못들은 척하고 있기가 일쑤였다. 그러나 사실 알고 싶은 것이 더 많은 쪽은 오히려 신입들이었다.

여기서 얼마쯤 있게 되는지, 어디로 보내지는지, 때리지는 않는지, 취조할 때는 무서운지, 언제 재우는지 등등 온갖 것들이 궁금했다. 하지만 마음이 안정되지 않아 무서워서 물어보지 못했다.

한 사람에게 400㎠밖에 주어지지 않아서 서로 무릎을 대고 겹 놓아 앉는 형편이라 숨 막히고 답답했다. 하지만 이럴 때는 26명이 다 같이 머리를 숙이고 있어 CCTV로는 수감자들 뒤통수만 보여 우리가 말하는 입이 보일 리 만무라 입속 대화가 오히려 가능했다.

후에 알게 되었지만 그곳은 중국에서 잡힌 탈북자들의 임시집결 구류장이었다. 붙잡힌 탈북자들은 죄의 경중에 따라 15일 내지 4달씩 취조 심문을 받고 일차 조사가 끝나면 다음 해당집결소나 관리소(교하소)로 이송되었다.

…….

얼마나 시간이 흘렀을까.

나는 아랫배가 터져 나오는 통증을 참을 수 없어 머리를 숙인 채로 가까스로 옆 사람에게 속삭이듯 물었다

"소변을 보려면 어떻게 해야 하나요?"

"지금은 안 돼요. 취침시간 두 시간 전까지는 누구도 그런 걸 제기해서는 안 돼요."

취침시간 전에 누가 움직이거나 말썽을 부리면 그 호실은 전체가 일어서서 벌을 선다는 것이다. 그래서 초보들과 달리 이곳 경험이 두어 달 앞선 수감자들은 바짝 긴장하고 있었다. 만약에 걸리기라도 하면 제일 졸리는 새벽시간인 밤 12시부터 두세 시간씩을 세워 놓고 재우지 않거나 더 지독한 간수 선생들은 앉다 서다를 수없이 반복시켰다고 한다. 제대로 먹지도 못 한 채 두세 달씩 감옥살이를 하여 다리맥이 다 빠진 수감자들이었다. 몇 사람씩 기절하고 쓰러지는 집단 고문운동이 얼마나 고통스러운

것인지 누구나 잘 알고 있었다.

볼일은 취침명령이 떨어지고 20분이 지난 다음에야 한 명 씩 일어나서 보고 잔다고 했다.

복도의 큰 문이 열리는지 쇠붙이 부딪치는 요란한 소리가 났다.

절컥거리며 들어오는 구둣발 소리가 어지럽게 들리더니 첫 번째 감방부터 "잠잘 준비!"를 명령하는 간수의 목소리가 들렸다. 음질이 좋지 못한 메가폰을 통해 시끄럽게 왕왕거리는 소음과 함께 쩡쩡 울려나오고 있었다.

간수가 들여다보는 곳은 아래위로 겨우 팔 하나가 드나들 수 있게 창살을 가로지른 좁은 창이었다. 우리 감방 차례가 되었다. 간수 선생은 얼굴을 가져다 대고 우리 방을 잠시 들여다보았다. 허리를 숙이고 들여다보는 보위부의 둥근 모자 아래로 흰자위가 어둠속에서 무섭게 번뜩였다.

한동안 물을 뿌린 듯 정적이 흘렀다. 조용하고 모범적인 호실에만 "잠잘 준비!"의 말이 떨어지기 때문이었다. 드디어 간수 선생이 자그마한 감방 창에 얼굴을 대고 카리스마 어린 바리톤의 목소리로 한마디를 뱉었다.

"잠잘 준비하라!"

순간 소란이 벌어졌다.

몇 초 간 소동이 일고 자기 자리를 미리 맡아 놓고 있은 듯 26명이 순식간에 세 줄로 눕는데 앙벽에 머리를 대고 가운데 한 줄은 사람 위에 얹어져 다리와 머리가 겹쳐졌다.

다섯 평도 안 되는 공간에 빼곡히 누운 수감자들은 한쪽 어깨만 바닥에 대고 등은 다른 사람 가슴에 기대었다.

그래도 가슴과 가슴 사이에 끼인 사람은 괜찮은 편이었다. 반대로 누운 자들 중 키가 큰 사람은 다른 사람 가슴 사이로 긴 발이 덮쳐든 상태였다. 엉덩이를 바닥에 대지 못해 사람 위에 올려놓은 사람도 있고 발로 가슴을 누른다고 서로 자리다툼을 하기도 했다. 그러는 동안 우리 새로 들어온 사람들은 어리둥절하여 어찌할 바를 몰라 휘둥그레 보기만 하다가 발을 놓을 자리도 없어서 그냥 변기에 기대 서있었다.

그러자 와자하게 한꺼번에 지르는 소리가 우리를 향해 울렸다.

"새로 들어온 것들, 빨리 누워라!"

그들은 모처럼 주어진 취침시간을 갓 들어온 얼빠진 신입들 때문에 또 뺏기고 싶지 않았던 것이다.

사람이 다 눕기 전에는 자라는 명령이 안 떨어지고 몇 초 사이에 자리가 정돈되지 않으면 그 호실은 전체가 일어나 벌을 받아야 한다.

호실장과 구대원들은 가차 없이 머리를 쥐어박고 허리를 발로 차고 하면서 수인들을 눕히느라 야단법석이었다. 하지만 나는 얼결에 몇 대 얻어맞고 얼얼해진 머리와 헝클어진 몸을 어디에 끼워 넣어야 하는지 알 수가 없었다.

낡고 찢어져 쇠머리만 한 구멍이 풍풍 뚫린 모포 대 여섯 장이 시체더미처럼 납작하게 쓰러진 사람들 사이 군데군데 덮여졌다. 서로 잡아당기느라 무진 애를 쓰고 있었다. 못 덮은 사람들은 밤새 냉동 방에서 꼼짝없이 사람 틈에 낀 채 그냥 떨어야 한다.

그렇게 비좁고 추운 곳에서도 손은 설사 얼더라도 배 위에 내 놓아야 하는 것이 원칙이었다. 무슨 나쁜 장난이라도 할까 봐서일까?

이 모든 것이 말없이 순식간에 진행되었다. 무슨 일이 있어도 호실에서 말소리가 들리면 안 되었다. 만약 간수 선생의 귀에 말소리가 들리면 호실 전체가 잠을 못 자게 되기 때문이다.

밖에서는 어느 호실인지 펌프 운동으로 벌을 서며 셈 세는 "하나! 둘! 셋! 넷!" 소리가 500m 너머까지 소란스럽게 이어지고 있었다. 복도에서는 누가 맞고 있는지 울고불고 아우성치는 소리가 끊이지 않고 있었다.

그 나마 24시간 중에서 잠자는 이 서너 시간이 그래도 제일 좋은 시간이었다. 오랜 세월이 흐른 후에도 나는 세상 제일의 단잠이 어떤 것인가 물으면 그때 보위부 감방에서의 잠이었다고 답할 것 같다. 육체의 괴로움에는 관심을 둘 수도 없었다. 그냥 피곤한 영혼을 잠깐이라도 쉬게 할 수 있으면 족했다. 잠깐 졸 수 있었다는 정도가 적절한 것 같은 그 짧은 몇 시간이 얼마나 단잠이었는지…….

약한 몸으로 사람 사이에 끼어 밤을 새운 그 고통의 시간들, 변기통에 머리를 대고 변기 위에 수돗대를 가린 턱으로 몸을 지탱한 채 냄새를 맡으며 지새운 수많은 밤들! 어떻게 견디며 지내 왔을까.

어떤 이의 발이 내 가슴을 누르고 있었지만 내 발도 마찬가지라 밀어 낼 곳도 없었다. 힘을 다해 얼굴과 코에 닿는 다른 사람의 발을 떼 내려 몸을 위로 솟구쳤지만 머리만 찬 벽에 쿵하니 쪼았다. 발 냄새만 덜 맡아도 조금 괜찮을 듯싶었지만 천성적으로 몸이 약하고 힘이 없는 나로서는 어쩔 수가 없었다. 그저 눈물이 그렁한 눈으로 천정만 올려다보았다.

한창 졸음이 밀려오는데 천정에 맺혔다가 무거워진 물방울이 나의 목에 뚝 떨어졌다. 섬뜩한 찬 기운에 놀라서 몸을 떨었다. 서러운 눈물이 볼을 타고 코와 입과 귀를 적시며 소리 없이 흘러 내렸다. 약해진 마음에 멀리 어딘가에 계실 하나님을 우러르며 주기도문을 외워 보았다.

아, 하늘에 계신 우리 아버지여
이름이 거룩히 여김을 받으시오며, 나라이 임하옵시며,
뜻이 하늘에서 이룬 것 같이 땅에서도 이루어지이다…….

예전에 그처럼 평화롭게 가슴에 새겨졌던 주기도문이 그 순간에는 나를 낯설고 의미를 알 수 없는 나락으로 이끄는 것 같았다. 생사의 갈림길에서 나를 부르는 소리가 들리는 듯했다. 눈이 서서히 감기고 몸도 질척한 꿈속으로 빠져들기 시작했다.

두만강 가에 서다

겨울이 이젠 한풀 꺾여서 아련한 봄 내음이 올라오는 2월의 조용한 하늘이다. 겨울 내내 내린 눈이 낮에는 녹고 밤에는 얼곤 하면서 부드럽게 낮아져 하얗고 동그란 모양으로 전야와 언덕을 살포시 덮고 있었다.

나는 떠오르는 햇빛에 시린 눈을 찌푸리고 발목까지 빠지는 눈 사이에 서 있었다.

사방이 하얗다.

볼록 나온 줄기는 밭고랑일 테고 패여서 그림자가 진 곳은 이랑일 테지……. 이랑과 고랑이 반복되는 낭떠러지를 아랑아랑 지나 하얀 눈을 소복이 동그랗고 귀엽게 이고 있는 것들이 보였다. 강변의 이름 없는 바위며 돌들이다.

사이사이 뻗어간 햇살 줄기를 따라 늘어져있는 버드나무와 돌들이 어우러진 사이로 반들반들한 곳에 시선을 멈췄다.

저기다. 푸른 기운이 도는 길고 투명한 비수 같기도 한 강변이 한 눈에 안겨온다. 따라 가노라면 먼 옛날 아담과 이브가 살던 에덴동산을 둘렀던 하월라처럼 부드러운 곳이 나올까. 빛나는 눈가루가 레이스처럼 뿌려진 얼음판이 아련하게 멀어져 가고 있다.

저기다.

저 투명한 얼음 띠를 두른 두만강을 건너 마주보이는 그곳이 중국이다. 이 하루가 지나 밤이 되면 나는 이곳을 떠난다. 저곳을 넘어가면 언제 돌아올 수 있을지 알 수 없다.

한 달 전까지만 해도 나는 나를 낳아준 땅에서 살았다. 어릴 적 꿈이 있었고 친구가 있고 습관과 버릇이 있고 아름다운 추억과 귀중했던 모든 것이 깃들어 있는 곳이었다.

하지만 이제 그 모든 것을 뒤에 두고 가야 한다.

정말 평시에 꿈도 꾸어보지 못한 엄청난 결심을 하게 된 건 웬일일까?

…….

아직 결심을 바꿀 여지는 남아 있다.

어머니와 형제들 그리고 사랑하는 아이들이 있는 이 땅을 정녕 떠나야만 하는가?

정말 이 길밖에는 달리 선택은 없을까?

정말 이것이 최선인가?

떠나기로 결심한 한 달 전부터 많은 갈등에 시달렸다. 갈등은 마치 저 눈 속의 고랑과 이랑처럼 깊어졌다 낮아졌다 반복되면서 발걸음을 수없이 더디게 했다.

하지만 눈물을 뿌리고 삼키며 수십 번 수백 번을 다시 생각해도 마음은 큰 원을 수없이 그리다가 결국 저기 강 건너에서 멈추곤 했다.

애들과 모여서 함께 살 수만 있다면 이보다 더한 일도 할 수 있지 않을까?

아마도 이건 사는 것이 아니라는 생각에 몸서리쳤던 그 하루하루가 하나씩 쌓여 이런 결심을 하게 된 것이리라.

평양의 대동강이 생각난다.

대동강은 저기 마주보이는 중국 산기슭에 맞닿아 흘러가는 두만강과는 너무도 다르다. 대동강은 아무리 추운 날에도 웬만해선 얼어붙지 않는 큰 강이다. 그리고 아름답다. 나는 그 대동강 가에서 태어났다.

사람들의 손길로 다듬어지고 세계적으로도 유명했던 대동강을 사람들은 어머니 강이라고 불렀다. 나도 내가 나서 자란 그곳을 사랑했다.

…….

나의 어린 시절은 무난하게 흘러간 편이다.

북한은 지위여하를 불문하고 충성심으로 모든 것을 재는 사회다. 그래서 아첨도 좀 할 줄 알아야 사는 물정을 안다고 말한다. 아버지는 북한 사회에서도 그런대로 인정받는 작가였다.

사람들 누구나 그런지도 모르지만 나는 "내가 누구인가"라는 질문을 스스로 던질 때가 있다. 그럴 때마다 자서전의 첫머리처럼 떠오르는 습관적인 말이 있다.

"나는 한 평범하고 빈한한 작가의 가정에서 태어났다."

이 말은 나는 누구인가라는 정체성에 대답하려고 억지로 생각해낸 한 구절이 아니다. 이미 오래 전부터 낯설지 않게 나라는 존재와 늘 함께 붙어 다녔던 말이다. 사실 이보다 더 내가 태어난 집을 정확히 표현할 수 있는 말은 없다.

우리 남매가 크는 동안 부모님은 늘 "너희들에게 종이와 펜(옛 시절에는 잉크)밖에 물려 줄 것이 없구나" 하고 말씀하시곤 했다. 그래서인지 나는 시집가기 전까지 돈지갑이 없었다. 용돈이라곤 허리 옆구리로 손목이 드나드는 한 뼘 정도 입구의 교복 치마 주머니에 30전 이상을 넣어본 기억이 없다.

그만큼 돈과 물질에 관한 나의 세계는 대단히 좁았다. 발자크나 톨스토이 등 대문호의 소설을 읽으면서 그들이 돈과 물질세계에 대해 대단히 해박한 지식을 갖고 있음을 알 수 있었다. 나는 그것을 보면서 작가라는 직업의 모순을 이해할 수 없다는 생각을 하곤 했다.

"북한에서 그래도 내로라하는 일류급 작가인 부모님의 브랜드 같은 '종이와 펜'은 세계명작을 펴낸 문호들과는 어느 정도 거리가 있을까?"

물론 어떻든 세계명인들과 내가 존경하는 부모이며 스승이기도 하신 분들이 닮은 데가 많기를 바랐다.

우리 부모님이 근검절약하며 아주 무미건조한 생활만 하신 건 아닌 것 같다. 젊었을 적 아버지 사진을 보면 사회주의 교과서에 나오는 옛날 사람들의 바지저고리 모습은 별로 없다. 학생복 목 단추 검정교복에 사각모를 쓴 모습이 많으시다. 어머니도 여학교 제복을 입으시고 안경을 낀 모습이 너무 어여쁘시고 단정하다.

아버지가 젊었을 적 데뷔작 영화 '목련'이 제작되던 날이었다. 처음 영화 촬영소를 찾은 아버지에게 사람들이 "이번 영화 주인공이 너무 잘 생겼다"고 말했다고 한다. 영화의 주인공으로 새로 캐스팅된 젊은 배우인 줄 착각했다는 것이다. 아버지는 그렇게 멋진 데다 깔끔하기까지 하셨다.

어머니는 아버지의 이 같은 '여안의 상'[2]을 함께 살아오는 동안 조금은 불안해 하셨던 것 같다.

'창작 전투'가 한창 진행될 때면 부모님은 늘 금강산, 묘향산 등 명산에 설치되어 있는 우산장을 비롯한 북한의 작가 예술인들 창작기지에 가서 작업을 하셨다. 배급이나 공급에 신경 쓰지 않아도 될 만큼 나라의 특별 대우를 듬뿍 받으며 글을 쓰셨다.

부모님이 번갈아 출장 나가 너무 오래 돌아오시지 않아 보고 싶을 때면 우리 남매는 일하는 현장에 직접 찾아가기도 했다. 그때마다 우리에게 주려고 안 드시고 모아두셨던 간식을 한 가방씩 안고 돌아와 또래 친구들과 나누어 먹으며 신나했던 기억이 생생하다.

─────────
2) 여자들이 좋아하는 남자의 스타일을 그렇게 말한다.

고기 계란 사과 귤 과자 사탕 같은 영양식단은 물론 북한 사회에선 일반인들이 먹어보지 못하는 커피 홍차 초콜릿 우유 같은 간식들까지 구체적으로 메뉴까지 짜여 공급되고 있었다.

그곳에선 '웃분'들을 찬양하는 충성스런 불멸의 총서들이 만들어지기 때문이었다.

나는 마음이 여리고 누구에게나 긍정적인 편이어서 착하다는 말을 많이 들었다. 어쩌면 어리숙하고 똑똑치 못한 구석이 많았던 것 같기도 하다. 어렸을 적 내 별명은 '아다지오'였다. 피아노의 마지막 사라지는 여음으로 천천히 혹은 매우 느리게라는 뜻이다. 누가 나를 꼬집으며 때려도 한참 생각해 보고나서야 "아야" 하고 아파한다 하여 지은 별명이라고 한다.

그래서일까. 나는 고등중학교 때 전국적으로 진행되었던 '전국 청소년 백두산 상 글짓기 대회'에서 일등상인 '백두산 상'을 탄 적이 있었다. 일약 반짝 스타로 떠올랐던 그때도 나는 별로 그렇게 대단하게 생각하고 우쭐했던 기억이 없다.

또 "김설아 학생을 평양영화대학에서 공부시키시오"라는 김정일의 친필 지시를 받은 날 친구들이 그렇게 부러워하고 곁에서 축하해 주었던 것이 엊그제 같지만 나는 그때의 격동을 기억하지 못한다.

아니 아예 그런 세속적인 것에 욕심을 느껴 본 기억조차 없는 것 같다.

아마 조금 모자란 아이가 아니었을까.

추억

　'웃분'들의 양면성을 잘 알고 계신 총명하신 부모님은 늘 심경이 불안하셨지만 자식들 앞에선 언제나 밝은 모습이었다. 자식들에게 그늘이 질까봐 절대로 불안한 마음을 표현을 안 하시는 군자들이셨다.

　아버지는 혁명화로 집안이 일시적으로 고난을 겪을 때 당연히 당신의 잘못이라고 인정하셨다. 당시 철모르던 나는 잠깐 아버지를 원망한 적이 있었다. 하지만 그 여파가 어린 나에게 직접적인 타격은 아니어서 나는 그런대로 이쁘게 자랄 수 있었다. 어찌되었든 나는 중앙텔레비전 방송위원회의 소년부 아나운서와 연속아동방송극 출연자로 대거 등장하여 인기를 얻기도 했다.

　그러나 나는 감성적이고 자유주의적인데다 낭만파여서 앞길 같은 것을 깊이 생각하는 스타일도 아니었다. 게다가 자기를 다잡는 능력도 별로 없어 쉬이 무엇인가에 빠져들기도 하는 상당히 다감한 사춘기를 보냈다.

　우리 오누이에겐 언제나 친구들이 많았다. 자식들 친구를 정말로 반겨주시고 잘 다독여 주신 부모님 덕분이었던 것 같다.

평양미술대학 출신인 오빠의 친구들은 말하자면 거의가 일류 대학출
신에다 미남들이 많았다. 그 가운데 좀 특이한 스타일의 한 청년이 있었
다. 일본의 아이치 현 나고야 시가 고향인 그는 훤칠한 키에 마치 유태인
처럼 가무스름하고 비로드같이 부드러운 피부의 남자였다. 도톰하게 쌍
꺼풀진 시원한 눈매가 이국적 분위기를 풍기는 과묵한 성격에 매력적인
사나이였다.

친구들과 잘 어울리고 주위에 인기가 많았던 그는 솔직하고 조금 산만
한 편인 나의 오빠 설홍과 늘 붙어 다녔다.

어느 날 나는 여고중 시절 친구들과 어울려서 평양 지하철에서 기차를
기다리고 있었다. 까불거리며 이쪽저쪽 돌아보던 단짝 친구 경희가 옆에
와 속삭였다.

"얘들아 너희들 '해적단두목'이란 사람을 본 적 있니?"

"해적?"

"저기 그가 있어. 우리 학교 선배이고 지금은 김일성대 학생인데 유도 3
단에다 이번에 전국청소년 대동강 수영경기에서 1등 했는데……."

"나도 우리 언니와 가보았는데 설아는 못 본 모양이구나. 그 넓고 깊은
대동강을 순간에 횡단하는데 와! 넘 멋지더라. 얘!"

같이 있던 순정이가 맞장구를 친다.

어디에 그런 멋진 사내가 있을까? 그것도 우리 모교의 선배라니, 잘 생
긴데다 공부도 잘하고 더구나 해적 같은 데가 있어서 깡패들도 꼼짝 못한
다는 그 남자가 보고 싶었다. 더구나 내가 아닌 동년배 다른 소녀들이 좋
아하는 스타일은 어떤 것일지도 궁금했다.

나는 호기심이 바짝 동한 친구들과 함께 "어디 어디?" 하면서 그가 책
을 보고 있다는 대리석 기둥 가까이로 에돌아 조심스레 다가갔다.

앞가슴에 쉬이 보기 힘든 김일성대학 배지를 단 부드러운 검정 스프링
코트를 걸치고 있었다. 보기 좋게 굽실거리는 머리칼의 은은하고 섬세한

모습이 한 눈에 쭉 꽂히는 사나이였다. 안에다 받쳐 입은 목 아래로 가면서 슬쩍 희미해진 밝은 톤의 야폰 스키 티셔츠가 눈길을 끌었다. 쭉 빠진 체격의 청년을 슬쩍 훔쳐보는데 인기척을 느낀 그 사람이 보던 책을 내리고 머리를 들었다.

아뿔싸!

순간 나는 눈을 크게 뜨고 놀랐다.

그가 바로 오빠의 친구 무하일 줄이야.

"엉? 설아구나."

그는 무척도 반기며 재차 묻는다.

"설홍인 잘 있냐?"

"호 오빠였어?"

신기한 듯 토끼눈으로 바라보는 나를 보며 무하가 재차 묻는다.

"왜? 무슨 일인데?"

나는 무하의 물음에 대답 않고 까르르 웃음을 터트렸다.

아닐세라 벌써 저만치 뺑소니를 친 친구들은 신기한 듯 우리 두 사람을 바라보며 수군거리고 있다. 와! 설아가 저런 소설 속 주인공 같은 멋지고 매력 있는 사나이를 어떻게 알고 있을까 사뭇 신기한 모양 같았다.

영문을 알 리 없는 무하가 주위를 둘러보며 물었다.

"내가 왜?"

나는 저만치 사라져간 처녀들과 나를 번갈아 바라보며 의아해하는 무하 오빠가 재미있어 또다시 한바탕 웃어댔다.

"그런 일이 있어요. 나중에 집에 오세요. 그때 말해줄 테니. 호호."

그리고 보니 언젠가 나의 친오빠 김설홍이 집에 와서 가족들에게 친구 자랑하던 말을 들은 것 같기도 했다.

머리가 남달리 좋아서 공부는 전교에서 일등이고 체육도 잘하고 힘도 세서 위아래 반애들 누구나 꼼짝 못했다는 그 사람. 중학교 때 일본 조선인 학교에서 전학 온 친구인데 마술도 당할 사람이 없고 해학적인 유머로 친구들을 너무너무 웃긴다고 했다.

공부에만 열중하느라고 애들이 다 아는 일에 내가 무관심했던 것 같다. 그의 덕에 친구들 앞에서 어깨가 저절로 으쓱해졌던 그때 생각을 하면 지금도 가끔 행복해진다. 하지만 그의 남아다운 모습이나 인기가 나를 사로잡기에는 나라는 소녀가 너무나 어렸다.

나는 처녀시절에도 작고 여리고 수줍은 편이어서 아련한 기억으로 밖엔 이성이 없었다. 부끄럼을 잘 타던 소녀였던 나에게도 커가면서 예쁘고 섹시하다며 대시하는 남자들이 없지 않았지만 언제나 모르쇠였던 것이다.

우리의 만남에 기뻐한 사람은 오히려 무하 오빠 쪽인 듯했다. 무하 오빠는 그 시절 "저런 여자가 내 아내가 되었으면 얼마나 좋을까" 생각하고 내 사진과 우리 오빠가 그린 내 초상화들을 몰래 훔쳐서 건사했단다. 무하 오빠는 훗날 그 사실을 나에게 고백했다.

언젠가 내게서 없어진 물건들을 그의 소지품에서 발견했을 때 나는 그 멋진 사내가 소꿉시절부터 나에게 관심이 많았다는 것을 알고 크게 감동했다.

하지만 세상은 우리같은 사람들의 작고 소중한 감정 따위는 안중에 없었다. 세월은 야속하고 무정했다. 일본에 있을 때 조선인 학교 교장을 지낸 무하 오빠의 아버지는 북한으로 길이 열리자 제일 먼저 북송 귀국선 단장으로 입국한 말하자면 애국자였다.

김일성의 신임을 듬뿍 받고 북한 내무성 보건상까지 지냈다. 10년 후 그의 의지와 상관없이 김일성은 일본의 조총련에 지시하여 그의 가족을 전부 입국시켰다. 그의 맘은 다 알 수 없지만 그것은 그가 바라는 일은 아니었다.

어느 날 술을 많이 마신 그는 "조국이 이런 줄 알았으면 오지 않았을 것이다"는 '망발'을 하고 말았다. 보위부에 구류되었던 무하의 아버지는 어린 자식들과 의지할 곳 없는 일본인 처를 남겨두고 한 많은 세상을 떠나 갔다.

그녀의 이름은 스즈미, 이마에 소복하게 덮인 순하게 곱슬거리는 짧은 머리카락이 아주 인상적이고 보통 키에 부드러운 몸매를 가진 예쁘고 단아한 여인이었다. 그녀는 일본에선 피아니스트이자 프랑스어 통역원이 었다.

스즈미는 사랑하는 남편에게 보내준다는 '고마운' 사람들의 말을 믿었 다. 오로지 남편을 만날 수 있다는 일념으로 나고야 항구에서 어린 자식 들을 데리고 만경봉호 귀국선에 올랐었다. 그때 그렇게 자식들과 함께 눈 물을 뿌리며 고향을 떠나올 때 그녀의 동생들과 삼촌들은 작은 경기정을 타고 공해까지 따라오며 "가지 말라. 돌아오라!"고 애절하게 외쳤었다. 그 외침소리가 아직도 귓가에 쟁쟁한데 채 여운이 사라지기도 전에 졸지에 남편을 잃었다. 그녀는 운명의 장난에 얼이 나간 사람마냥 잿빛 눈을 동 그랗게 뜬 채 한동안 말이 없었다.

그때 그녀의 나이는 고작 마흔이었다. 자식들과 홀로 남게 된 일본인 어머니는 말도 통하지 않는 이국땅에서 참으로 엄청난 수난을 맞았다. 불 행에 불행이 겹쳐 같은 고향 사람 중에 잘 아는 한 사람이 '나고야 간첩학 교 출신'이었다는 터무니없는 이유로 량강도 백두산 밑의 산골로 쫓겨 간 것이다.

혜산 시내에서도 기차를 타고 다섯 정거장을 가다가 또 몇 번 차를 갈 아탄다. 그리고 인그람인가 뭔가 하는 것을 타고 공중으로 200리나 산악 을 가로질러 들어간다. 인그람은 케이블카 같은 것인데 공중에 매달린 줄 이 자꾸 끊어져서 사고가 잦다. 아직 인가가 적은 깊은 수림지대는 가운 데 들어서면 햇볕이 들지 않을 정도로 캄캄했다.

그곳 산골짜기를 따라 흐르는 북계천의 맑은 물은 산세가 험하여 물살 이 빨랐고 폭포수 밑에선 아직 평화로운 산천어가 세월을 모르고 한가로

이 뛰어 놀고 있었다. 자연 그대로의 아름다운 산천이었다.

전깃불도 볼 수 없는 곳에서 그녀는 애들에게 의지하여 몸도 마음도 모두 캄캄한 채 지내야 했다. 아마 꿈도 까만 꿈만 꾸었으리라…….

낯설고 물 설은 이국 땅, 험한 산골에 추방되어 갔을 때의 그 마음을 어떻게 다 헤아릴 수가 있을까. 하지만 어린 나이에 임산작업소에서 통나무를 메고 나르는 자식들을 바라보면서 눈물만 흘릴 수 없었기에 아직 젊었던 일본 여인은 부대기를 일구고 농사를 짓기 시작했다.

무하는 심경에 담아둔 말 고백 한마디 못한 채 대학교를 중퇴하고 산골로 갔다. 잊지 못할 기억들은 잠시 가슴에만 묻어두기로 했으리라.

지금도 그러하지만 그때도 역시 '토대가 나쁜' 사람은 신분이 좋은 사람과 짝을 이루기가 힘들었다. 그는 결국 일본인 자녀가 아닌가.

우리 가정으로 말하면 문화인 가정들이 거의 다 그렇듯이 일시적으로 불안하긴 했지만 3대를 내려오는 노동당 집안이고 친인척 언니와 오빠들까지 전부 당원이었다. 게다가 이름 있는 작가의 딸이고 얼마든지 문화예술부나 당 일꾼 보위부 호위국 보안원 등 당시 '일등 가는 신랑감'을 만날 수 있었다. 무하는 자신이 너무나 짝이 기울고 그림일 뿐이라고 생각했는지 모른다.

그곳 산골에서 무하는 자신과 어울리는 다른 한 여자를 알게 되었고 그렇게 우리의 운명은 한동안 엇갈린 채 흘러갔다.

10

수용소장의 딸

무하가 산림작업소의 통나무를 실으려고 산길에서 차를 기다리는데 누군가가 흐느끼는 소리가 들려 왔다. 멀지 않은 숲속에서 검은 머리를 길게 늘어뜨리고 흰 블라우스를 입고 있는 여자가 검정 치마로 무릎을 가리고 풀숲에 앉아 슬피 울고 있었다.

북한은 자신이 일으킨 한국전쟁에서 패한 직후 1953년부터 한국에 협력했다고 의심되는 38도선 주변 마을을 집단 이주시키기 시작했다. 이렇게 시작된 통제구역과 정치범 집단수용소는 김일성의 신격화가 시작되던 1967년 전후부터 본격적으로 확대되어 갔다. 깊은 산속 촌락 자리에 거대한 지옥의 마을이 들어서기 시작했다.

북한의 최고 지도자 김일성이나 그 아들 김정일의 이념이나 지도체제에 반대하거나 비판적인 사람, 불만을 토로하거나 혹은 이에 동조한 사람, 그리고 그 피를 나눈 가족이 모두 재판 없이 어느 날 갑자기 반혁명분자라는 정치범이 되어 산속의 거대한 수용시설 속으로 사라졌다.

뿐만 아니라 자기 나라로 돌아가겠다는 극히 당연한 요구를 하는 북한인도 아닌 일본인 러시아인 중국인 등까지 사회주의 제도에서 살기 싫어 반항한다는 죄목으로 통제구역으로 떨어지는 신세를 면치 못하였다.

특히 북한이란 나라를 모르고 시집온 일본인 여성들이 기막힌 경우였다. 모국의 고향이 너무도 보고 싶어 돌아가겠다고 말해도 결코 통하지 않았다. 오히려 완전 통제 구역에 수용되어 일생을 보내야 하는 신세가 될 뿐이었다.

내가 어릴 때였다. 어머니가 사회 안전성(경찰) 연극단 공연 '자수하라'를 가지고 량강도 어느 산골인가에 있는 보위부로 위문공연을 간 적이 있었다. 공연에서 돌아온 어머니가 아버지와 몰래 수군거렸다. 그 얘기에 큰 충격을 받았던 기억이 아직도 남아 있다.

"짐승도 무섭다는 그 산골짜기에 당 정부 기관의 높은 고위직에 있다가 끌려간 사람들이 대부분이에요. 세상 모르는 죄 없는 자녀들이 안 됐어요. 참 어질고 공주 같은 예쁜 애들이 많더군요. 우리 설아 또래 애들을 보면서 가슴이 많이 아팠어요."

산속의 그 정치범 수용소는 앞뒤가 수십 킬로미터에 걸치는 거대한 강제 노동구역이었다. 주위에 둘러쳐진 전기선에는 고압전류가 흐르고 깊은 낭떠러지와 수렁으로 둘러막힌 곳이었다. 사방 30 킬로미터 바깥의 외부인은 왕래할 수가 없었으며 안에 누가 들어가 있는지도 극비였다. 수용된 자들은 당연히 가족들과 면회도 편지도 일체 할 수 없었다.

김일성의 신격화와 함께 시작된 그곳은 반대파를 처넣어 삼대까지 멸족을 시키는 무시무시한 지옥이었다. 김일성 반대파에는 일체 용서가 없었다. 재판이라는 최소한의 형식적 절차도 적용되지 않았다.

무하의 가족이 추방되어 간 골짜기 마을에서 산골로 70리 가량 더 들어가면 통나무를 찍는 임산 작업소가 있었다. 그곳에서 산속 무인지경으로 또 더 들어가면 바로 그 무서운 17호 정치범 수용소가 있다. 그곳으로 가는 길은 하나였고 길목에는 인민군이 주둔하고 있어서 일반인들은 지나다닐 수 없었다.

어느 날인가 나라에서 외화를 벌어들인다고 인민들에게 과제를 주면서부터 도시 사람들이 무하네 마을까지 와서 송이버섯을 사다가 '충성이 외화벌이 지표'를 수행했다. 당국에서는 과제만 주고 어떻게 수행하는지는 상관하지 않았다. 법을 어기다가 들키면 나라에서 준 임무야 어쨌든 그냥 처벌할 뿐이었다. 이중 삼중의 잣대를 적용하고 있었다.

무하와 같이 힘세고 날랜 청년들이 경비군인들 몰래 그곳에 숨어들어 송이를 따오곤 했다. 주변 어디도 사람의 발길이 닿지 않은 깊은 수림지대에 들어서면 향긋하고 시원한 송이버섯 냄새가 진동했다.

하늘이 보이지 않는 캄캄한 수림 속엔 소나무 이깔(잎갈)나무 잣나무들이 빼곡했다. 조용하고 숨 막히던 정적을 깨고 파랗고 노란 예쁜 새들이 사람 소리에 놀라서 훌쩍 뛰어오르며 차갑고 맑은 소리로 "쫑 - 쪼르릉" 지저귄다.

키 높이 아슬아슬하게 서 있던 나무를 잘못 건드리면 넓은 나뭇잎에 소복이 담겨 있던 이슬방울들이 와다닥 떨어지는 바람에 때 없이 소나기를 맞기도 하였다. 해마다 떨어져 쌓인 나뭇잎이 질척하고 푹신한 부식토가 돼 있었다. 한번 무릎까지 빠지면 장화 없이 운동화만 신은 발과 정강이는 축축하다 못해 흠뻑 젖어들곤 했다.

마을 주민 사이엔 낯선 산속에서 길을 잘못 접어든 사람이 방향을 잃고 헤매다 허기에 탈진해 결국 숲속에서 돌아오지 못했다는 일화가 전해지고 있었다. 그만큼 두려움을 느끼게 하는 무인지경이었다.

17호 관리소라는 정치범수용소는 가까이 갔다 잡히면 불온분자들과 내통하려고 들어오는 간첩이라고 오해를 받을 수도 있는 곳이었다. 어느 날 무하는 친구들과 함께 산에 갔다가 그렇게 사람을 무서움에 떨게 하는 그 17호 수용소를 보게 됐다. 인근 숲속에서 길을 잘못 들어 인민경비대의 단속에 걸린 것이다.

무하는 소스라치도록 놀랐다. 승냥이나 여우도 있기 무서워한다는 이 깊은 산속에 어떻게 이렇게 광대한 사람 사는 촌락이 자리 잡은 것일까. 산속 공지에 가득 들어 차 있는 성냥갑 모양 건물은 얼핏 보면 마치 영화 촬영을 위해 지어 놓은 가건물 같아 보이기도 했다. 그러나 자세히 보면 사람 허리 높이밖에 되지 않는 반토굴 초막들이었다.

애들처럼 작고 피골이 상접한 해골 같은 사람들이 그 땅굴 같은 집으로 허리를 꼬부리고 드나들고 있었다. 그 사람들의 무표정한 퀭한 눈은 참으로 괴상해 보였다. 세상 사람들을 원망하는지 다만 그렇게 보일 뿐인지 모르지만 소름이 끼쳤다.

무하는 3일간을 그곳 군인 경비 막사에 구류되어 또래들과 같이 통제 구역에 들어오게 된 경위에 대해 심문을 받았다. 그리고 길을 잘못 들었다는 조서를 쓰고 겨우 풀려났다.

20여 년 전 조선노동당 간부였던 한 남자가 종파사건에 연루되어 이 수용소에서 목숨을 잃었다. 그에게는 예쁜 딸이 있었는데 그녀는 17살에 아버지를 따라 함께 수인이 되었다.

인간다운 취급을 일절 받지 못하고 짐승보다 못한 숙식 조건에 하루 종일 가혹한 노동을 강요당할 운명에 처해 있던 소녀에게 어느 날 관리소장이 치근덕거렸다.

천성이 착하고 희디흰 맑은 피부에 아름다운 미모를 타고 났던 그녀는 순결을 빼앗기는 수치와 함께 극도의 두려움에 떨었다. 하지만 반항이든 수용이든 그녀에겐 선택의 여지가 없었다.

그 후 수용소 소장은 말이 날까 봐 조치를 취하여 그해 여름 무렵 친구가 관리로 있는 경제범 수감자 감옥병동으로 이관시켜주고 돌봐줄 것을 당부하였다.

영생을 보내야 했던 통제구역인 지옥의 17호 정치범 관리소에서 관리소 소장의 비리로 구사일생으로 벗어난 셈이다. 그녀는 얼마 후 딸애를 낳고 산후병으로 심하게 앓다가 세상을 떠났다고 한다.

육아원에 보내진 딸애의 갓난아이 적 배냇저고리 옷섶에서 17호 관리소 소장의 이름과 주소가 적힌 쪽지가 발견되었다. 하지만 그 애의 출신의 비밀은 무심한 세월에 그냥 묻히고 말았다.

18년이 지나 딸은 어머니가 남기고 간 주소를 찾아 '통제구역'이 있는 그 산지까지 찾아왔다. 수소문 끝에 재판장으로 있다는 이전 17호 정치범 수용소 소장을 만났고 불쌍하게 죽은 어머니의 이름을 말해 보았지만 아버지란 사람은 어머니를 모른다고 딱 잡아뗐다.

그러면서도 예쁘게 자란 다 큰 딸이 신기하긴 한 것 같았다.

이곳에서 일자리도 마련해 주고 좋은 신랑감도 소개해 주겠으니 "아버지란 말만은 제발 하지 말고 찾을 생각도 말라" 하더란다.

이 딸아이의 이름이 영신이었다.

11

희망

해는 뉘엿뉘엿 숲속에 조각 빛을 남기며 저물어 갔다.

사람의 기척을 느낀 그녀는 눈물을 닦은 손을 검은 치맛자락에 훔치고 서둘러 일어서서 이슬이 촉촉한 눈을 들었다.

의아히 처녀를 바라보는 사람이 앞에 서있다.

시골사람 같지 않은 부드러운 지성을 내뿜는 범상치 않은 남자다. 그윽한 눈빛은 진한 쌍까풀에 둘리어 부드럽게 슴벅이고 있었다.

풀숲에 다가선 사람은 쭉 빠진 기골이 장대한 청년이었다.

임산사람들이 흔히 입는 푸른빛이 군데군데 남아있는 낡은 작업복에 손에는 나무를 묶는 굵은 와이어 뭉치를 쥐었는데 행전을 감은 정강이가 푹 젖은 폼이 산에서 일하는 사람이라는 것을 영신도 금방 알 수 있었다.

"?"

서너 마디 인사말을 나눈 것이 다였지만 영신은 가지고 있던 짐 보따리를 스스럼없이 맡겼고 배낭을 성큼 들고 먼저 걷는 생면부지의 무하를 따라 해 저무는 산길을 내려갔다. 그 날의 잊지 못할 첫사랑의 만남을 먼

훗날에도 영신은 두고두고 회상하곤 했다.

영신의 아버지는 그래도 인간성은 있는 사람인 것 같았다.

딸을 량강도 혜산시에 있는 간호원 양성소에 보내 주었고 그곳에서 공부할 수 있도록 숙식여건도 마련해 주었다고 한다. 1년 6개월 공부를 마친 뒤 그녀는 무하를 찾아 또다시 자진하여 산골로 왔다.

감자 농사로 한 생을 살아가는 이곳 산골에서 영신은 보기 드문 미인이었다. 영신은 어머니처럼 맑은 피부는 아니었으나 금방 따놓은 복숭아처럼 싱싱하고 보시시하고 붉게 상기된 귀여운 볼을 갖고 있었다. 그러면서도 대조적으로 얼굴에 애수도 띠고 있었다. 무하의 어깨를 훌쩍 올라오는 큰 키 때문인지 둘은 너무나 잘 어울리는 한 쌍 같았다.

진료소에서 간호원으로 일하고 있는 영신을 또래 여자들은 모두 부러워했다. 그도 그럴 것이 산골에서 처녀들이 하는 일이란 고작해야 농사일 나무일이 전부였기 때문이다.

농장의 자녀들은 부모를 따라서 농장에 진출하여 감자농사를 지었고, 임산작업소 가족의 자녀들은 몇 십리씩 산에 들어가 찍어 내린 나무를 검수하고 찍어낸 자리에는 나무모를 심는 일을 했다. 또 다른 일이 있다면 노동자들에게 식사를 제공하는 취사일이 다였다.

그런데 영신은 임산 진료소 간호원인데 더해 처녀들의 선망의 대상인 무하의 손색없는 짝이기도 했던 것이다.

영신은 언제나 얼굴에 얌전한 미소를 띠고 말이 없었다. 그러면서도 친구들과 잘 어울렸다. 시간을 내어 틈틈이 산중의 통나무 생산장으로 올라와서는 나무를 세는 검수원 처녀들과 친하게 지내면서 무하에게 솜옷도 새로 지어왔고 작업소 청년들이 나무에 쓸리면 상처에 빨간 약도 발라주었다.

겨우내 얼었다 녹으며 다져진 언덕길에 썰매를 타고 하얗게 타래 쳐 오르는 눈보라를 피해 무하의 어깨에 얼굴을 파묻고 산중을 내릴 때는 하늘을 다 얻은 것처럼 좋았다. 아는 사람이라곤 없는 그 산골에 처음부터 믿어버린 그 사람이 오빠이고 아버지이고 친구인 것은 어찌 보면 당연한 것 같았다. 영신에게 무하는 세상에 하나밖에 없는 가족 같은 사람이었던 것이다.

영신은 부모의 사랑도 몰랐고 교양도 받지 못하고 자랐다. 하지만 얌전하고 순진한 땅 냄새나는 이미지와 달리 무척 열정적인 여자였다. 그는 늘 자신 없어 보이고 누구에게나 미안한 듯 수줍은 표정이었지만 사랑에서만은 적극적이었다.

무하는 뒷날 당시 산골사람들과 지내던 이야기를 하면서 산골에서의 5년은 그들을 계몽시키는 나날이었다고 말하곤 했다.

영신은 겨우내 산에서 꿍친 무하의 빨래를 한 아름 안고 내려오곤 했다. 그러다 때때로 시원하게 얼음이 녹아내리는 북계천의 맑은 물에 발을 담그고 무하에게서 배운 목동의 노래를 불렀다.

아 목동들의 피리 소리들은 산골짝마다 울려나오고
여름은 가고 꽃은 떨어지니 너도 가고 또 나도 가야지
화목 장엔 여름철이 가고 산골짝마다 눈이 덮여도
나 항상 너와 함께 살리라
아 목동아 아 목동아 나의 사랑아

빨고 헹귀 깨끗해진 무하의 옷들에서 사랑하는 사람의 대장부다운 씩씩한 모습이 싱그러운 내음이 되어 풍기는 듯하다. 영신은 물이 뚝뚝 떨어지는 옷가지를 휘늘어진 버드나무 가지에 홀쩍 걸고는 맑은 하늘을 올려다보며 행복한 미소를 지었다.

이제 무하에게도 기쁨과 희망이 생겼다.

조선말도 할 줄 모르는 젊은 어머니를 모시고 생소한 산골에 막 내던져 졌을 때에는 얼마나 죽고 싶도록 암담하였을까.

무하는 대학에서 공부만 하던 여리고 나긋나긋한 어깨에 억세고 거친 통나무를 메고 비틀거리다 넘어졌던 산골짜기 첫가을의 슬픈 추억을 잊을 수 없었다.

처음 임산작업소에 배치되던 그날 무하는 옆구리가 해진 퉁퉁한 솜동복을 둘둘 말아 입고 굵은 밧줄로 허리를 질끈 동이고 옆집 포수 아저씨에게 얻은 산토끼 가죽 조각으로 귀를 대충 가리고 산속의 일터로 갔었다.

하늘 가득 쏟아지는 눈보라 속에 허리까지 차는 눈길을 밟으며 산에 오늘 때 이제는 정말 산골 귀신이 되어서 언제 다시 도시 구경인들 할 수 있을까 생각됐다. 가야 할 세월이 너무나 막연하고 원망스럽게만 느껴졌었다.

처음 이 산골짜기에 도착했을 때 함초롬히 젖은 큰 눈에 우수를 가득 담고 우중충 막아선 산발을 바라보며 놀라움과 서러움을 금치 못했던 무하의 어머니도 그랬다. 어느덧 그녀의 유난히 하얗고 투명하던 피부도 감자농사 짓느라 까맣고 꺼칠꺼칠해졌다. 하지만 이제 좀 안정이 되신 듯했다.

처음 이곳에 왔을 때 젊은 어머니는 시설보수사업소라는 곳으로 직장을 배치받았다. 북한은 남편을 잃거나 부모를 잃고 누가 세대주가 되면 본인의 의지나 건강이 어떻든 직장에 나가야 한다.

무하의 어머니는 한국말을 못 하시면서도 열심히 노력하면 여기서도 잘 살 수 있을 것 같다며 옆집 아줌마들을 따라 산길 보수 작업도 부지런히 따라 다니셨다. 먹고 살아야 했기에 화전을 일궈 땅도 마련하고 농사도 짓느라 애쓰시더니 달라진 풍토와 식생활 때문인지 가성결핵으로 고생을 하게 되었다.

오후 시간만 되면 미열이 오르고 피로감에 허리 통증이 계속되었지만 만성적으로 병이 천천히 진행되어 방심한 탓에 심각한 후유증을 남겼다. 척추와 무릎 통증이 계속되고 처음엔 살짝 다리를 절더니 어느새 10년은 더 늙으신 듯했다. 하지만 무하 어머니는 이 모든 것을 숙명으로 받아들이고 아들들에 의지하며 모성애로 꿋꿋이 이겨나갔다.

그런데 무하에게도 이제 꿈이 생겼다. 같은 마을의 청년들이 누구나 부러워한다.

전자공학 연구사이며 엔지니어 기술자인 그는 마을에 전기를 끄는 공사를 성공시켰고 천탑산에 안테나를 세워서 이제 주민들은 TV를 볼 수 있었다.

옛날에 귀양살이하던 우리 선조들도 이렇게 새 터를 발견하고 고향을 만들고 도시를 건설해 가지 않았을까.

이곳에서 제2의 고향을 아름답게 가꾸고 살아가리라.

더구나 영신이가 있으니 너무 좋았다.

무하의 동생 무림도 정말 일을 잘했다. 성격이 소탈하고 겉으로 보이는 카리스마와는 달리 겸손하고 따뜻한 그는 또래 청년들 속에서 굉장히 신망이 높았고 작업소에서도 금방 인정을 받았다.

어른들을 따라다니며 일을 배우고 운전을 배워서 나무를 끌어내리는 대형차를 운전하였고 군적으로 나무를 가장 많이 나르는 모범 운전수로 소문이 났다.

1년 후에는 귀국자들이 꿈도 못 꾸는 정치학교 사로청반에 추천되어 공부를 마치고 그곳 작업소 사로청 위원장이 되었다. 그리고 5년 만에 드디어 가문에 없던 노동당 입당이 이루어졌다.

아무리 자기 할 탓이라고 하지만 근방에서 무하 형제라면 마을 사람들은 누구나 머리를 끄덕였다. 당시 불순한 추방가족들을 관리하고 있는 마을의 제왕이던 보위지도원도 무하의 탁월한 재능과 무하네 집안사람들의 성실함에 매력을 느끼고 그 가족에 무던히도 관심을 가져주었다.

아무리 위험분자로 추방당하여 쫓겨 온 이주민 가정이라 해도 무하 가족에게선 무엇이라 말할 수 없는 애틋함과 좋은 사람들이라는 느낌이 우러나왔다. 그 느낌이 보위지도원을 사로잡았던 것이다.

보위지도원 박대인의 큰아버지는 항일투사였다. 백호라 하면 누구나 다 아는 김일성 빨치산의 투사 중 한 명이었다. 백두산 줄기의 자손인 까닭에 중국에서 살다가 김일성의 부름을 받고 데리러온 간부를 따라 귀국했다.

당 정치학교에 보내져 보위원이라는 자격을 받았지만 그는 소학교 하나 변변 나오지 못한 무식한 사람이었다. 그래도 그는 "조선 문법을 몰라서 너의 신원문서를 고쳐주지 못하는 것이 원망스럽다"고 할 만큼 무하를 아들 이상으로 사랑하였고 절대적으로 신임하였다.

북계천 사나이

어느덧 가을바람이 "휘" 소리를 내며 북계천의 계곡을 휘몰아 왔다.

누렇게 떡잎이 진 꾯꾯한 떡갈나무 잎과 진한 갈색으로 축축해진 붉나무 이파리가 하늘거리는 버들잎새들과 함께 강 위에서 떠돌다가 바람의 소용돌이에 어여쁘게 휘감겼다. 주단 같은 이끼가 희디흰 조약돌과 외로운 바위를 쓸고 지나 뭉실뭉실 떠돌다 뭉쳐져 골짜기의 웅이진 구석들을 향해 쏟아져 내렸다.

가을바람을 맞은 북계천이 애수에 잠긴 여인처럼 수려하다. 찌는 여름보다 더 성숙하고 시원한 모습으로 묵묵히 흐르고 있다.

잔잔히 흐르는 호수 같은 푸른 강물은 키 높은 수려한 붉나무 숲을 그림같이 담고 있다. 파리하고 잔잔한 늪을 지나는가 하던 강물이 계곡을 감돌다 어느새 아스라하게 떨어지는 폭포수가 된다. 장관이다.

짧지 않은 인생길을 여행하면서 국내외 많은 곳을 헤맸지만 이제껏 그렇게 아름다운 곳을 본 적이 없다.

그곳은 자연 그대로 보존되고 있는 아름다운 곳인 만큼이나 너무나 외진 곳이어서 외부와 거의 격리돼 있다. 당연히 가게도 슈퍼나 편의점 같은 곳도 없다.

'북계인민상점이' 하나 있긴 하였지만 내내 닫혀 있다가 한 해에 한두 번씩 문을 연다. 김일성 부자의 생일에 한 가정에 소금 일 킬로그램, 비누 한 장, 기름 3백 그램, 돼지고기 한 덩이, 세숫비누 한 장, 빗, 바가지 하는 식으로 조금씩 공급할 때만 문을 열었다.

남자들은 겨울이면 땔감을 마련하고 고기를 낚아 스스로 부식물을 마련했다. 겨울이면 산에 덫을 놓아 멧돼지와 산토끼를 사냥하고 강에서 물고기를 낚아서 부족한 식량을 대신했다.

북계천에는 산천어와 메기를 비롯한 찬물에서 자라는 물고기가 많았는데 그 중 대표적인 것이 칠색연어다.

칠색연어는 가을이면 북계천의 맑은 물속에 알을 낳으러 거슬러 올라왔다. 이름 그대로 연어과의 회귀성 물고기인데 어른 남자의 팔뚝만 한 크기에 둥글고 통통하며 옆으로 다소 납작한 모양을 하고 있다. 연푸른 색 등에 진한 푸른 빛 돈 무늬들이 얼룩져 있고 배 쪽이 은백색으로 아름답게 반짝인다.

칠색연어는 다른 연어들과 마찬가지로 넓디넓은 북태평양에서 갑각류나 작은 물고기들을 잡아먹으며 살다가 산란기가 되면 자기가 태어난 이곳 북계천을 다시 찾는다. 그때 암컷은 몸 색깔이 더욱 짙은 선홍색으로 바뀌면서 감귤 빛이 도는 무지갯빛 무늬가 점점이 아롱지게 된다. 그렇게 알을 품은 암컷은 푸르른 색의 억센 수컷에 의지하며 앞서거니 뒤서거니 고향 계천을 오른다.

태평양의 거센 바다를 헤치고 폭포에 휘말리면서도 죽기를 각오하고 공중제비로 돌담을 기어이 뛰어넘으며 바람 부는 북계천을 거슬러 오르는 칠색연어의 모습! 오직 사랑 하나를 위해 목숨마저 바칠 수 있는 열정도 이 연어와 같은 것일까.

그러나 그 열정에도 불구하고 연어는 강변의 강도들인 곰 등을 만나 그 토록 애써 헤쳐 온 보람도 없이 불행하게도 그들의 먹잇감으로 운명을 다 하기도 한다.

강에 도착한 칠색연어들은 다른 연어에 비해 몸뚱이의 폭이 좁고 날렵 해지며 머리도 차츰 원추모양으로 뾰죽이 길어지고 주둥이 이빨은 더욱 억세고 뾰족하게 변한다.

날이 갈수록 칠색연어 암컷은 온 몸에 선홍빛 혼인 색을 띠며 더욱 예 뻐진다. 바야흐로 새끼들이 태어날 자기 몸을 신성하게 하고 싶은지 먹이 도 일체 거부한다.

등이 볼록하게 솟아난 수컷은 유속이 느린 강 상류의 물이 맑은 바위 밑이나 자갈이 깔려 있는 수심 3m 정도의 강바닥에 길어진 턱과 더욱 강 해진 이빨로 한 아름 정도의 웅덩이를 판다. 알 낳을 곳을 마련하기 위해 서다.

이렇게 때를 맞아 더 애틋하고 센티해진 암컷은 부드러운 허리를 아름 다운 꼬리로 휘감으며 2~3회에 걸쳐 몇 천개의 알을 낳고 카리스마 넘치 는 날렵한 수컷은 암컷을 뒤따르며 알을 수정시킨다. 어떻게 보면 우리네 인간들의 세상사 못지않게 순수하고 열정적이라 해야 할까.

짝짓기를 마친 암컷과 수컷은 지친 몸을 서로 껴안고 물웅덩이에 낳은 알을 물끄러미 바라보고는 서로의 정에 기대 천천히 몸을 비틀며 '행복하 게' 한 생을 마감한다.

부모의 희생적인 삶을 이어받아 부화한 새끼들은 부모의 비참한 최후 를 아랑곳없이 '슬기롭게' 자라서 이듬해 봄이면 머나먼 북태평양의 드넓 은 바다로 삶의 무대를 찾아 떠난다.

북한은 자연과 동식물 보호가 제대로 되어 있지 않았다. 사람들은 이 아름다운 물고기를 양식할 생각을 하지 않았다.

그 시기 북한의 간부라면 누구나 그러했듯이 북계리 간부들도 날이 갈

수록 김일성에게 충실한 사람이라는 평을 받고 싶어 했다. 아부와 충실성이 혼동된다.

북계리 간부들이 어떻게 하면 새로운 것을 발견하여 세상 사람들이 깜짝 놀랄 만큼 당과 수령에게 충실한 모습을 장군님께 보여드릴 수 있을까 고민하던 어느 날이었다. 누군가 칠색연어를 산채로 잡아 장군님께 올리자는 아이디어를 냈다. 군 보위부와 북계리 당, 그리고 북계리 보안소 간부들은 누군가의 그 기막히고 새로운 아이디어에 너도나도 찬동하였다.

하지만 산채로 잡는 것이 문제였다.

주민들이 잡아먹는 것처럼 낚시나 홀치기를 해서는 안 된다.

홀치기는 칠색연어가 폭포나 물 흐르는 돌담을 튀어 오를 때 긴 장대기에 삼대 갈고리 같은 것을 달아서 칠색연어를 단번에 찍어 잡는 것인데 물고기의 몸에 큰 상처를 입히므로 당 중앙에 올려갈 상품으로는 적당치 않았다.

낚시는 더욱 안 되는 것이 입안에나 몸 안에 상처를 받은 칠색연어는 고통으로 스트레스를 받아서 고기가 맛이 없어진다고 했다. 일리 있는 말인 것 같다.

하지만 북계리의 가을은 잠깐이다. 북풍지대인 이곳은 금방 겨울이 들이닥친다.

누가 이 추운 날씨에 북계천의 차디찬 물속에 들어가서 고기를 잡아올 수 있을까.

리 간부들은 토론 끝에 평양에서 이주해 온 무하를 떠올렸다. 평양 대동강 수영선수였던 무하의 솜씨를 잘 알고 있는 리 간부들이 무하에게 이 일을 맡겼다.

무하는 나무 찍는 일이 하기 싫은 터라 외부의 다른 일이 주어질 때면 더 신이 났다. 하지만 이번만큼은 참말로 을씨년스럽게 생각됐다.

칼바람이 수림 속에서 윙 소리를 내며 그칠 줄 모른다.

백두산 천지와 이어진 이 산골마을은 겨울이면 날씨가 영하 40도까지 내려가 코 안이 떡떡 얼어붙는 추위가 닥쳐오곤 한다. 하지만 북계천의 폭포는 언제나 얼지도 않고 멎지도 않고 무하를 집어 삼킬 듯 굉장한 속도와 요란한 울부짖음으로 소리치며 떨어진다.

무하와 사람 몇 명이 마주 부는 강바람에 맞서 옆으로 뒤로 몸을 비틀며 가지만 남은 보리수나무 사이 숲길을 따라 물가로 다가섰다.

강에 들어서기 전에 청년들은 결의 모임을 가졌다. 당과 수령을 위하여 목숨도 서슴없이 바친 이수복 영웅과 숨은 영웅들처럼 장군님의 안녕을 위하여 목숨도 초개와 같이 바치자고 누군가 결의문을 낭독했다.

산채로 잡으려면 그물을 가지고 물에 들어서야 하는데 폭포가 떨어지는 호수의 깊이가 열 길이나 돼서 위험했다. 그래도 물속으로 들어갔다. 찬물에 살이 에이는 듯하고 심장이 얼어들어 금방 숨이 멎을 것 같았다. 무하는 정신을 가다듬고 열심히 자맥질을 했다.

얼마나 지났을까.

아려오던 감각도 이제 무뎌지고 점점 몸에서 열이 나는 듯하고 물속도 보이기 시작했다. 맑은 물 사이로 강벽에 붙은 파란 수초들과 놀란 물고기들이 어울려 있는 게 보였다. 정말 예쁘다! 무하는 아름다운 칠색연어들이 여유롭게 노닐다가 자신을 보고 놀라 달아나는 것을 확인한 후 날래게 물 위로 솟구쳤다.

순간이었지만 연어를 확인했다. 무하는 크게 심호흡을 하고 또다시 잠수를 시작했다.

양식이 아니고 자연 그대로 그것도 가장 추운 겨울날에 물고기를 몰아 잠수 중에 산채로 잡는 일은 누구나 할 수 있는 일이 아니다. 얼굴과 몸이 다 퉁퉁 붓고 손과 발은 동상을 입을 수도 있다.

며칠을 고생하며 20마리를 건져 냈다. 큰 남자의 허벅지만큼이나 굵고

색이 예쁘고 건강하게 잘 생긴 놈으로 15마리를 수중 포장하여 비행기로 윗분이 계시는 평양으로 보낸단다.

박대인이 무하를 찾았다. 비행기로 평양에 가는데 같이 가자는 것이었다. 호랑이 담배 피울 때 이야기 같았다.

보위부 색 군복을 입고 같이 가면 보위원인가 해서 묻지 않는다고…….
웃기는 일이다.

하긴 절도 살인강도 강간 등 일반 범죄는 있어도 반란 같은 것은 드문 일이었다. 특히 개인으로서는 상상도 못할 때였다. 더욱이 박대인이 무하를 믿고 예뻐했으니 그럴 만한지도 모르겠다.

하지만 무하는 정치범수용소 수감 검토 대상자들이 살고 있는 추방마을의 감시 대상이었다. 나라의 녹을 타먹는 정치보위원이 이런 사람을 아끼고 돌봐주는 것은 참으로 묘한 일이 아닐 수 없었다.

무하의 집안은 다시 신임을 얻었고 평양은 물론 다른 도시에 드나들 수 있는 증명서도 곧잘 발급받게 되었다.

낭만

그날 나는 눈처럼 희디흰 블라우스와 대학생 스커트 차림으로 CH역에 도착했다. CH시는 거대한 철강소가 자리 잡은 바닷바람 거센 우리나라 최북단의 지방 도시였다. 억양을 올려붙이고 싸우는 듯한 그곳 주민들의 억센 음성이 외국어를 듣는 듯 낯설었다.

나는 선천적으로 피부가 고운 편이었다. 그 나이엔 누구나 그랬겠지만 티 하나 없이 해맑은 얼굴이었다. 그런 평양 처녀를 신기한 듯 바라보는 지방 사람들이 낯설고 두려웠다.

머리카락이 바람결에 볼을 스쳤다. 나는 함초롬한 검은 머리카락 뒤에서 겁에 질려있던 눈을 질끈 감아버렸다. 그리고 오빠의 등자락에 얼굴을 숨겼다.

한창 가을인 평양과는 달리 그곳은 벌써 쌀쌀한 바람이 불고 있었다. 사람들은 검은 옷에 다 낡아 떨어진 체크무늬 보자기를 뒤집어쓰고 있었다. 나에게 그들은 정말 생면부지였다.

회색 먼지바람에 구석구석 휴지뭉치들이 너저분하게 나뒹굴고 있었다.

금방 넘어질듯 산만하게 서있는 전신주들과 여기저기 무질서하게 늘어진 전선에서 윙윙 울리는 소리가 났다. 나는 세상의 낭떠러지 끝에 온 것 같아 금방 울음이 터질 것 같았다.

이제껏 평양에서 유년과 학창시절을 다 보내고 중앙기관에서만 근무하던 나에겐 너무나 큰 충격이었다. 평양과 지방의 차이가 한 눈에 아려왔다. '사랑하는 조국'이라 일컫는 이 나라가 이렇게도 지역적으로 큰 격차가 있는지 새삼 놀라웠다.

하지만 신기한 것도 호기심도 잠깐이었다. 이미 많은 사람들이 평양에서 지방 도시로 추방, 소개돼 있었고 그들과 똑같이 "내처군"[3] 혹은 "국산 쩨포"[4]라는 소리를 들으며 스트레스에 시달려야 했다.

하지만 그곳도 사람 사는 곳이었다.

평양미술대학을 졸업하고 만수대 창작사에 근무하던 오빠는 각 도와 시들에 하나씩 있는 당 선전기관인 이곳 도 미술제작소의 창작실장으로 전근되었다. 대형 벽그림의 김일성 부자 얼굴은 오빠 외에는 그릴 사람이 없었다. 오빠는 그만큼 천재적인 재능을 타고났다.

이사 온 후 나는 다행히도 도시 교외에 위치한 우리 마을을 무척 좋아하게 되었다.

아버지는 탄광으로 혁명화 강직 처분을 받으면서도 선물주택을 제공받았다. 잘 돌봐주라는 당의 배려 같았다. 할머니와 오빠 그리고 나 셋은 평양에서 내려와 선진항구도시 CH시의 노력영웅 아파트의 새 주택에서 낯선 생활을 시작했다.

감상적이고 조용한 편인 나와 자유주의 화가인 오빠에게는 매일 '1호행사'[5]로 들볶이는 수도의 생활보다는 이곳이 더 잘 어울리는지도 모

---

3) 평양 같은 내지에서 추방돼 온 사람
4) 쩨포는 재일동포, 국산 쩨포는 외국 냄새가 나는 사람, 부르주아 지식인들.
5) '웃분'을 모시는 행사

른다.

공기 좋고 경치 좋고 살기 좋은 곳이다.

김일성이 인민들의 일터와 생활을 개선하기 위하여 노동자들에게 주라고 지시하여 지어진 선물주택이었다. 김일성이 직접 어느 집의 솥뚜껑도 열어보고 "인민들의 쌀독에 쌀이 넘쳐나게 해야 한다"고 현지지도를 한 곳이기도 했다.

중앙난방 시스템도 건설하고 철도와 역을 개설했지만 노력영웅들과 노동자 몇 사람 빼고는 거의가 도시의 당 간부들과 제철소 간부들이 거주하고 있었다.

어쩌다 쉬는 날이면 오빠는 나를 데리고 아파트에서 한 사십 분 거리인 바닷가로 그림을 그리러 나가곤 했다.

우리 남매에게는 여기 지방에 내려와 새로 사귄 사람들과 달리 형제처럼 너무나 친근하고 식구나 다름없는 친구 한 사람이 더 있었다.

그가 바로 무하 오빠이다.

그리고 보면 어떤 운명이란 것이 날 따라 다니는 것인지도 모른다.

무하 오빠가 추방되어 산골로 쫓겨난 지 5년이었다. 그새 그는 다시 신임을 얻어 마침내 그 산골에서 벗어났던 것이다. 그는 다시 평양으로 올라가 대학원을 졸업하고 청년 준박사 학위를 따냈고 국가원자력국방연구소 산하에 꾸려진 이곳 실험실에 연구사업차로 내려와 있었다.

평양이 고향인 오빠와 어린 시절 한 학교 깨복쟁이 친구였던 무하를 이곳 바닷가 도시에서 다시 만날 줄이야…….

그는 우리 집에 늘 붙어살다시피 했다.

휴일이면 우리 셋은 집에서는 빤히 보여도 실제로는 아득히 15리 정도는 되는 길을 걸어서 바닷가로 나가곤 했다. 오빠는 헤라와 유화구들이 가득 들어있는 무거운 그림박스를 들고, 무하 오빠는 기타를 메곤 했다. 하지만 기타도 오빠의 것이었다. 무하는 음악을 즐겼지만 악기에는 소질이 없었다.

아침에 걸어서 바닷가에 나오면 기슭에 밀려나온 멸치를 줍는 아이들이 소련 사람들이 왔다며 우르르 몰려들었다. 순진하고 똘똘한 그 애들 눈에는 평양에서 온 우리 모습이 외국 사람처럼 보였는가 보다.

더욱이 무하의 패션이 남달리 눈을 끌었던 것도 같다. 눈자위가 시커먼 장대한 사람이 이상한 그림들이 있는 티셔츠를 입고 있으니 그럴 만도 했으리라. 무하는 일본의 이모에게 소식이 닿아 원산으로 소포가 드문드문 배달되곤 했는데 '이상한 그림'의 티셔츠는 그렇게 보내진 것이었다.

중국과 관계가 좋지 않았던 당시 북한에서는 러시아와 국교정상화 이후 영화나 박람회들을 통하여 소비에트를 많이 홍보하고 있었다. 조금만 색다르면 '외국 사람'처럼 보았지만 북한 아이들 눈에는 소련 사람이 외국 사람 모습의 전부였다.

오빠는 모여든 조무래기들을 상대로 내가 간식으로 준비한 사탕과 비스킷을 나누어 주었고 기타를 치고 노래도 불러주었다.

넓고 넓은 바닷가에 고기 잡는 집 한 채
앞 못 보는 아버지와 철모르는 딸 있다.
사랑 사랑 내 사랑아 나의 사랑 키네트
눈먼 아비 남겨두고 너는 어디 갔느냐……

세계명곡이라 해도 어디서도 들어보지 못했을 노래였다. 그래도 아이들은 사뭇 진지하게 들었다. 사실 이 노래는 국가에서 못 부르게 제정한 노래였다. 하지만 순수하고 철모르는 애들은 좋은 사람들일 거라는 나름대로의 느낌 때문이었는지 '이상한' 노래를 부르는 우리를 신고하지 않았다.

그 나날만큼은 우리의 감성은 자유로웠다.

무하는 주저 없이 옷을 단번에 쭉 벗어버리고 푸른 무늬가 사선으로 지나간 럭셔리한 녹색 팬티 바람으로 스스럼없이 바닷물에 뛰어들었다.

그리고는 드넓은 바다 기슭에 쭉 빠진 몸매를 드러내고 서서 소리쳐 불렀다.

"설아! 어서 들어 와! 어, 여기 너무 시원하다 아."

"……."

굽실한 검은 머리를 흠뻑 적시고 얼굴에 흐르는 바닷물을 긴 팔을 들어 올려 시원하게 쓸어내리는 그의 모습은 너무나 감동이었다.

무하는 밀려오는 파도에 넘실거리며 바다 가운데로 걸어 들어가더니 갑자기 몸동작을 크게 놀려 본격적으로 헤엄쳐 갔다. 아득히 먼 곳까지. 그 끝이 어딜까……. 아마도 일본 어딘가 나고야 고향 바닷가까지 가고 싶은지도 모른다.

나는 그의 몸매를 보며 이 세상에 저런 멋진 사람이 또 있을까 하고 잠시 생각했다.

무하는 누가 바라봐도 멋진 사내가 분명했다. 하지만 이러한 나의 감동은 어디까지나 나와의 관계를 떠나 그 사람 자체만 보고 느낀 자유로운 생각의 그림이었다.

보수적이고 봉건적인 가정에서 자란 나는 물놀이도 즐길 줄 모른다. 고작해야 회색빛 대학생 스커트를 무릎 위에 구겨 쥐고 바다 기슭의 파도를 따라 뛰어들어 갔다가 기겁을 하며 달려 나오곤 한 것이 전부였다.

물속에서 꼬마들과 무하 오빠가 물장구를 치는 동안 오빠는 똘똘한 조무래기 바닷가 아이들을 상대로 작품을 구상했다. 오빠의 창작품에 내가 언제나 모델이었지만 마을 애들도 때때로 등장하곤 했다.

해가 저물녘 꼬마들은 조그만 비닐봉지에 가득 주워 담은 멸치와 참미역을 부끄러운 듯 서로 너나 하며 조심스레 내밀었다. 그리고는 쑥스러워하며 친구 뒤에 천진하게 숨어버렸다.

사시절 바닷물에 씻기는 기슭에 파도가 밀려들어 한번 스치면서 반듯하게 평면을 이루자 비로드같이 아름다운 금모래가 반짝였다.

멀리서 한 무리의 갈매기가 "끼르륵" "꺄꺅" 소리를 연거푸 속삭이며 우르르 백사장에 몰려든다.

기슭을 맴돌던 한 뼘 남짓한 멸치 떼가 파도에 밀려 나왔다가 미처 물길을 놓치고 만 것이다. 파도를 따라 바다로 나가지 못한 멸치 떼가 끝없이 뻗어간 백사장에 은하수를 그리다가 반짝이는 은빛 별무리같이 모래사장에 파드득 태를 친다. 멸치 떼를 발견한 갈매기 무리가 백사장에 하얗게 날아들었다.

우~꾸룩 꾸룩 끼룩.

저마다 먼저 먹겠다고 다가드는 것 같아도 자세히 보면 서로서로 양보하면서 알려주면서 나누는 것이 자기들만의 세계가 있는 듯하다.

부모님의 귀환

새벽에 자욱하게 깔렸던 안개도 서서히 걷히고 두 줄로 나란히 자란 키 높은 방풍림의 푸른 잎사귀가 제법 햇볕의 그림자를 또렷이 그려주고 있다.

안개는 이제 서쪽으로 많이 걷히고 방풍림이 끝나는 곳으로 가로질러 간 두 줄기 철길도 또렷이 보인다.

그 너머로 서로 서로 키를 돋우며 즐비하게 들어 서 있는 새마을 아파트가 아롱지는 무지갯빛으로 안겨왔다.

희고 윤기 도는 무릎이 동그랗게 드러난 하늘색 피라미드 무늬의 원피스 밑으로 싱그러운 봄바람이 살랑거린다.

봄볕에 벌써 보기 좋게 푸른색을 입어가는 바닷가 야산에 올라 이른 봄을 먼저 알리며 때 이르게 피어난 아름다운 꽃송이들과 내 마음을 이야기한다.

진달래와 개나리 조뱅이꽃 나팔꽃…… 그리고 철쭉을 한데 묶어서 흐

드러지게 한 아름 안고 포플러 휘늘어진 사이 길을 걷고 있는 나의 맘은 날아갈 것만 같다

아버지가 복직이 되신 것이다.

학계와 예술계에만 종사하셨던 아버지는 당연히 탄광에서 질통 지는 일이 서툴렀지만 열심히는 하고 계셨다. 그래도 위에서도 웬 변덕이었는지 모르겠다.

김정숙(김정일의 생모)을 찬양하는 대형 뮤지컬을 만들라는 당의 방침이 내려졌고, 모 작가가 지금 혁명화 중인데 반성을 잘하고 있다니 올려다 쓰라고 중앙당의 지시가 내려왔다는 것이다.

도당 간부들이 집에 찾아와 '장군님' 친필지시문과 선물을 전달하고 감사전달식을 가졌다.

훗날 우리 집을 배경으로 "따뜻한 사랑의 품속에서"라는 전기 실화집에 "온 가족은 감사의 눈물을 흘렸다"라고 실렸다.

병 주고 약 주고 하는 세상이 어이없다. 그러나 어쨌든 드디어 부모님이 혁명화를 마치고 탄광에서 돌아오시는 날이 온 것이다.

다시 평양으로 가는 것도 좋은 일이지만…… 오늘은 어머니를 만나는 날이다.

아침에 오빠는 수산사업소에 친구를 만나러 갔다.

언제부터인지 국영상점에서 구매권에 기록을 남기고 파는 것이 줄어들었다. 간장과 된장 그리고 달마다 식구 당 계란 겨우 한 알씩과 기름 몇 그램이 전부였다. 명절에도 과자사탕 한 봉지 성냥과 비누 한 장씩밖에는 팔지 않았다.

오빠는 바다에서 사귄 친구에게 없는 비위를 팔아서라도 오늘만은 부모님에게 선물할 해산물을 부탁해 본다고 했다. 나는 먼저 가서 부모님을 맞을 준비를 서두르기로 했다.

어머니 없이 보낸 나날이 왜 그렇게 슬프고 길었던가.

핑크빛 리본이 윤기 나는 검정 머리카락과 함께 바람에 하느작거리고, 흰 운동화를 신은 편한 발걸음이 모래흙이 다져진 언덕길에 사뿐사뿐 리듬에 맞추어 가볍게 발자국을 찍었다.

부모님을 맞이한 우리 집은 온통 축제 분위기다.

고생하신 아버지는 얼굴이 햇볕에 까맣게 타고 몹시 수척하시고 야위셨지만 그래도 좋은 기분 때문인지 건강은 괜찮아 보이신다.

아버지의 친구들과 후배 작가들 그리고 제자들이 선물을 가지고 찾아와 복귀하신 아버지를 축하했다.

아버지의 친구이자 어머니의 친구이기도 했다.

어머니는 김일성의 작품 〈성황당〉 각색에 참가했고 북한의 5대 대형 뮤지컬들인 〈금강산의 노래〉, 〈밀림아 이야기하라〉를 비롯하여 많은 극작품들과 뮤지컬들을 세상에 내놓는데 특별한 공헌을 한 공로자였다. 그리고 김성애(김일성의 후처)의 특별 수행 기자로 활동한 적도 있는 북한 최고의 여류 극작가였다.

자신이 지내온 화려한 전성기들과는 달리 남편을 따라 탄광촌에 가서 그곳 사람들의 장갑이며 피복을 짓는 일을 하셨다. 지방에서 앞으로 다시 해보기 힘든 일들에 부딪쳤지만 그래도 밝고 담담하셨다.

손님들이 돌아가고 우리 집 식구만 남았을 때 나는 부모님을 위해 준비한 선물을 내 놓았다. 아버지에겐 안경과 이제 철이 지났지만 겨우내 한 뜸씩 짜놓고 바라만 보았던 밤색으로 줄무늬를 넣은 털실 장갑을 드렸다.

어머니에게는 사로청에서 어로공들 축하방송을 하고 받은 자주색 단풍잎이 새겨진 투명한 나일론 스카프와 평양 비닐신발을 드렸다.

집에 함께 계셨지만 부모님을 대신하여 가정을 돌보느라 수고하시고 나를 제일로 사랑해주신 할머니께는 은수저를 드리고 오빠에게는 그 시기

유행하던 평양 운동화와 가장 가까웠던 내 친구이자 오빠의 여자 친구이며 평양 미술대학 후배인 한순희의 편지를 안겨주었다.

쑥스러워하며 편지를 감추는 오빠를 바라보며 우리 가족은 모두 행복한 웃음을 지었다. 그런데 유독 선물을 받지 못한 한 사람이 또 있다는 것을 미처 생각지 못한 것을 깨닫고 나는 갑자기 당황하고 미안스러워졌다.

무하 오빠다.

그동안 중단되었던 대학공부를 마저 끝냈고 박사원까지 나왔다. 게다가 학계에서 이름난 수재로 청년 준박사가 되었으니 축하받을 만하지 않은가.

(하지만 좋아하기만 할 일도 아닌 줄을 그때는 몰랐다. 그가 일하는 원자력발전소는 서해 가까이에서 비밀 공사 실험 중에 있었고 얼마 안 있어 실험이 끝나면 그는 외계와 차단된 생활을 하러 떠나게 돼 있었던 것이다.)

곧 평양 선물주택으로 다시 올라가는 기쁨에 휩싸여 있던 나는 늘 우리 집에 와서 살다시피 하여 친오빠나 다름없이 가까워진 그에 대해 별로 관심을 두지 못한 것이 미안했다.

"아 참 여기 오빠 것도 있어요."

그제야 생각나 오 헨리의 소설 "한 여성의 편지"가 실린 새로운 "문학참고자료"라는 잡지를 꺼내고 "금강"이라는 평양특산 담배 한 보루를 그에게 내놓으며 어색한 분위기를 띄웠다. 무하를 위해서 따로 마련한 것이 아닌 줄 뻔히 알면서도 가족들은 나의 센스를 대견해했다. 무하도 몹시 반가워하고 기뻐하는 눈치다.

어머니는 탄광마을에 사시면서 나를 위해 손수 지으신 러브쉬폰블라우스와 오빠의 와이셔츠를 내놓았다. 오빠와 나는 어머니가 지으신 옷을 입어보며 온가족이 다시 모이게 된 기쁨을 맘껏 즐겼다. 우리 식구는 이

날을 늘 행복하게 추억했다.

무하는 우리 집에 오면 할머니와 윷놀이 카드놀이를 즐겨했다. 그런데 이 미남자는 어느 날부터인지 태어날 적부터 늘 그런 성격인지 알 수 없지만 언제나 말이 없이 과묵했다.

할머니와 게임을 시작하면 일부러 져주지 않고 할머니를 약 올리고 웃기곤 했지만 그래도 할머니는 참도 무하를 좋아하셨다.

어머니도 언젠가 나에게 "무하는 일등 가는 신랑감이다. 미남이지 건강하지, 체격도 일품이라. 거기다 머리 좋고 유머 있고 매너 있고…… 어느 집에 장가들겠는지 모르겠지만 참으로 된 사윗감이다"고 말씀하셨다.

하지만 어머니에게 있어서 무하의 거의 10년 아래에 작고 여리고 순진하고 조용하기만 한 딸은 여자가 아니고 그냥 딸일 뿐이었는지 무하와 딸을 나란히 세워 보신 적은 한 번도 없으셨다. 남자에 대한 상식이 전무한 탓인지 나도 그를 남자라고 생각해 본 적이 없었다.

퇴근해서 돌아오면 아무리 피곤해도 부모님이 안 계실 때 하던 습관대로 두 오빠가 벗어 놓은 옷과 양말을 세탁기 없이 찬물에 알뜰히 손으로 빨아서 함께 널어 주었다. 그리고 양복에는 흰 목깃을 새로 갈아대고 산뜻하게 다려서 두 오빠 차별 없이 아침출근을 시켰다.

오빠 친구도 집 떠나서 고생하는데 내 오빠처럼 차별 없이 대하고 섭섭지 않게 하려는 나름대로의 보살핌이었다. 하지만 그 이상의 관심을 갖진 못했다.

사회적으로 분주한 위치에 있던 나는 내 생활만도 복잡다단하고 시끌벅적하여 자기 집안에 살다시피 하는 이 노총각에 대해 다른 특별한 관심을 돌릴 새가 별로 없었던 것 같다.

처녀시절의 나는 그 시기면 누구나 그렇듯이 친구가 많았고 언제나 열심이었고 늘 바빴다. 그리고 나름대로 인기도 있었던 것 같다. 평시에는 그냥 착하고 조용한 것 같다가도 무대심장이 있어서 일단 대중 앞에 나가면 열정을 기울여 침착하게 잘 풀어 나가곤 했다.

웅변에 소질이 있어서 청년방송 프로그램에서 온갖 해설 자료와 강연 자료를 도맡아 방송했다. 장군님께 충실한 혁명전사가 되자는 취지의 내용뿐이었지만 하고 또 해도 산더미처럼 쌓였기 때문에 다른 시간이 없었다.

오늘 잘 끝냈다고 한숨 쉬며 지쳐서 돌아와도 내일은 또 오늘이 되고 일은 계속 되었다. 나는 기동선동대나 방송야회[6] 사회자로 또다시 무대에 오르고 선전문을 읽고 마이크를 잡아야 했다. 하지만 언제 한번 내 이름으로 읽어 본 적이 없다.

텔레비전 방송위원회는 중앙밖에 없었고 녹화나 CD는 생각지도 못하던 시절이었다. 모든 이벤트는 언제나 현장 생중계였고 반복이었다. 똑같은 연설문과 프로그램을 들고 한 달을 돌아다닌 적도 있었다.

하지만 사회주의의 특성상 개인의 이름을 내지 못하게 되어 있어서 영화배우가 아닌 탤런트나 연예인의 이름이 알려지는 일은 별로 없었다. 말 그대로 숨은 영웅처럼 살아야 한다는 것이 장군님이 인민에게 바라는 바였다. 이곳에선 이름에 대해서는 북한인 누구나 그렇듯이 전혀 관심이 없었다.

왕년에 범 못 잡았다는 포수가 없고 예쁘지 않았다는 여인이 없는 것처럼 그냥 내가 잘나갔다고 말하고 싶은 것이 아니다. 아니 그 반대라고 말하는 게 오히려 정확하다.

따지고 보면 당시 나의 일이라는 건 어리석게 누구 한 사람의 취향과 안위를 위해서 그리고 그를 수위로 한 북한의 특정계급을 위해서 봉사했

6) 많은 사람을 방송 무대에 등장시켜 진행하는 모임 형태의 방송

던 일에 지나지 않았다. 나뿐 아니라 수많은 북한의 아들딸과 국민들이 그런 일에 노고와 희생을 치렀다.

두고두고 깨우쳐야겠기에 평범한 나도 목소리를 합치고 싶을 뿐이다.

수령을 바라보며 "당신이 없으면 조국도 없고 나도 없다"고 되뇌었다. 그렇게 전 국민이 교육되었다. '무지한' 나도 예외가 아니었다.

어느 날 할머니가 농담 삼아 무하를 우리 집 하숙생이라고 부르는 것을 보면서 있으면 있는 대로 없으면 없는 대로 같이 먹고 아껴주는 할머니의 타인에 대한 따뜻한 사랑을 차츰 의식하게 되었다. 그래서인지 남이라고 너무 무관심하지 않았을까 하는 생각에 부끄러워질 만큼 그는 나에게 어느새 슬며시 가까워져 있었다.

그러고 보니 무심히 지난 그 나날 속에 퇴근시간에 우리 오빠를 대신해 버스 터미널에 마중 나와 있는 날도 있었다. 지방공연 시간을 어떻게 알았는지 외지로 먼저 가서 우연한 척 관람하고는 밤길을 같이 돌아온 생각도 난다.

언젠가 둘만의 시간이 있었다.

여느 때도 밝은 편은 아니었지만 그날 그의 기분은 몹시도 우울해 보였다.

우울하다 못해 침울하다고 해야 할까?

어쩌다 그에게 배려할 수 있는 기회가 생긴 것 같았다. 나는 귀한 손님이 왔을 때 쓰려고 어머니가 감춰둔 청수 냉면을 꺼내서 시원한 육수에 말고 '2호 공급소'[7]에서 타온 계란과 돼지고기를 얹어주었다.

그때 북한 생활에서 돼지고기를 먹을 수 있는 날은 명절이 유일했다.

무엇이나 맛나게 먹는 그를 보면서 어머니가 하시던 말씀이 생각난다.

"무하는 씻는 것도 남자답게 시원하게 목덜미며 정강이까지 찬물에 잘

---

7) 특별급 간부대상 전용

씻고 먹는 것도 참 복이 있게 맛있게 먹는다."

그러고 보니 어쩜 먹는 것도 저렇게 맛있게 먹을까.

아직도 일본과 조금씩 연락을 유지하는 일본인 어머니의 동생인 이모가 옷을 보내오는 때문인지 패션도 보기 드물게 이색적이고 세련된 신사 타입이었다. 오늘은 매끈한 체격에 잘 어울리게 캐주얼하고 타이트한 간편한 차림이었다. 어쩐지 그 사람이 30대라는 것을 잊게 만들었다.

헌데 한참 가도 말이 없었다.

갑자기 저 사람은 왜 저렇게 장가도 안 가고 남의 집에 얹혀살며 빈둥거릴까? 가란 소리 할 줄 모르고 따뜻하기만 한 우리 집이 너무 좋은 것 같단 생각이 떠올랐다.

불쑥 어색한 기분을 깨치며 내가 먼저 건넨 말이 위험천만하다.

"무하 오빠, 오빠 장가 안 드세요?"

불쑥 건넨 말에 대답이 장관이다.

"여자들이 날 무섭다더라. 네가 보기엔 어때?"

"아닌데? 전혀 안 그런데. 호호호."

난 금방 까르르 웃음을 터뜨렸다.

재미있다.

기골이 장대하고 균형 잡힌 스포츠형의 단단하고 바른 목과 부드러운 피부를 가진 큰 눈의 사나이, 드문 미남자…… 이 사람을 무서워한단다.

언젠가 학생 때 영화배우 모집에 캐스팅 되어 끌려갔다가 절대 안 한다고 집까지 따라오는 연예계 사람들을 따돌려 당황하게 만든 사람이었다. 이 남자가 자신 없어 하는 모습이 신기하고 재미있다.

여자들이 자기를 무서워한다고 자포자기에 들어간 자신 없는 사나이를 앞에 두고 조롱하듯 장난기가 발동할 만큼 가까워져 있는 내 자신에 어깨가 으쓱해진다.

"누가 그러던가요?"

"……."

침묵이다. 호기심이 동한 나는 더 짓궂게 따지듯 물었다.

"연애는 해 보셨나요?"

또 침묵이다.

그는 큰 몸을 일으키더니 한참 만에 주방의 식장에서 무엇을 꺼내들고 식탁으로 다가왔다.

술병이다.

술 먹는 사람이 없는 우리 집에 술을 가지고 찾아오는 유일한 사람이라 할머니는 그가 먹다 남으면 늘 건사해두었다 꺼내주곤 했다. 해서 주객이 전도되는 것은 예사였다.

나보다 10년 위고 성장한 남자이고 보면 나는 아직 어린 때를 못 벗은 소녀 같을까…….

나에게 먹어도 괜찮은가 따위는 묻지도 않았다. 더구나 나에게 한 잔 권한 기억도 없다.

"너 설아는 서자가 무언지 모를 거다."

"히틀러가 개인적인 원한이 없는 유대인을 왜 몽땅 학살했을까? 영원히 서자일 수밖에 없는 우리네 심정을 네가 어떻게 이해할 수 있겠니?"

"서자?"

그의 말을 한 번에 다 이해할 수는 없었지만 나라에서 정치적 희생물이 되어 가는 일부 재일본 귀국자들의 기막힌 운명을 암시하고 있음을 짐작할 수 있었다.

한 잔 마신 그에게서 헤어진 영신의 이야기를 들을 수 있었다.

15

"오늘이 그 사람이 시집가는 날이다"

그들이 사랑을 약속하고 한 몇 년은 잘 되었다.

그동안 무하는 다시 대학원에 가게 되었고 영신은 시집갈 나이가 되었다.

사랑하는 사람들은 누구나 자기들의 사랑이 가장 열렬하며 아름답고 진지하고 순수하다고 생각한다. 무하와 영신의 사랑도 아마 그랬을 거라고 믿는다.

하지만 이 청춘남녀의 로맨스는 여기서 잠시 멈춘다.

영신은 아버지도 없이 불쌍하게 태어나 감옥에서 어머니를 여의었지만 권력가인 친부의 수단으로 이력서에 '고아'로 되어 있었다. 고아는 북한에서 출세의 다리와 계단으로 불리는 성분과 토대 상으로는 아무런 사회적 장애가 없었다.

무하가 대도시의 이과 대학 연구원으로 떠난 후 그들은 수많은 편지와 엽서를 주고받으면서 그리워했다. 그러나 그들은 결국 헤어졌다. 무하와 영신의 감정의 골이 구체적으로 어떤 것이었는지는 알 수 없지만 결국 영신은 아버지의 말을 따르기로 했고 무지무지 슬픈 이별을 만들어냈다.

비록 법상으론 아무 관계도 아니었지만 달리 의지할 데 없이 자란 영신에겐 유일한 핏줄이었다. 영신에겐 그 핏줄이 가족을 있게 하는 유일한 끈이었는지도 모른다.

법관인 그의 친부는 그 시기 부모라면 누구나 그렇듯이 딸이 지금부터라도 당당하고 그늘이 없이 살기를 원했다. 더구나 영신의 출신성분이 애매한지라 남편이라도 틀림없는 사람이길 바랐다.

산골로 쫓겨 와 열심히 일하여 이제 갓 신임을 받기 시작한 자수성가 형태의 연구사보다는 나라에서 운명을 같이하기로 약속되어 있는 노동당 출신의 확실한 주력군인 보위부 군관이 신랑감으로 더 적임이었다.

영신은 가무잡잡한 철색 얼굴에 광대뼈가 툭 불거진 의심투성이의 전연지대[8] 군관 사내가 쑥 들어간 삼각 눈을 반짝이며 자기를 눈여겨보는 데 전율하면서도 아버지의 의견을 따랐다. 김일성 정치대학을 졸업하고 강원도 철원군 일선 최전방 군부대의 현역 보위지도원으로 배치된 군인을 남편으로 정하고 운명의 길을 갔다.

연구소로 배치되어 오던 날 무하는 우리 집으로 연락처를 정했었다. 나는 두툼한 영신의 편지를 신문함에서 꺼내 차곡차곡 건사했다가 무하에게 전해주곤 했는데 그 기억이 지금도 생생하다.

그가 술을 마시던 그 날 받은 편지에는 드디어 영신이 약혼한다는 소식이 적혀 있었다.

많은 눈물을 흘리면서 어찌되었던 영신은 그 길을 갔다.

---

8) 적과 접경하고 있는 연선지대(예 : 강원도 철원 분계선 등)

"오늘이 그 사람이 시집가는 날이다. 오늘 그 사람이 결혼식을 한다더 군."

술병을 기울이는 무하 오빠의 눈 주변이 핑크빛으로 습벅이고 그 속에 눈물이 샘물같이 솟아나는 게 보였다.

어쩌면 사나이가 저렇게 슬퍼할 수 있을까?

여자 하나 때문에 사내가 울 수 있다는 것을 처음 알았을 때는 조금은 의아했다.

오랫동안 전전긍긍하며 침울해 하던 그 모습의 원인을 이제야 알 것 같 았다.

사랑하는 여인을 보내야 하는 남자의 애환이 특별한 매력으로 나의 맘 을 흔들었다.

다른 여자로 해서 그토록 아파하는 남자의 애수가 고요하던 나의 이성 을 처음으로 자극한 것 같았다.

남자들은 용감해야 하고 대범해야 하며 여자를 우습게 생각하던 시절 이었다. 때가 때인 만큼 당시의 남존여비를 뛰어 넘은 사람의 자유롭고 로맨틱한 모습이 어쩌면 신선하게 안겨 왔는지도 모른다.

무하 오빠가 너무 안 돼 보였다.

하지만 사랑이 어떤 것인지 아직 모르는 나는 무슨 말로 위로해야 좋을 지 알 수 없었다.

나는 진정을 담아 그에게 말하였다.

"난 영신이란 언니를 만나본 적 없고 오빠의 맘도 잘 알 수 없지만……, 그냥 오빠가 넘 아파하지 않았으면 좋겠어요."

"그는 나에게 남자란 걸 알려준 첫 사람이었어. 누구나 특히 여자들은 왠지 모르게 나를 두려워하는 거 같았고 언제나 여자에겐 자신이 없었 지. 그런데 그 사람만은 안 그랬거든."

"천만에요. 아직 다른 여자에게 프러포즈 해보신 적 없으면서 왜 그렇게 단정하시나요? 그리고 난 오빠가 무엇보다 자신을 잃지 않았으면 좋겠어요. 어디 여자가 영신 언니뿐인가요?"

"오빠가 어때서요……."

나는 어느 영화에 나오는 어울리지 않는 유머를 떠올려 보았지만 그만 말을 잊지 못했다. 어쩐지 그때만큼은 진지하고 싶었다. 하지만 그의 세계에 들어가기엔 나는 너무나 모르는 것이 많았다.

사랑

어느 날 결국은 나에게 프러포즈해 버린 무하 오빠가 너무나 서먹하고 낯설었다.

흑인 가수의 검은 눈동자가 나를 바라보고 있는 듯한 바리톤의 허스키한 목소리가 레코드에서 애절하게 흘러 나오고 있었다.

오렌지 동산 향기는 언제나 변함없건만
굳게 맺은 그 약속을 그대는 잊었느냐
정다운 그대는 가고 나만 홀로 남았으니
잊지 못할 그 언덕에 홀로 피는 물망초
내게로 오라 나를 잊지 말고서 돌아오라 소렌토로…….

오빠 방에는 선택된 문화예술인들만 들을 수 있는 레코드며 참고도서인 세계명작들 고전들과 함께 오빠 자신의 작품들이 가득 들어차 있었다. 그 방에서 음악을 듣고 있는데 무하가 들어섰다.

갑자기 방이 컴컴하고 좁아진 듯했다.

남자는 상대방을 바라보지 못하고 창으로 비쳐드는 저녁 황혼에 빛나는 눈길을 주고 있었다. 그러면서 초콜릿같이 부드럽고 축축해 보이는 큰 손을 곧게 펴고 말없이 잡아줄 것을 바라고 서 있었다.

그 손은 마치 이 손을 잡지 않으면 평생 다시는 못 볼 것이라고 선언하는 듯 나를 한참동안 당황스럽게 만들었다.

다르다. 그는 무엇이나 달랐다.

나는 한창 소녀를 벗어나 대학 동기들과 주변의 남자들로부터 많은 관심을 받고 있는 혼기의 세대였다. 해서 누가 나의 왕자님일까 하고 종종 주위를 둘러보기도 했다. 그 나이 누구나 그렇듯이 남친과 데이트 하면서 영화구경도 가고 식사도 같이 하면서 나름대로 프러포즈를 받아본 경험도 있었으나 이런 식은 처음이었다.

처녀에게 온갖 좋은 모습을 다 보이고 싶은 사내들은 여성에게 다가갈 때 가장 정중한 모습을 가장한다. 그리고 "사랑합니다" 혹은 "좋아한다" 하거나 아니면 소심한 축들은 편지도 보내온다. 그리고 내가 받아줄지도 모르면서 반지며 핀 같은 제 나름대로의 자그마한 선물도 준비했다.

작업이 좀 진행되고 시간이 흐르면 길 가면서 슬그머니 손을 가볍게 잡아주기도 하고 미끄러운 길을 이끌어 주기도 한다. 특히 연상의 사내들은 좀만 가까워지면 어깨에 손을 다정히 올려놓기도 하고, 때론 어떤 터프한 축들은 좀만 가까워지면 장난하듯 목을 끌어당기고 갑자기 스킨십을 시도하다가 무안을 당하기도 했다.

인생에 누구나 체험하는 일상사가 아닌가.

그런데 이 사람은 달랐다.

나는 부끄럽고 쑥스러워 어찌할 바를 모르고 섰다가 금시 활활 타버릴 것 같은 귓불의 따가움을 느끼며 다급히 미닫이문을 열어젖히고 쏜살같이 밖으로 나와 버렸다.

나는 뭐가 어떻게 된 일인지 통 알 수 없었다.

그렇게도 무례하게 나를 당황하게 만든 그 사람이 참으로 어이없기도 하고 남다른 그의 프러포즈 방식이 신기하기도 했다.

시원한 바람이 아파트 앞의 가로수를 흔들며 나의 달아오른 볼을 식혀 주었다.

나는 정신없이 달려 마을이 내려다보이는 높은 철길 위에 섰다.

오빠처럼 한 집안 식구처럼 아무 거리낌 없이 함께 지내온 그 사람, 그 앞에선 어깨를 드러내고 가슴이 절반 쯤 파인 자리옷을 입고도 부끄러운 줄 몰랐다. 깊은 밤 침실에서 사춘기의 성을 느끼게 하는 소설책을 보다가 몸이 달아올라 물 마시려 나왔다가도 거실에서 술을 마시고 있는 그를 아무 스스럼없이 마주 친 적도 한두 번이 아니었다.

보고 있던 소설의 여주인공들인 "테스" "안나 카레니나" 혹은 "제인 에어"를 들먹이며 소설 감상을 피력하고 밤새워 설레는 이야기를 펼쳐가도 아무런 이성을 느끼지 못하던 그냥 오빠였다.

축축이 젖어 살에 달라붙은 실내복 바람으로 욕실에서 허벅지를 드러내고 빨래를 하다가도 그가 들어오면 서슴지 않고 문을 열어젖히고는 "오빠! 양말 벗어주세요" 하고 소리치고도 부끄러운 줄 몰랐던 나다.

그런데 이제 와서 남자라니……. 그것도 다른 남자친구는 전혀 무시할 만큼 숨이 막혀오고 앞이 보이지 않는다는 것이 참으로 황당했다.

아무 대답 없이 돌아서버린 나에게 서먹해진 그가 아파트 아래 유치원 어린이 공원에서 애들과 공을 차고 있었다. 그러고 보니 우람한 체격에 큰 눈이 빛나는 이 사람을 애들이 참 좋아한다.

멀리서부터 길에서 마주칠 때 보면 남자의 가무스레한 피부의 얼굴색과 대조되어 유난히 하얀 이가 붉고 투명한 두툼한 입술 안에서 보석같이 반짝이곤 했다. 파란 하늘을 담은 달빛 같은 큰 눈동자는 반가움을 감추지 못하고 수줍게 슴벅이며 환한 미소를 짓곤 했다.

모든 것이 좋게만 보이고 뽀얗고 아롱다롱한 무지갯빛 안갯속에 촉촉이 잠겨 있었다. 주위에 온통 그가 꽉 차 있는 듯 숨을 쉴 수 없었다. 차츰차츰 조여 오는 남자의 분위기가 어쩔 수 없는 코너로 나를 몰고 가고 있었다.

나와는 너무도 다른 사람, 신기루 같고 터프한 매력으로 점잖게 한걸음씩 다가오는 그 사람 앞에 나는 너무나 작은 존재였다.

그 손을 금방 잡지 못하고 헤어진 그 날 그를 아프게 한 것 같아 몹시도 미안스러웠던 나는 며칠을 고민한 끝에 그의 큰 손을 잡기로 했다.

깊어가는 밤하늘이 유달리 반짝이는 별무리를 투명한 비로드 치마폭 같은 푸른빛으로 품고서 고요히 숨을 죽이고 청춘 남녀를 지켜보고 있다. 멀리 바다와 잇닿은 사아천에 호수같이 잔잔한 물결이 소리 없이 흘러간다. 강변 모래톱의 '산토닌 쑥'[9]밭에서 나는 쌈쌈한 향기가 코를 아련히 자극한다.

스커트의 포켓레이스를 접어서 겨우 가린 허벅지 밑으로 축축한 습기가 올라왔다. 그러나 나는 그 습기도 땅거미의 차가움도 아랑곳 않고 뭔가 막연한 이성을 느끼며 다소곳이 머리를 숙이고 앉아 있었다.

그는 꿈이 많은 청년이었다. 그는 앞으로 우리가 살게 될 손수 설계한 이층집 전원주택과 프로그램화 되어 있는 전자식 부엌 얘기를 꿈결같이 들려주었다. 그리고 정원에 심어 가꿀 크고 싱그러운 포플러와 향기 가득

---

9) 국화과의 여러해살이 풀. 높이는 1미터 정도, 잎은 어긋난다. 8월 경 가지와 잎겨드랑이에서 누런 밤색 꽃이 피고 열매를 맺는다. 꽃 이삭과 잎, 줄기를 약재로 쓴다. 우리나라 각지에 분포한다.

한 장미넝쿨로 둘러친 돌담이며 늘 그때그때 뽑아 먹을 수 있는 친환경 부추며 상추, 마늘과 풋고추를 줄 맞추어 손수 심은 아름다운 정원에 대해서 이야기했다.

그가 말하는 나와 함께 할 결혼생활의 아름다운 꿈은 늘 나를 황홀한 내일로 이끌어 갔다. 아파트에서만 살아온 나는 그의 이야기를 들으면 동화에 나오는 아름다운 세계를 꿈꾸는 것 같았다.

그의 내면은 다 알 수 없었지만 그의 생활관은 출세와 나라에 대한 충성에 희망을 두지 않고 있었다.

그는 테스터와 방사선연구기록부가 들려있는 대학생 가방을 언제나 경계선이라도 그은 듯 자신의 검은색 바짓가랑이와 곁에 앉은 나의 스커트 사이에 놓았다. 그리고 언제까지라도 침묵으로 앉아 있을 듯하다가 불쑥 나에게 세레나데를 청하곤 했다.

고요한밤 나의 그대 노래 부르네
나뭇잎은 속삭이네. 달빛 아래서 달빛 아래서
우리 사랑 알려질까 두려워 마라 두려워 마라

아름다운 그 노래에 산란한 마음 타오르는 이 마음을
그대 아는가 그대 아는가
불길 같은 나의 사랑 나에게 오라 나에게 오라

연인의 맘에 위로가 될 수 있다면 그 무엇이라도 해주고 싶은 소녀의 마음을 담은 청아한 멜로디였다. 조용한 풀벌레 우는 소리와 함께 세레나데가 달빛 부서지는 호수같이 잔잔한 강물을 타고 밤하늘 가에 울려 갔다.

그는 때로는 꽃피는 공원이나 잔디밭에서 네 잎 클로버를 뜯어 들고 "요츠바노[10] 클로버는 행운의 상징"이라며 내 약손가락에 매어 주었다. 그러면서 뜨악 뜨악 고향인 일본 노래를 부르는 모습이 마냥 행복해 보였다.

나는 그의 노래를 나름대로 번역해서 우리말로 따라 불렀다. 대체로 이런 내용이었던 것 같다.

바다 빛에 짙은 노을 배어든 셔츠를 입고
양산을 빙그레 돌리며 풀밭 사이를 걸어와요
날 좋아 하지 않느냐 거기 멈춰서라 소리쳐요
인적 없는 풀밭의 미궁에서
요츠바노 클로버
손으로 흔들어 보여요. 기적이 일어날거예요.

그때 난 참말로 행복했고 우리의 행운을 기대했다.

그러나 내 어깨에 손 한번 다정히 올려 주기도 멋쩍어 하던 그와 장시간에 걸친 따분한 데이트를 어떻게 참아냈는지……. 스스로도 이해할 수 없어 지금도 가끔 진저리 친다.

모든 것이 그의 편은 아니었다.

"무하는 일등 가는 사윗감이다. 미남이지 건강하지 체격이 일품이라. 거기다 머리 좋고 유머 있고…… 매너 있고. 어떤 귀한 집 규수한테 장가 들겠는지 무하는 참으로 되어 먹은 사람이다."

언젠가 어머니가 하신 말씀이지만 그러시던 어머니가 돌변하실 줄은 몰랐다. 당신의 일이 될 줄은 꿈에도 상상 못하셨단다.

---

10) '네 잎'이란 뜻의 일본 말

온 집안은 어느 날 갑자기 오만한 짐승이 지나간 듯 리듬이 깨지고 쑥대밭이 되었다.

아버지와 오빠는 물론이고 할머니까지 반대했다.

"친자식처럼 위해주고 수년을 아들처럼 대해 주었더니 이제 와서 발꿈치를 무는구나."

"네가 그럴 줄은 정말 몰랐다."

너무나 실망스럽고 어두운 기운이 온 집안의 기분을 잡쳐 놓은 듯했다. 그러나 어쩐지 가족들은 나에게는 관대했다. 아니 아예 철부지여서 "평양에 이사 가면 모든 것이 잊혀지겠지" 하고 상대하고 싶지도 않은 듯했다.

내 마음을 흔들어놓은 그 사람, 늘 함께 한 집에서 허물없이 뒹굴며 경계 없던 그 사람은 어느 날부터인지 석 달에 한 번씩만 나에게 연락했다. 사람을 보내 나를 몰래 만나자고 했다.

기다림에 지쳐버린 나는 남자가 밖에서 만나자고 연락이 왔을 때 잠시 의아하게 생각했다. 자기를 그렇게 사랑해주고 위해 주는 우리 부모들을 왜 그렇게 멀리하는지 그 사람을 이해할 수 없었다. 그래서 그 사람에게 나만 믿어 달라고 내가 부모들을 다 설득할 수 있다고 말했다. 하지만 그와 부모 사이에 너무나 많은 얘기가 오고 갔다는 것을 몰랐다. 이미 부모님은 딸을 줄 수 없다고 선고했고 발길을 끊어줄 것을 당부했던 것이다. 그에게서 우리 부모는 넘을 수 없는 장벽임을 나는 뒤늦게야 알게 되었다.

부모님은 불안한 세상을 살아오셨기에 자식마저 일본에서 온 조총련 자제에게 시집보냈다가 언제 나라의 변덕에 변을 당할지 장담할 수 없다는 것을 알고 계셨다. 돈이 없고 유명하지 못하다는 이유로 어울리지 않는 짝을 승인하지 않는 여느 부모와는 다른 경우였다. 그것은 자식의 생사의 위험을 포착한 부모의 본능적인 자식 사랑이었다.

하지만 나는 그러시는 부모님을 이해하지 못했고 그때 우리 부모님의 반대 이유가 다른 집 부모들과 너무나 꼭 같아 보여 아연했다.

나도 지방에서 살아 보았지만 어디나 사람 사는 곳이다. 사랑하는 사람끼리면 절해고도에 가서 산들 무슨 한이 있으랴.

나는 편견과 속세에 물들지 말라고 교육하시던 우리 부모님이 영신의 아버지와 다를 바 없이 사람을 보지 않고 먼저 출신성분과 토대와 같은 문제를 결혼의 조건에 두는 것에 실망했다.

하지만 오빠가 자기 친구를 찬성하지 않은 이유는 조금 달랐다.

영신과의 일을 너무나 잘 알고 있는 오빠는 첫사랑에 실패한 무하가 어리숙하고 순진하기만 한 동생을 엉큼한 마음으로 꾀어냈다고 배신감을 느끼고 있었다. 술을 많이 마시고 게으르고 나태한 데가 있는 무하가 여리고 착하고 순하기만 한 동생과 짝을 이루면 험한 세상을 이겨나갈 수가 없을 것 같아 결정적으로 반대하고 나섰다.

결혼을 전제로 한 어느 사랑에 완전한 순수가 있을까. 하지만 나를 나 이상으로 잘 알고 사랑하신 분들의 걱정이었다. 세월이 흐른 후에야 나는 부모님과 오빠의 우려가 얼마나 정확히 맞아떨어졌는지 혹독한 체험을 통해 깨닫게 되었다.

결국 나의 수난의 운명은 그들의 뜻을 거역하고 방종과 독선으로 모든 것을 결정한 결과였다. 슬프게도 나는 그때부터 많은 세월을 보내면서 잘못된 선택에 대해 깊고 뼈아프게 뉘우치게 된다.

혼인신고

싸락싸락, 또 싸락싸락.

끝없이 뻗어간 드넓은 벌판에 가늘고 뽀얀 봄비가 상기된 볼을 식히며 내리고 있다.

우리는 긴 시간 멎지도 않고 굵어지지도 않는 앞을 가리며 내리고 있는 이슬비 속을 무려 세 시간째 걷고 있었다.

포장도로 양옆으로 끝없이 뻗어간 볏모를 옮겨 심은 다락논들에 찰랑 살랑 떨어지는 빗방울들이 자그마한 포물선을 그리며 아롱아롱 무지갯빛 으로 퍼져나간다.

논판에선 실낱같은 한 뼘 남짓한 벼 포기들이 하염없이 떨어지는 작은 물줄기에 몸을 맡기고 파르르 떨고 있는데 어머니를 잃은 개구리들이 "개 굴개굴" 목청 돋우는 소리가 들려왔다.

어머니가 살아 있을 때 말을 안 듣다가 죽은 다음에 물가에 묻어 주었다는 청개구리 이야기가 떠올라서 갑자기 서늘한 감정이 한쪽 가슴을 스쳤다. 하지만 지금 저지른 엄청난 행복이 행여라도 사라질까 두려워 애써 지워 버렸다.

얼마나 말없이 오래 걸었을까.

머리 하나가 더 큰 남자는 얼굴을 한껏 숙이고 사랑스런 여자를 내려다본다.

스커트가 쩍 달라붙어 걷기가 힘들게 드러난 허벅지 사이로 물줄기가 축축이 흘러내린다.

남자는 물이 떨어지는 굽실거리는 젖은 머리카락을 체머리로 흔들어 떨어버리고 젖은 큰 눈을 슴벅이면서 허리를 구부정히 하여 온통 물주머니가 되어버린 말랑해진 여자의 날씬한 허리를 젖은 긴 팔로 살포시 감아 안았다.

이제 참말로 자기 사람이 되어버린 것만 같은 여자의 젖은 가슴 사이로 또렷이 드러난 단단하고 조그마한 흰 젖가슴이 반쯤 내려다 보였다. 무엇인가 뜨거운 것이 퍼져나가며 온 몸이 부르르 떨렸다.

두 사람은 꿈같은 현실이 믿어지지 않는 듯 불타는 눈동자를 마냥 서로 확인하며 물이 줄줄 흐르는 손을 꼭 잡고 눈물이 흐르는지 빗물이 흐르는지 모르는 얼굴을 마주 비비며 웃음인지 울음인지 알 수 없는 높은 폭소를 터트렸다.

"아 하하 아!" 길~게 길~게 소리쳐 본다.

아침에 타고 떠나왔던 통근열차가 돌아가는 정오의 기적소리가 벌써 두 번째 울려왔지만 우리는 역으로 나가지 않고 그냥 이렇게 걸었다.

약속도 없이 발길 가는 대로 걸어가는 길이다. 앞으로 얼마나 많이 함께 가야 할 발걸음의 시작일지 알 수 없다.

그래도 좋았다.

지금까지 겪어온 모든 힘든 일은 이제 다 지나갔다.

앞으로 다가오는 공포는 걱정해야 아무 소용이 없을 만큼 무의미하다.

나는 이미 돌이킬 수 없는 일을 저질렀던 것이다.

며칠 전 그이는 아직 거주지로 되어 있는 북계천 마을에 어머니를 한번 뵈러 가자고 제의해왔다. 먼저 부모 상견례를 하는 게 통상적인 의례이지만 우리 집에서 3년째 반대하고 있으니 한쪽 집에서라도 허락을 받고 싶다는 것이다.

무하 어머니는 요양소에서 치료 받으신지 얼마 안 되었다고 한다. 일본에선 잘 지내셨지만 이곳 산골에서 고된 일에 시달리고 영양상태가 나빠지자 건강이 악화된 때문이었다. 시내까지 오시기는 무리라고 우리가 한번 여행 삼아 시골에 다녀오는 것이 어떠냐고 했다.

무척 그와 함께 다니고 싶었던지라 나는 직장에다는 휴가 신청을 하고 어머니에게는 방송출장을 간다고 거짓말을 하고 그를 따라나섰다.

앞날의 아씨를 맞이한 산골의 집은 명절 분위기였다. 송이버섯이며 노루고기며 산골의 귀한 것을 다 마련해 놓고 있었다. 어머니는 아련하고 세련돼 보이는 도시 아가씨가 곧 맘에 드셨다.

어머니의 허락을 받은 남자는 결심한 듯 떠나오기 전에 산골 분주소[11]로 여자를 데리고 갔다. 파출소 정원 나무의자에 나란히 앉은 우리는 오랫동안 말이 없었다.

"여기서 우린 새로운 운명을 결정하는 거야. 너무 오랫동안 끌어 왔어. 이제 설아의 식구를 납득시킬만한 능력이 내게 없다."

평소에 말을 잘 안 하는 그이의 젖은 음성이 참으로 아프게 간간이 끊

---

11) 파출소

어지며 들려왔다.

　나이 연소한 여자를 이끌고 결단한 일이 남자도 무척 힘든 모양이었다. 그는 힘들게 말을 잇고 있었다.

　"…… 나 너무 힘들다. 음…… 누추한 방법을 택할 수도 있었지. 하지만 그건…… 아닌 것 같다. 우리가 결혼해서 잘 살게 된다면 그땐 부모님의 뜻을 거역했던 오늘을 당신들도 이해해 주실 거다."

　나는 아무런 대꾸도 하지 못하고 오랫동안 침묵을 지키는데 시간은 빨리도 흘렀다.

　아침 8시가 조금 지나 파출소 문 여는 시간에 도착한 후로 벌써 정오가 가까워오고 있었다. 조금 있으면 시골 분주소라 서너 명밖에 안 되는 보안서 실무자들이 다 점심식사를 하러 간다.

　갑자기 언젠가 이렇게 그이와 헤어졌을 영신의 모습이 떠올랐다. 내가 또다시 그를 아프게 하는 여자가 될지도 모른다는 생각에 몸이 떨렸다.

　"여기서 네가 결심을 못하고 더 지체하면 우린 헤어지는 거야."

　마지막 음성이 결단하듯 그리고 조금은 거부할 수 없는 힘이 느껴지며 간간이 끊겼다.

　어쩌면 이 순간이 지나면 내가 사랑이라고 이름 지은 이 사람을 다시 못 볼 수도 있다는 두려움에 가슴이 무너지는 듯 아파오며 눈물이 그렁그렁해지더니 까만 비닐 신발 위에 뚝하고 떨어졌다.

　드디어 나는 "우리가 결혼해서 잘 살게 된다면 그땐 부모님의 뜻을 거역했던 오늘을 당신들도 이해해 주실 거야"라는 남자의 이 말을 간신히 위안으로 붙잡으며 자신 없이 머리를 들었다. 우리는 곧 결혼 신고서를 작성했고 도장을 눌렀다.

　파출소를 나올 때 조금씩 안개비가 내리기 시작했다. 차가운 빗방울이 예쁘고 긴 머리카락을 타고 흥분으로 상기된 가녀린 얼굴과 흰목과 하얀 블라우스 속으로 스며들었지만 난 추운 줄을 몰랐다.

나는 하늘이 우리를 축복해 주고 있다고 믿었다. 아니 그렇게 믿고 싶었는지 모른다…….

어찌 되었던 좋은 것은 좋은 것이다. 하나가 둘이 되었다.

이제 싱글로 살아온 나날은 여기서 정리되었지만 이 세상을 함께 같이 갈 사람이 생겼다는 것이 서로에게 너무 좋았다.

결혼했다.

아니 더 정확히 말하면 결혼식을 하기 전에 등록(혼인신고)을 해버렸다.

생각해 보면 그때 난 누가 강요한 사람도 없이 누가 내놓은 제도인지도 알지 못하는 그 종잇장 하나에 인생의 전부를 맡긴 것이다.

그때 나는 그것을 운명이라 믿었다. 그 믿음 때문에 스스로 빠져든 인생의 강에서 그 후 나는 많은 나날들을 허우적거렸다. 그리고 오랫동안 가슴 쓰리게 그날들을 돌이켜 보게 되었다.

18

유다른 혼례식

비슷할지 아닐지 잘은 모르겠지만, 아마도 죄과가 다 들통 났을 때 오히려 시원한 해방감을 느끼고 모든 것을 포기하는 범법자의 심경이 내 마음 같을 거라고 생각해 보았다.

어머니를 마주볼 수 없었지만 너무나 의연한 나의 모습에 식구들은 아연해 했다.

모정의 본능으로 어머니는 이미 무슨 일이 일어났다는 것을 알아버리셨다.

어머니는 혼신을 다해 키워놓은 어린 딸을 상대로 백주에 일을 저질러 버렸다며 눈물을 흘리셨다. 그리고 무하를 신고하겠다고 야단이셨다.

하지만 남자들은 달랐다. 아버님이 먼저 승낙하셨다.

"이 일은 우리 집 딸이 저지른 일이고 그렇게도 좋아하는데 살게 해줄 수밖에. 어쩔 수 없는 일이 아니오?"

오빠와 아버지의 말씀이 설득력이 있어 어머니는 울며 겨자 먹기로 혼례식 날을 정하셨다.

그날은 첫눈이 내리던 11월의 초거울 어느 날이었다.

평양에 복귀되신지 얼마 되지 않아서 치르는 혼례식인지라 의미가 컸다.

내리는 족족 질척하게 녹아버리는 눈을 밟으면서도 혼례식에 참석하러 온 신부 측 내빈들의 발자국이 복도에 어지럽게 나 있었다. 나는 복도 아래 문설주로 통하는 베란다 난간에 홀로 서서 하염없이 창밖을 바라보고 있었다.

웬일인지 모르나 나를 아내로 맞이하게 되어 그렇게 기뻐하던 무하 오빠가 혼례식에 나타나지 않았던 것이다.

문학 예술계 그리고 정계 학계의 아버지를 알고 계신 유명 인사들이 많이도 다녀가셨다.

모든 것을 포기해버리고 이제 딸의 편이 되어주신 어머니가 유일하게 자랑할 수 있는 사위의 장점에 대해서 근친들에게 입에 침이 마르도록 '자랑'을 해 온 터였다.

초대된 사람들은 거의 모두 부모님께 "아 오늘 모스 필름의 영화배우보다 더 멋진 신랑을 보려고 많이 기대하고 왔습니다" 하고 농담 비슷한 인사를 정중히 건넸다. 부모님은 그때마다 늦은 저녁시간이 될 때까지도 도착하지 않는 그이 때문에 민망해 했다. 나는 부모님을 대할 낯이 없었다.

미닫이를 제거하고 윗방 아랫방을 모두 통합하고 옆집까지 빌려서 터놓고 우리 집을 레스토랑으로 꾸며놓았었다. 하객들이 모두 돌아갔지만 8층 우리 집은 아직도 불빛이 환했다. 초조한 가족 친척들이 서로 우울한 얼굴로 마주보며 의아함과 낙심을 감추지 못하고 있었다.

만족하지 못한 하객들이 아직 헤어지지 못하고 아파트 아래 '대동강 청량음료'[12]에서 맥주를 마시며 떠드는 소리가 가로등을 밝힌 밤거리를 소란스럽게 했다.

---

12) 평양 중구역에 있다. 사이다 콜라 등을 주로 파는 곳인데 '대동강 맥주'도 팔았다.

무하는 결혼준비로 북계리 어머니에게 다녀오겠다고 떠났었다.

시집의 입장에서 보면 우리의 결혼식은 무하네 식구들이 전부 그 산골로 이주한 후 처음 맞는 아주 큰 대사였다. 그것도 평양에서 예술계 문인 가정의 아가씨를 며느리로 맞이하는 결혼식이었다. 산골 식구들에게는 큰 경사였다.

수도에 가서 다시 공부를 마치고 청년 준박사가 된 장한 아들 미츠르(무하의 아명)가 며느리 감으로 평양 아가씨를 데리고 온다니 어머니가 얼마나 기뻐하셨을까?

그래서 시골 어머니가 최선을 다해서 아들 장가 보낼 준비를 하신다고 북계리에서 편지와 전보를 보내왔다.

하지만 산골로 떠났던 무하는 혼례식 날을 까맣게 잊은 듯 소식이 없었다.

지긋지긋하게 보낸 숨 막히는 일주일이 지나갔다.

이럴 수가 있을까. 상실된 자존심에 먹을 수도 잘 수도 없었다.

소녀는 아는 사람들을 볼 면목이 없어 친구의 집에 숨어서 나오지 않았다.

많이 서운해 하고 화가 나신 어머니는 또다시 나를 설득하기 시작했다.

"어쩐지 그 자식이 열심이 없더라. 에그…… 일본 피가 섞여 사랑하는 방식도 우리하고 다를 수도 있다고 다 봐 주었는데 정말 이렇게 실망시킬 수가…… 지금이라도 늦지 않았으니 마음 고쳐먹고 그만 두자. 설아야!"

너무도 괴로워하시며 화가 나서 팔팔 뛰시는 어머니의 말씀에 나는 눈물만 글썽일 뿐 아무 대답도 할 수 없었다. 그때 상황을 나는 지금도 이해하지 못한다.

당시 NB국방과학연구소에 소집되어 일하던 무하는 이미 방사선 방출에 오염되는 사고로 평양 봉화원에서 요양을 하고 난 뒤였다. 잘 치료받으면 생명이나 일상생활에는 지장이 없다는 진단을 받았지만 피부가 한 벌 벗겨지고 간이 굳어지는 작지 않은 사고였다. 덕분에 연구소에서 결혼 허가를 빨리 받을 수 있었다.

나는 집에다 이 모든 것을 비밀에 부쳤다. 그렇지 않아도 서운한 결혼인데 어머니가 알면 또 무슨 난리가 벌어질지 알 수 없었기 때문이었다.

나의 심정은 참으로 복잡하고 초조했다.

앓고 있는 건 아닐까? 사고는 없겠지?

결혼식 날 나타나지 않는 신랑 때문에 가슴 태우던 그때 무슨 일이 있었을까. 그가 결혼 준비차로 북계리에 갔던 바로 그날에……

우연이었을까. 영신이 펑펑 내리는 첫눈을 맞으며 북계리에 나타났다는 것을 나는 먼 훗날에야 알게 되었다.

5년 전 자기 아버지를 찾아왔을 때 보따리를 들고 처음 무하를 만나던 그 모습이었고, 달라진 것이라면 3살 난 아들애를 데리고 나타났다는 것이었다. 무하를 마음속에서 지우지 못한 그녀가 강원도 철원군 보위대대의 정치지도원인 남편과 의가 좋지 않다는 소문은 들어서 알고 있었다. 하지만 이제 다 지난 일인 줄 알았는데 또다시 그 산골마을을 찾았던 것이다.

그 후로 일주일이 지나서 장미꽃을 한 아름 안고 무하가 나타났다. 아무 일도 없었다는 듯 조금은 계면쩍은 얼굴로 생빈들(함북 풍습으로, 신랑을 따라와 신부를 함께 데려가는 친척이나 친구들)과 함께 평양으로 왔다.

백두산 줄기에 눈이 많이 왔기에 교통이 불편했다고……

말이 된다.

아무쪼록 사고가 아닌 것을 다행으로 생각했다.

누구에게나 조선 치마저고리(한복) 결혼식이 유행이던 때였다. 그러나 나는 어머니가 손수 지어주신 서양식 비취색 원피스를 입었다. 거기에 은분을 뿌린 장미꽃이 꽂힌 아름다운 면사포를 쓰고 푸르고 흰 부케를 든 신부는 너무나 아름다웠다.

날씬한 허리를 넓고 부드러운 흰 벨트로 살짝 조이고, 살포시 올라온 가슴을 정성껏 감춘 빛나는 웨딩드레스에 자수를 놓은 레이스가 단아하고 호리호리한 몸매무시를 휘감고 요염하게 흘러 내려갔다.

그 옛날 화란의 검은 왕이 숨겨 놓고 보살폈다는 어린 소녀신부의 얼굴처럼 갸름하고 아리따운 턱 선에 둘러싸인 붉은 입술은 앵두를 금방 씻어놓은 듯 수줍고 행복한 미소를 띠고 있었다.

언제 그런 일이 있었냐 싶게 행복해진 신부는 아무것도 따지지 않았고, 자신만큼 순수하게 모든 것을 믿어버렸다.

전부 나를 향해 비춰지는 플래시의 조명을 받으며, 나는 자꾸만 손수건을 눈가에 가져가시는 어머니와 가족들의 모습을 미안하게 바라보았다. 그러면서도 나의 눈동자는, 잘 살 거라고 그래서 어머니를 기쁘게 깜짝 놀라게 하는 복된 삶을 살아가리라는 희망으로 빛나고 있었다.

꿈으로 가득 찬 눈동자에 혼례식의 밤이 황홀하게 비쳐왔다.

맨살이 비치는 부드러운 아이보리 유리양말이 눈부시게 희디흰 구두 속에서 감복숭아 같은 발목을 살짝 드러냈다. 예쁜 미소를 흘리며 손님들 사이로 춤추듯 사뿐히 지나는 공주는 제 모습에 취해 있었다.

19

산골마을의 피로연

　아버지와 여전히 친분이 두터운 유명 영화배우 추 선생이 차를 보내주어 두 대의 승용차가 평양에서 수백 리 길을 달렸다.

　왱왱~ 왱 요란스런 소리를 지르며 승용차가 중부도로를 따라 동계령과 서계령의 높은 고개들을 힘들게 넘었다.

　평양에서 아버지와 작업하던 제작진이 공동으로 제공받아 영화제작을 하며 함께 타고 다니던 승용차였다. 이제 5년을 달려 낡긴 했어도 행복하고 소박한 신혼부부가 타기에 별 무리가 없었고 넘치게 과분했다.

　정말 무하의 말대로 북계리 산골에는 첫눈이 많이도 내렸다.

　이깔나무 진대나무 봇나무를 비롯한 북방의 아름드리나무들과 침엽수들에 하얗게 눈꽃이 피어났다.

　아직 얼어붙지 않은 북계천의 물살 빠른 계곡을 가로질러 한 아름씩 되는 통나무들로 묶어놓은 높은 다리가 있었다. 튼튼해 보였지만 밤낮을 교대로 얼었다 녹았다 기온 변동이 심한 산천의 다리였다. 표면이 얼어붙어 미끄러워 마치 사람이 걸어가는 것 마냥 조심조심 차의 속도를 늦추어야 했다.

해 저물녘에야 북계마을로 들어섰다. 산기슭에 통나무집들이 몇 채 오 구구 붙어 있었다.

아직 저물지 않은 초저녁인데도 때 이르게 집집의 나무 구새통(굴뚝의 평안도 사투리)마다 산천 특유의 참나무 연기가 자욱하게 쏟아져 나온 다. 피어 오른 연기는 골짜기의 찬 공기와 부딪쳐 뭉게뭉게 하얀 구름이 되어 어슬녘의 하늘로 천천히 사라져 갔다.

조그마한 생나무 울타리를 두른 대문이 열려 있고 사람들이 분주히 드 나드는 모습이 제법 큰 경사를 치루는 분위기다.

고요한 산천에 울려 퍼지는 차 소리에 마을의 꼬마들이 달려 나온다.

차라고는 임산 작업소에서 통나무를 실어 나르는 대형 트럭들과 트랙 터, 산길을 내고 보수하는 불도저밖에 본 적 없는 산골 애들이다. 처음 보 는 까만 승용차가 너무나 신기했고 '뽀베다'¹³⁾ 를 타고 오는 존경하는 무 하 형이 영웅 같고 신화 같았을 것이다.

신부인 나는 또 얼마나 예뻤을까.

나는 녹색 비단에 공작새 그림이 치맛자락으로 흘러내리게 수놓은 한 껏 폭이 넓은 웨딩 한복을 차려입고 있었다. 거기에 윗저고리는 핑크 톤 으로 맞추어 입고, 무하가 어깨에 감싸준 그 시절에 유행하던 커다란 일 본제 남자용 파카로 바람을 가리고 차에서 내렸다.

무하는 빛나는 블랙 재킷에 아름다운 장미 한 송이를 꽂고 흰 장갑을 끼고 있고, 나는 무하의 긴 팔에 의지했다. 그러면서 우리 둘은 다정히 바 라보았다.

갑자기 어디서들 그렇게 나타났는지 산골 사람들의 경탄을 자아내는 환 성소리가 터져 오르고 눈보라만큼씩 한 색종이를 오려 만든 칠색 꽃보라가 공중으로 떠올랐다. 우리 머리에 꽃보라가 눈송이처럼 소복이 떨어진다.

13) 1980~1990년대 높은 간부들이 타던 고급승용차를 애들이 그렇게 불렀다.

황홀하고 아름다운 감정에 휩싸여 행복한 미소를 머금고 다소곳이 얼굴을 숙이고 자갈밭을 사뿐히 걷노라니 이제 시누이가 된 아가씨 다은이가 달려 나와 밟히는 나의 치맛자락을 살짝 들어 주었다.

아름답고 고즈넉한 산천 마을에 텁텁한 인부들과 그 부인들이 황혼 빛이 짙어가는 아름다운 숲 사이에 모두 나와서 술렁이고 있다.

"무하는 워낙 의젓한 사람이지만 앳된 표정의 신부가 곁에 있어 더 보기 좋군요."

"그럼요 한 쌍의 원앙부부 같아요."

감시촌 임무를 맡은 작은 촌락의 유지 보위지도원 박대인이 무하의 아버지나 다름없이 북계촌의 다리목까지 나와서 우리를 반겨 맞았다. 분주소장, 동사무장, 동당비서, 임산작업소장 등 간부들이 전부 참석한 가운데 소박한 신랑 측 가족들이 우리 신부 일행을 맞이했다. 잘 빠진 멋진 키다리 신랑과 도시 아씨인 아담한 신부를 함께 온 조선기록영화촬영소 감독인 사촌 형부 민병주가 카메라에 담았다.

30이 넘어선 신랑의 때늦은 결혼식이다.

이집저집에 끼리끼리 모여 흥에 겨운 주객들에게 술을 붓고 절을 하는 뒤풀이가 시작되었다. 먹음직한 잔치음식을 상다리가 부러지게 차려 놓았는데, 조선음식을 할 줄 모르는 일본 어머니로 미루어 보건대 모두 동리 사람들이 차린 것이리라.

먹음직한 크기로 푹 삶은 돼지고기는 동리 사람 솜씨겠지만, 가오리 회는 원래 나고야 바다의 특산물이라며 시어머니가 손수 만드셨다 한다. 물론 차려진 가오리 회는 일본산이 아니라 400리 되는 영주군의 바닷가에서 임산 작업소의 운전기사인 시동생 무진이 생물로 날라 온 것이다.

산골의 특산물인 지름나물, 고사리, 고비나물, 도라지, 그 시기 산골에서만 맛볼 수 있는 귀한 돌버섯요리, 시어머니를 도와서 온 마을이 함께 길렀다는 먹음직스러운 콩나물 무침……, 큰 그릇에 듬쑥 듬쑥 담아 놓은 인절미, 거기에 냉장고 대용인 땅속 움에다 잘 건사한 그 산골의 특산물인 돌배며 사과가 상마다 예쁘게 차려져 있었다.

멀리서 오느라 차멀미에 지친 사돈들이 공복에 속을 버릴세라 배려하여 시어머니가 친히 만든 일본음식 젠자이(팥빙수나 팥죽의 중간)와 우매기가 작은 공기마다 담겨져 있어 손님들의 군침을 돋웠다.

인정 돈독한 산골마을의 후한 인심이 듬뿍듬뿍 묻어나 음식상을 마주앉은 사람들의 흥을 돋운다. 더욱이 오랜만에 맛보는 윤기 도는 자줏빛 찹쌀 순대가 큰 그릇에 소담스레 똬리를 틀고 있어 유난히 눈을 끈다. 영주 합판공장으로 나무를 실어다주고 바꿔 왔다는 도수 높은 찹쌀 알코올에서 시골 특유의 비방으로 맛나게 걸러낸 곡주도 있었다. 얼큰한 술이 온 마을을 평화로운 고대의 무릉도원으로 만들고 있었다.

무하의 팔을 끼고 노인방 청년방 애들방으로 꾸며진 이집저집을 돌면서 술을 붓고 절을 하려니까 산천의 혼례식 관습인지 아니면 내가 문화인인 걸 알고 그러는지 알 수 없으나 가는 곳마다 신부의 노래를 듣겠다고 야단법석이다.

소박한 사람들의 청을 안 들어 줄 수도 없고 컨디션도 좋은 편이어서 노래를 했다. 나만 바라보는 "나의 날"이라 그런지 노래도 잘 되는 바람에 기분이 좋았다.

해저물녘 한 총각이 담 밑으로 오더니
웬일인지 안타까이 곁눈질만 하는데
왜 눈짓하는지 왜 눈짓하는지 왜 눈짓하는지? ~

경쾌한 명곡이어서 애들이 좋아라고 따라 불렀다. 노랫소리, 웃음소리와 진한 술에 취한 산천의 밤이 어느덧 깊어갔다.

깨어진 꿈

밤이 깊었지만 친구들은 신랑을 놔 주지 않았다. 피곤한 나는 하는 수 없이 시누이 다은에게 이끌려 신부 방으로 꾸며놓은 시집의 윗방으로 들어갔다.

주방이라 할 수 없는 조그마한 부엌에서 증기가 자욱이 쏟아져 나오는데, 알고 보니 목욕물이 펄펄 끓고 있었다.

나무 귀틀집의 조그마한 부뚜막 사이로 나 있는 작은 문을 열었다.

신발을 신은 채로 부엌에 서 있던 다은은 적당한 대야 하나를 선반에서 내렸다. 그리고 물이 끓는 뜨거운 큰 솥뚜껑 꼭지를 행주로 감아쥐고 옆으로 젖힌 후 미리 길어다 둔 북계천의 맑은 물을 한 바가지 부어서 발 씻을 물을 알맞게 맞추었다.

다은은 입귀가 쏙 들려 올라가는 특유의 미소를 띠며 다정히 권했다.

"새언니 피곤할 텐데 먼저 쉬세요."

오빠가 술을 많이 드셨으니 언제 들어올지 모르는 게 당연한 일이라는 투다. 오동통한 소녀가 말하는 폼이 오빠에 대해서 뭔가 포기한 어조다.

오빠들과 달리 북한에서 태어난 막내둥이 다은은 그 후에도 나와 호흡을 잘 맞추었고 함께 있는 동안 늘 내 편이 되어주었던 고마운 사람이다.

산골의 생나무 침대에서 나는 산뜻한 이깔나무 냄새를 맡으며 뭔지 모를 상쾌한 기분을 느꼈다. 도시에서 늘 살아 왔던 아파트와는 너무나 대조적인 조그마한 방이다. 나는 칸칸마다 오렌지 무늬가 있는 새 종이로 금방 바른 벽이며 키 낮은 천장을 신기하게 둘러보았다.

어머니가 싸 보낸 이불 짐이며 트렁크들이 아직 짐을 풀지 않은 채 덩그러니 놓여 있다.

나는 예쁘게 단장하여 깔끔하게 얹었던 머리에서 나비 리본과 로즈 핀을 떼어내고 검고 긴 머리를 가볍게 풀어 내렸다. 그리고 모란꽃 무늬가 다문다문 수놓인 얇은 포단이 대충 깔려있는 낮은 나무 침대 위에 어머니가 한뜸 한뜸 지어서 보내주신 하얀 모시 이불을 정성껏 깔았다.

나는 오랫동안 한 모양새로 앉아 있었다.

이제 얼마 후면 처녀는 아주 간다.

이인(異人)의 삶이 나를 기다리기나 하는 것처럼 마음을 정히 가다듬고 남편을 기다린다.

아직은 내 것이 분명했지만 이제 그이에게 주어야 할 몸이다. 내 것이 아닌 모양 혼례복을 벗어야 하는지 아니면 남편이 와서 벗겨 주는지 알지 못하고 몇 시간을 이렇게 앉아 있다 보니 피곤이 몰려온다. 나는 장판 바닥에 쭈그리고 내려앉아 어깨와 얼굴을 사각거리는 장밋빛 한복 소매 속에 묻고 낮은 침대에 상체를 걸친 채 잠이 들어 버렸다.

생각해 보니 너무나 모르는 것이 많았다. 그리고 보면 내 맘도 내 것이 아닌 듯 구속돼 있었는지도 모른다.

얼마나 시간이 흘렀을까.

밖에서 두런두런 사람들의 말소리가 들려오고 나무 쪽문이 열리더니 술 냄새를 확 풍기며 무하가 동생 무진과 친구들에게 부축을 받아 들어섰다.

"오! 내 색시 미안. 미안!"

"많이 기다렸어?"

긴 허리를 주체하지 못하고 흔들거리며 번질거리는 얼굴에 주기가 확 올라 있는 신랑은 낯선 사람 같아 보였다.

"그럼 형수님 편안히 주무시오."

거의 같이 주객이 돼버린 다른 사람들이 다 나가자 나는 코트 자락에 흰 장미가 그대로 꽂혀있는 혼례복 정장을 입은 채로 침대에 엎어져 자고 있는 무하를 한동안 얼 나간 사람처럼 바라보았다.

우리의 결혼을 반대하던 나의 오빠가 당시에 하던 얘기가 갑자기 떠올랐다.

"결혼은 정신육체적인 결합을 통해 둘이 하나가 되는 과정이다. 그런데 내가 아닌 누구와 하나가 된다는 게 그렇게 쉬운 일이 아니거든. 결혼이란 네가 생각하는 것처럼 그렇게 화려하지만 않을 수도 있다."

오빠는 학창시절에 함께 친하게 지낼 때는 몰랐는데 그 즈음에 와서 무척 술을 많이 마시고 게으르고 나태한 그를 보면서 깜짝 놀라곤 했던 것 같다. 그래서 오빠는 무하가 여리고 착하고 순하기만 한 동생과 어떻게 한 생을 함께 살아갈 수 있을지 언제나 근심스럽기만 했을 것이다.

어쩌면 오빠의 생각이 맞는 것이 아닌지, 갑자기 스쳐가는 섬뜩한 생각을 떨어버리며 그 사람의 코트를 벗기려고 들썩이고 있는데, 아뿔싸! 나를 정말로 실망시키는 일이 일어났다. 어머니가 정성껏 만들어 보낸 첫날 새 이불 위에 그 사람이 실수를 해버린 것이다.

내가 생각하던 사내대장부가 이런 것일까.

얼마나 많이 쏟아 버렸는지 속옷은 물론이고 희디흰 와이셔츠를 적시고 흘러나온 액체가 세로로 흰 줄이 간 그린 넥타이의 금속 핀을 더 윤택이 나게 하고 있었다. 그리고 검은 벨트를 넘어 흘러 나와 까만 양복바지를 적시고 코트자락에 배이고는 흰 모시비단 이불 위에 누렇고 찌릿한 지도까지 그려 놓았다.

그리고는 금방 코를 골며 곯아떨어져 버렸다.

순간 비릿한 냄새가 온방 가득 코를 찔렀다.

얼마 후 몸이 척척하고 불편한지 무하가 부스스 몸을 일으키더니 코트 자락을 벗어버리고 비틀거리며 종이를 바른 자그마한 문을 열었다. 그리고는 큰 키에 머리를 문설주에 찧더니 허리를 굽히고 부엌으로 나갔다.

그러더니 하수도에 대고 구토하는 소리가 꾸역꾸역 들려오고…….

"아!"

나는 한순간 그 시절이면 누구나 꿈꾸는 분홍빛 환상이 산산이 깨어져 나감을 느끼며 머리를 외로 틀어 버리고 눈을 질끈 감아버렸다.

하필이면 이런 날에 그이가 취하다니…….

아연해진 나는 어찌할 바를 몰라서 망설이다가 들어오는 그를 부축할 생각도 않고 그냥 방구석에 넋을 잃고 털썩 주저앉아 버렸다.

"오! 내 미안! 공주님 있었네……. 먼저 자지 그랬어."

그때야 나를 알아본 듯 빙그레 웃으며 나를 훌쩍 들고 척척한 이불 위에 쿵하고 메치듯 눕혔다. 그리고는 술 냄새가 나는 축축한 입술을 그대로 내 입술에 가져다 비벼대며 "음……, 냄새도 좋다" 하며 긴 팔로 내 목을 조이듯 꽉 쓸어 앉았다.

나를 내려다보는 그를 보지 않으려고 나는 눈을 꼭 감고 형 집행을 기다리는 사형수처럼 까딱 않고 그에게 안겨 있었다.

그때까지 옷을 벗지 않고 있는 목과 가슴에 흐트러진 여자의 머리카락을 쓸어만지며 무하는 말을 이었다.

"나는 머리 긴 여자가 매력이야."

"설아는 화장을 안 해서 좋더라."

나는 평시에는 다른 여자들처럼 진하게 화장을 안 하고 스킨이나 투명 루즈만 간단히 바르는 편이다. 하지만 그래도 오늘은 공화국에서 최고 봉사 센터인 '평양 창광원'에서 정성껏 메이크업을 받았는데 웬일이래?

빳빳하게 풀을 먹인 가늘고 흰 동정 사이로 드러난 목과 가슴에 무하는 한순간 키스 폭탄을 들이부었다.

어떻게 풀려 나가는지 모르게 동정이 풀리고 난생 처음 입어 본 웨딩 한복은 이제 사명을 다한 듯 무참히 벗겨져 내렸다.

"상체는 아담하게 꾸며야 하느니라" 하시며 밤새워 정성껏 만들어 입혀 주신 흰 속적삼과 화려한 레이스로 수놓은 아름다운 브래지어를 신랑은 끈이 뭉텅 끊겨져 나가게 힘을 주어 마구 잡아당겼다.

어머니는 한복이란 평상시에는 잘 입지 않으니 현명한 신부라면 예법에 잘 맞춰 입어야 활동하기도 편할 뿐 아니라 몸가짐도 조심조심, 바른 자세를 갖게 되어 어른들에게도 훨씬 좋은 인상을 심어주게 된다고 말씀하셨다. 그리고는 하체가 풍성하게 보이도록 볼륨을 주어 꼼꼼히 살피고 점검해 주셨는데 이제 어머니의 그 성의가 더는 아무런 의미가 없었다.

눈부신 순백의 속치마와 속바지가 무하의 크고 길쭉하고 씻지 않은 발가락 사이에 감겨 가차 없이 벗겨져 나갔다. 나는 모두 벗겨져 알몸인 채 죽은 사람처럼 누워 있었다.

성급히 여기저기를 쓰다듬으며 순서 없이 허둥대는 남자의 육체를 처음으로 대하고 이것이 그렇게 신비롭게 생각했던 첫날밤이고 함께 자는 모습일까 하고 전율하고 있었다.

북빙양의 얼음산이 어느 한순간에 커다란 얼음장 채로 단번에 무너져 녹아내리는 것 같았다. 과연 이런 취중의 하룻밤을 위해서 인간들은 그렇게 오랜 세월 동안 정성스런 예식을 치러온 걸까 하는 생각이 떠올랐다.

남자는 나의 젖가슴 동산 위의 아직 잘 여물지 않은 열매를 술 취한 열 김이 확확 풍기는 뜨거운 입에 쓸어 넣었다. 여자는 애무라기보다 썹고 있다고 해야 할 정도로 고통스러운 아픔을 느끼고 신음소리를 냈지만 그는 아랑곳 하지 않았다. 마치도 극치의 만족을 느끼고 있는 줄로 착각하는 듯하다. 커다란 두 손으로 아픈 젖가슴을 모아 쥐고 쓰다듬고 있는지 비틀고 있는지······.

크고 넙적한 손가락과 그의 젖은 입술은 다시 내 몸을 어루만지며 내리 흘러서 날씬한 허리를 쓸어안더니 부드러운 밤색의 짧고 보르르 빛나는 허벅지 안쪽으로 무겁고 뜨끈뜨끈한 젖은 얼굴을 묻는다.

남자의 실수로 화락하게 젖어버린 침대 위의 축축하고 차가운 감각이 벌거벗은 허리와 엉덩이를 적셔 집중할 수 없도록 자꾸만 나의 감성을 흐리게 했다. 결국 남자의 페니스가 그곳에 닿는 순간 나는 "악!" 하고 고통의 비명을 질렀다.

그러자 남자는 바로 미닫이 하나 사이에 두고 가족들과 함께 자고 있는 밤이라 남들이 다 자는 밤에 매너 없이 소리 내면 안 된다는 듯 내 얼굴보다 더 큰 손바닥으로 나의 입을 막으며 동시에 억센 팔꿈치로 나의 목을 조여 왔다.

나는 숨을 쉴 수 없는 느낌에 정신이 가물거렸다. 동시에 찌르는 듯한 하체의 통증과 터지는 듯한 복통을 참을 수 없어 그만 정신을 잃고 말았다.

밖에서는 "부엉 부엉" 하는 부엉이 우는 소리도 들리고 "우앙 우앙" 하는 애기 울음소리 같은 짐승 소리도 들렸다. 산골의 밤이 처음으로 춥고 무섭게 느껴졌다.

어디선가 소쩍새 우는 소리가 들려 왔다.
"소우-쩍" "소우-쩍"
······
소쩍새야 소쩍새야 슬피 우는 소쩍새야
네가 우는 그 마음을 나도 안단다.
울지 마라 소쩍새야 네가 울면은
아버지가 생각나서 내가 울고 싶단다.

언젠가 가극에 출연해서 '소쩍새'를 부르던 어릴 적 일이 환영처럼 꿈속에 떠오른다.

그때 나는 김일성의 불후의 명작 〈피바다〉를 각색한 가극에 어린 갑순이 역으로 출연하고 있었다. 그때 오빠로 함께 출연했던 '원남' 역을 맡았던 순수하고 밝고 명랑하던 짝꿍 명헌이와 이 노래를 함께 불렀었지······.
아! 그때 무대에서 보았던 산골은 무섭지 않았는데······.

우리의 결혼을 앞둔 어느 날인가 당신이 먼저 결혼한 결혼 선배라면서 명헌이가 하던 말이 생각난다.

"설아, 결혼이란 어떤 의미에서 성적 구속을 뜻하는 것인 것 같아. 인간은 누구나 결혼한 순간부터 자기가 아닌 다른 사람의 것이 되도록 스스로 법적 구속을 만드는 것이야. 신혼 첫날밤은 누구나 꿈꾸는 분홍빛 환상에서 깨어나는 날이다. 결혼은 서로를 알아가는 과정이라고도 말하지만 어쩌면 오해의 시작이라고도 말 할 수 있지."

결혼을 축복으로만 생각했던 그때는 그게 무슨 말도 안 되는 궤변인가고 나와는 상관없는 일이라고 일축했었다. 그런데 그 말의 뜻을 이제 조금은 알 것 같았다.

"꼬끼오!"

시골 특유의 수탉이 우는 소리에 눈을 떠보니 무엇인가 육중한 것이 사정없이 나를 누르고 숨 막히는 깊은 터널에 빠져있는 듯 몸이 천근 물자루 같다.

벗어나고 싶은 욕구를 정말로 강하게 느끼며 나를 짓누르고 있는 남자의 알몸을 옆으로 밀어 버리고 간신히 몸을 일으켰다. 겉바람이 심한 산골 새벽의 찬 공기에 내 마음까지 선뜻했다.

어머니가 풀을 먹여 만들어주신 눈부시게 하얗던 모시목화포단이 화락하니 젖어서 싯누런 지도를 그리고 있었다. 그리고 그 가운데에 빨간 피가 얼룩져 있었다. 그런데 그것을 바라보는 나는 이상하리만큼 담담했다.

나는 평소에 그렇게 열정적으로 아름답게 느끼고 의지했던 사람의 잠이 든 낯선 알몸을 아무런 느낌 없이 묵묵히 내려다보았다.

어디서부터 잘못 되었을까

어디서부터 어떻게 잘못되었는지 알 수 없었다.

아니면 독자님들은 벌써 내 운명의 잘못 되어간 이유를 나보다 더 잘 알고 계실는지도 모른다.

첫날밤에 욕을 본 그날부터 나는 성이라는 것에 냉소했다.

하지만 '결혼'이라고 명명한 그 일은 앞날에 희망을 걸고 내가 선택한 행위였다. 그에 대한 책임감은 집착 이상으로 모든 것을 참고 견딜 수 있게 해주었다.

나는 남편의 개인적인 프라이버시에 대해 관심을 가져본 적이 없었다. 그래서 뭘 잘 몰랐는데, 결국 남편의 정서를 통해서 그가 영신을 잊지 못하고 있음을 알 수 있었다.

"영신이가 진짜 여자야."

"야생적이고 정열적이고."

"너하고 하려면 죽은 사람하고 하는 게 낫겠다."

"그래도 요조숙녀가 잠자리 맛이 더 섹시하다고 하던데, 넌…… 이그 이렇게 차서야 무슨 맛에……. 여자와 같이 자는 맛이 하나도 없다."

 말도 통하는 사람하고 하랬다고 이 모든 얘기들이 나하고 통할 리 없었다.

 오히려 이렇게 오랜 세월이 흘러서 이제 젊음이 많이 사라져 버린 지금 누군가에게서 그런 말을 듣는다면 더구나 다른 여성과 비교 된다면 조금은 자존심이 상할 것 같다.

 하지만 그때 나는 이런 이야기들을 신중하게 듣지 않았고, 무슨 얘기인지 몰랐으니 우선 거기에 반응하지도 않았다.

 영화와 소설을 좋아한 덕분에 그 말이 나에게 무엇인가 바라고 있다는 것은 짐작하고 있었다. 하지만 성교육을 받은 적도 없고 친구들과의 경험은 더더욱 없었기 때문에 그가 말하는 야생적이고 정열적이고 하는 것이 무엇을 말하고 있는지 알 수 없었다. 그 일에 몰두하고 관심하는 것조차 참으로 부끄러운 일이라 생각되었고 알고 싶지도 않았다.

 게다가 매일같이 술을 마시는 남편이 너무 미웠으니 말이다.

 하기에 난 날이 갈수록 더 괴롭게 엄습해 들어오는 성에 대한 공포에 질린 내 마음을 다스려 보려고 많은 노력을 해야 했다.

 섹스에 대한 큰 실망에 집착하지 않으려는 노력은 불감증을 잃고 있는 내 맘을 가라앉히는 데 소기의 성과를 이루어냈다.

 나는 스스로 타이르곤 했다.

 "부부의 생활에서 잠자리가 가장 중요한 자리를 차지한다는 선배들의 말이 다 틀린 것은 아닐 거야. 그러나 앞으로 살아갈 날이 얼마나 긴데……. 괜찮아 설아. 이제 애들이 태어나고 가정이라는 소중한 울타리를 든든하게 둘러치면 그까짓 건 아무것도 아닐 수도 있어. 한 10년을 견디노라면 애들이 크고 그 애들을 바라보면서 그 애들의 장래를 위해서 사는 걸 거야."

"그것"은 인생에서 그냥 지나가는 과정일 뿐이라고 인생에는 같이 자는 것만이 아니고 서로 생각해주고 아껴주면서 같이 가는 맘이 가장 중요한 거라고 스스로 위안하면서 그렇게 타일렀다.

플라토닉한 마음을 기본으로 준수할 수 있다면 그것을 위해서는 기꺼이 육체적인 부분을 포기할 수도 있다고 생각했고 또 그렇게 3년을 지나보냈다. 모든 책임이 그에게만 있는 것은 아니라 생각했기 때문이다.

그동안 현지 실험을 끝내고 연구소 실장으로 과학원에 올라온 남편은 '태양 중력을 이용한 원자력 연구'에 성공하였다.

하지만 억울하게도 워낙 '토대'가 나쁜 탓에 국기훈장을 비롯한 공로상들은 부원장과 다른 연구사들이 다 차지했고 그때 조선돈 500원(당시 여섯 달 봉급에 해당)의 상금을 타오는 것으로 만족해야 했다.

그의 국가에 대한 모든 공헌은 국방과학원 원장을 비롯한 간부들이 취하여 연구실의 집체연구결과로 당에 보고되었다. 그러는 동안 과학자대회들이 열리고 많은 연구사들이 "장군님"을 모시는 "영광"을 누렸지만 "서자"인 그이는 한 번도 참가하지 못했다.

그뿐이 아니다.

더러 윗분이 NB연구소로 현지지도를 나오는 1호 행사가 있는 날에는 검토대상자 명단에 오른 일부 사람들과 함께 초단파 연구실로 꾸려 놓은 지하갱도에 통제되어 바깥출입마저 차단당했다. 현직에 머물러 있는 것만으로도 그리고 가족들이 평양 주변에 거주하고 살고 있는 것만도 다행이라 생각해야 했다.

그는 방사선 실험을 하고 나면 얼마간 휴식차 집에 올라오곤 했지만 무엇인가 늘 비밀이 있는 사람 같았고 누가 물어 보지 않는데도 혼자서 묻지 말라고 머리를 저었다. 자신은 비밀을 누설하지 않겠다고 손도장 찍은 사람이라고 했고 너만은 그 맘을 이해해 달라고 말하곤 했다. 하지만 나는 무엇을 이해해야 하는지 알 수 없었다.

그는 참으로 우울한 나날을 보냈다.

유난히 술을 좋아하는 신랑은 하루도 빠짐없이 술을 마셨지만 그 와중에도 우리 부부는 임신과 해산을 반복하면서 귀여운 자식들이 태어났다.

젖이 많아서 애들을 키우는 데도 별 지장을 느끼지 않았다. 더구나 일본에서 보내 온 우유를 찹쌀가루에 조금씩 섞어서 보태어 먹이니 주나와 여나는 온 동네 사랑을 받는 공주들로 예쁘게 잘 자랐다.

나는 그런대로 정신도 몸도 건강한 사람이었다.

세월이 갈수록 날씬하던 허리에 군살이 붙고 살풋하던 가슴은 팽팽하게 높아졌지만 아직 옆집 아줌마들이 부러워할 만큼 젊음도 있었다.

출세욕이 없는 남편과 나는 사회적인 편견에 반응하지 않았고 그렇게 만족하고 있는 듯싶었다.

태어나서 오늘 이날까지 '열심' 하나로 살아온 인생이라 할만치 나는 성정이 조용한 편이면서도 늘 바쁘게 보냈다.

이러저러한 사회생활을 다 빼놓고 가정 일만 놓고 보아도 그랬다

국가 밥을 타먹는 전체 가정들은 모두 가족 세대 당 과제가 있었는데, 봄이 되면 사회주의 농촌을 도와 일 년에 퇴비(인분이나 짐승 배설물에 풀잎이나 연탄재 등을 섞어서 만든 인공비료) 2톤을 꼭 만들어야 한다. 나는 아침저녁으로 애를 업고 연탄재와 인분을 날랐다.

그리고 파고철, 파지 등의 재활용품 수집을 비롯한 각 가정마다 내려진 계획과제를 반드시 수행해야 했다. 의무적이었지만 이름은 꼭 자발적인 참여를 뜻하는 "충성의 외화벌이"였다.

그런데 그 중에는 개가죽, 토끼가죽, 주철, 광석, 송이 등 도시에 사는

주민들이 자기 힘으로 할 수 없는 '외화벌이' 과제가 너무 많았다.

하지만 '외화벌이증'을 반드시 국가에 바쳐야 했다. 그렇지 않으면 입방 아에 오르고 조직생활총화 등 비판무대에 나서야 했다. 하는 수 없다면 외화벌이 기관이나 군부대 등에 술이나 담배를 가지고 가서 외화벌이증 을 대신할 수 있는 기름(휘발유, 혹은 디젤)과 바꾸거나 돈으로 사서라도 바쳐야 했다.

그런데 나라에서 월급도 안 주는데 그런 담배 술 기름은, 돈은 또 어디 서 나올 것인가. 결국 개인들이 이 공장 저 공장들에서 훔치거나 집에 있 는 물건들과 두루두루 바꾸는 게 고작이고, 그런 것들이 뱅뱅 돌고 돌아 또다시 국고로 들어갈 뿐이었다.

참 아이러니 하지 않을 수 없는데 사실 이런 구질구질한 얘기는 정말 싫다.

하지만 그 시기 내가 얼마나 바빴던가 생각해 보면, 그런 모든 것들이 어떻든 내 생활의 기본을 이루고 있었음이 현실이었다.

이러한 리얼리즘을 비껴간다면 그것은 우리네의 진짜 이야기가 아니라 고 그 사회가 나에게 많이 서운할 것 같다.

애를 낳아 키우느라 잠시 휴가를 받고 직장을 쉬었던 나는 다시 직장 을 다니면서 남편의 공민증에 올라있는 애들의 호적을 나에게 옮기고자 했다. 그런데 당시는 부계 중심 가족제도여서 남편이 장애인이든가 사회 보장 수속을 따로 할 사유가 없으면 안 된다고 했다.

어머니의 부양을 인정하지 않는 법적 제도 때문에 애들을 유치원 탁아 소에 맡길 수 없게 된 나는 하는 수 없이 사로청선동부 사업을 그만두고 집에서 애들을 돌보며 마을에서 여맹초급단체 조직사업을 맡아 하고 있 었다. 동당(노동당의 하부 말단조직)에서 맡겨주는 사업이니 별수 없다.

작은 애를 업고 이제 겨우 걸음마를 떼는 큰 애의 손목을 이끌고 하루도 빠짐없이 한 제목씩을 수행해야 하는 정규학습, 정치학습, 생활총화, 강연회 등 지금 다 생각나지 않지만 그런 것들에 장시간을 뺏기곤 했다.

그러고 나면 오후 시간에는 또 "친애하는 김정일 동지께 드리는 충성의 노래 모임" "김정숙(김정일의 친모) 탄생기념 충성의 노래 모임" 등 중앙에서 조직하는 각종 이벤트에 여맹원들을 동원하여 중앙당에서 요구하는 노래를 부르고 시를 외우고 문답식으로 김일성 혁명 역사 학습경연을 하면서 하루해를 보냈다.

가사일도 만만치가 않았다.

새 과학자 마을은 아직 가구별로 수도화가 안 되어 있어 마을 공동수도에 가서 줄을 서서 물을 받아먹고, 무연탄을 빚어 만든 구멍탄이 떨어지면 애기를 업고 손수 구멍탄을 찍어 날라야 했다.

늦은 시간에 집에 들어서면 남편은 친구들을 한구들 모아놓고 술병을 기울이고 있었다. 나는 그때부터 아이를 업은 채로 술안주를 챙겨야 했다.

저녁에 거나하게 취한 남편의 친구들이 노래를 부르며 놀다 돌아가면 그때에야 등 뒤에서 잠든 애를 풀어 젖을 먹이고 눕혀 재웠다. 색색거리며 잠든 애가 너무 귀여워 금방이라도 애를 안고 옆에서 잠들고 싶었지만 나는 꼭 해야 할 일이 많이 남아 있는 사람처럼 주방으로 또다시 나왔다. 젖먹이는 애와 나를 번갈아 바라보며 느물거리는 그이가 미웠기 때문이다.

주방에서 설거지를 하고 있는 나를 남편은 자지 않고 기다렸다.

"빨리 들어와! 하루 종일 얼마나 기다렸는데."

나는 그이가 부르는 소리가 지긋지긋했다.

달밤에 물을 길러 10리터 양동이 두개를 양손에 들고 수돗가에 가서 보름달을 올려다보며 한참동안 한숨을 내쉬고 있으려니 밤바람이 너무 상쾌하다.

내 자신이 내지른 결혼 생활이라 투정 한마디 털어 놓을 수 없는 친정 식구들과 어머니가 그리워 눈물지었다.

애기 기저귀며 빨랫감을 주무르고 또 주무르고 신발들을 정돈하며 부엌에서 또 한참이나 시간을 보냈다.

그때에야 남편의 코 고는 소리가 들려온다.

나는 앞치마를 벗어 소리 없이 문설주에 걸어 놓고 전등을 끄고 잠들어 있는 애들 곁에 살그머니 누우려 했는데 남편의 목소리가 들려서 화들짝 놀랐다.

"자는가 했지?"

요새 와서 유난히도 내 몸을 탐하는 그가 싫다.

충미

객관적으로 볼 때 우리 가정은 아주 행복하고 건실해 보여 온 동네가 부러워하는 가정이었다. 조금 이상한 것이 있다면 애들의 이모라는 여자가 가끔 다녀가는 일이었다.

강원도 전연지대에서 정치보위 일꾼과 살고 있는 영신이가 자주 편지를 보내오고 강원도 산골의 것이라 맛보라며 녹두, 팥(적두), 호박말리, 가지말리, 찹쌀엿, 송이버섯, 영지버섯, 그리고 돌버섯 같은 것을 가지가지 빼놓지 않고 알뜰히 말려 포장해서 보내주었다.

영신은 처녀 적에는 참말로 예뻤을는지는 모르나 내가 보기에는 그다지 매력 있는 여자는 아니었다. 산골마을의 뛰어난 미인이었던 그녀는 큰 키에 쑥 빠진 이목구비가 시원하긴 했다. 하지만 사랑하는 사람을 가질수 없는 애수 때문인지 아니면 만족치 못한 전연의 가정생활의 고달픔 때문인지 얼굴에 많은 수심이 자리 잡고 있었다.

의가 맞지 않은 군관 남편에게 늘 맞고 산다는 소리도 들렸다.

그러나 지금 생각하면 그의 얼굴에 깃들어 있는 절박하고 애달픈 미소가 어쩌면 남자들의 보호본능을 일으키고 사랑하는 사람을 흔드는 매력이었는지도 모른다.

하지만 그들은 나를 정말로 화나게 할 때도 있었다. 영신이 보내오는 편지들을 그이가 여전히 건사하고 있었던 것이다.

진달래 핀을 꽂은 면사포에서 얼굴이 절반쯤 보이는 시집가는 여자의 사진을 그이의 서가에서 찾아낼 때면 참을 수 없이 불쾌했다. 하지만 나는 웬일인지 영신을 질투하지 않았다. 아니 질투라는 감정은 관대한 나에게는 어울리지 않는 아주 천박하고 추한 감정이라고 잘난 체하는 것인지도 몰랐다.

초기에 그들의 슬픈 사랑을 알았을 때는 나는 내가 사랑하는 사람이 좋아하는 사람이라면 나도 좋아할 수 있으리라는 삼등변의 공식 같은 말도 안 되는 논리와 감정을 붙잡고 있었다. 이러한 측면이 맘에 들었을까. 그이는 언제나 나를 "천사 같은 사람" 혹은 "착한 사람"이라고 불러주곤 했다.

하기야 언젠가 영신이 우리 집에 찾아왔을 때에도 나는 스스로 전혀 질투 같은 것을 느끼지 못했고 강원도로 돌아갈 때는 오이, 당근, 계란, 쇠고기 수육, 계란말이 등을 예쁘게 썰어 오색으로 단장하여 파, 마늘, 고추장까지 곁들인 도시락을 정성껏 만들어 열차에 배웅한 적도 있었다.

하지만 내가 마실 줄 모르는 술을 마시고 일부러 취한 듯한 표정을 지으며 영신에게 "이 분이 네 사람이냐? 내 신랑이냐?" 하고 물었던 것으로 봐선 나도 그 선에서 완전히 자유로운 성인군자라고는 할 수는 없었던 것 같다.

그이에게 자주 찾아드는 자신이 미안한 듯 한풀 죽어 있는 영신의 어두운 눈동자를 나는 때때로 눈초리를 빛내며 뚫어져라 쳐다보곤 했다. 그리고 끝내 잔인하게도 영신에게서 "무하 오빠는 주나 엄마의 신랑이다"라는 대답을 받아내는 것도 잊지 않았다.

나는 질투하지 않는 내 맘에 스스로 만족하고 있었지만 그렇게라도 나 자신을 위로하고 싶었는지도 모른다.

조강지처들이 누구나 그렇듯이 겉으로 보기에 나는 언제나 당당하고 자신이 있었다. 그것도 지금 생각하면 "부부라는 개념을 떠나서 우린 너무나 서로 소중한 사이일 수밖에 없다"고 믿고 싶었던 때문이 아니었을까 싶다.

그런데 이상한 것은 영신의 아들 충이다.

5살 난 충이를 처음 봤을 때 충격을 나는 지금도 상세히 기억한다.

영신이가 평양에 올라왔으니 오늘은 일찍 퇴근하라는 여나 아버지의 연락을 받고 나는 서둘러 찬거리를 사가지고 마을로 들어서고 있었다.

반들거리는 하늘색 점퍼를 입고 개나리 빛 몽당바지에 빨간 장화를 신은 대여섯 살 쯤 되어 보이는 시골 꼬마애가 오동통 물오르기 시작한 버들강아지를 꺾어 들고 우리 집 대문가에 서있었다.

대문을 열고 들어서는 나를 빤히 올려다보는 그 애를 보는 순간 나는 통통한 볼이 빨간 이 꼬마를 어디서 보았다는 생각이 들었다.

"네가 누구더라?" 나는 내가 아는 애가 아닐까 하고 아무리 기억을 더듬어 보아도 이 낯설지 않은 애가 누구인지 좀처럼 떠오르지 않았다.

가까운 집의 애는 아닌 것 같고 그렇다고 친척 중에도 없는 것 같고…….

"네 이름이 뭐지? "

"충이."

"충?" 우리 족보에는 없는 이름이다.

그리고 보면 군부에서 많이 짓는 이름이다. 충성이, 충혁이, 충복이 등등이 많이 태어나는 시절이긴 했다.

우리가 서로 바라보고 섰는데 충이 어머니가 우리 집에서 나온다. 영신이다.

"오! 여나 어머니 지금 오세요?"

뒤따라 주나 아버지가 나를 반기며 마당에 얼굴을 보이는 순간 나의 얼굴은 잠시 굳어졌다.

"……."

일본에서 어린 시절을 보낸 그이는 어릴 적 사진이 많았다. 그 중에 서너 살 때 일본 나고야 시 우량아 선발 대회에서 1등을 하고 찍었다는 사진이 생각났다.

상으로 받은 자기 몸만큼이나 큰 장난감 도요타를 안고 까르륵 웃고 있던 아이 미츠르……. 조금 큰 모습도 떠오른다. 일본 옷을 입은 젊은 어머니(나의 시어머니)와 함께 일본 나고야 시의 아담한 고향집의 정원에서 꽃밭에 물을 주고 있는 씩씩하고 살이 많은 사진속의 그 아이가 어느새 내 앞에 서 있는 충이의 모습으로 바뀐다.

내 정서 상태를 알아차리지 못한 분위기는 금방 반가움으로 가득했다.

오랜만에 "이모"를 만나고 오빠를 만나는 주나와 여나의 천진하고 예쁜 웃음이 행복 바이러스가 되어 퍼져 갔다.

나는 모든 석연치 못한 생각을 떨쳐 버리고 차츰 충이와 친해졌고 우리 애들도 충이를 참으로 친오빠처럼 잘 따랐다.

23

고난의 시작

그러나 내가 아무리 태연하고 관대한 척하며 스스로 자신을 달래는 노력을 해도 우리는 차츰 멀어져 갔다.

남편은 결혼 전에 실험실에서 처음 방사선 물질 방출로 오염된 후에도 서해에 있는 원자력실험장에서 살다시피 했다. 그래서인지 조금만 피곤해도 잠자리에 실수하는 요실금 증상이 더 심해 갔다.

하지만 나는 그것을 엄중하게 생각지 못했다. 단지 술 마시고 주체하지 못하는 남편의 지저분한 구석이라고 속으로 책망하고 부끄러워하면서 대책 없이 혐오하고 있었을 뿐이었다.

그런데 피부가 한 벌 벗겨진 이후로 새로 돋아난 피부에 가려움증이 생겨 자주 긁더니 얇은 부위들에서 욕창이 생기기 시작했다.

그러나 그이는 병원에 가기를 죽기보다 싫어했다. 간경화와 요실금으로 인한 오랜 병원생활에 지쳐버린 그는 스테로이드제 다량 복용으로 가려움증을 극복하며 세월을 보냈다. 그이는 언제부터인가 다른 사람과 밖을 싫어하는 편벽증이 생긴 것 같았다. 혹 병원의 간호사들 앞에 옷을 벗기가 싫어서 그러는 것인지도 모르겠다.

그는 가지고 있는 공구들인 단도와 펜치와 니퍼 등을 자기 스스로 소독하여 고름 집을 터뜨리고 욕창의 근을 뽑아냈다. 하지만 엉덩이 부분에는 손이 돌아가지 않아 나에게 고름집이 뭉친 곳을 헤집고 썩은 곳을 베어 내라고 할 때에는 참말이지 죽기보다 더 끔찍했다.

시뻘겋게 열이 오른 엉덩이 살이 다 패이다 못해 골반 뼈가 드러났어도 그는 시내의 후진 병원과 실력 없는 의사들을 비웃었고 집에서 뒹굴면서 치료받으러 갈 궁리를 하지 않았다.

해박한 지식으로 남을 비웃고 인정하지 않으려는 부정적인 태도에 나는 정말 할 말을 잃을 지경이었다. 병은 기르는 것이 아니라고 그렇게 안타까이 말해도 들을 생각을 안 했다.

모든 것이 싫어진 남편은 하루 종일 이상증세만 보였다.

보름달이 비치던 어느 날이었다. 그날도 나는 많이 피곤하여 애들을 안고 자다가 누군가 내 목을 누르는 것 같은 이상한 꿈을 꾸다 놀라서 눈을 떴다.

얼결에 윗목을 바라보니 비쳐드는 달빛에 주나 아버지가 반듯이 누워있는 모습이 보였다. 남편이라고 하지만 체격이 유별히 큰 사람이 벗고 누운 모습은 남인 듯 나에게 사뭇 불안하고 스산했다.

그런데 다시 자세히 보니 그이는 쭉 발가벗은 몸을 붉은색 목련 이불 위에 뉘이고 있는데 배 위에 마주 쥐고 있는 두 손 사이로 무엇인가 번뜩이는 것이 보였다. 순간 나는 소름이 온 몸에 쫙 돋아나고 머리칼이 쭈뼛하고 아찔하게 곤두서는 것을 느꼈다.

벌거벗은 배를 향해 수직으로 내리 들고 있는 것은 욕창을 치료하느라고 가끔 쓰고 있던 나나츠요루(일본제 주머니칼)였다.

그의 손은 금방이라도 내려찍을 듯 부들부들 떨리고 있었고 눈물이 번들거리는 퀭하니 크게 뜬 두 눈 안에선 푸른 동공이 천정 어딘가를 올려다보며 허둥거리고 있었다.

몇 초가 빠르게 지나갔다.

일본이 2차 대전에서 패한 후 한 군단의 장교들이 다 같이 모여 할복자살하는 영화의 장면이 머릿속에 언뜻 스쳐 지나갔다.

순간 나는 있는 힘을 다해 몸을 날려 그의 손에 있는 단도를 주먹으로 쳐 떨어뜨렸다. 나나츠요루가 창문에 부딪치며 챙가당 하는 소리가 났다. 동시에 나도 바람벽에 부딪쳐 이마와 머리에서 피가 흘러 내렸다.

어디서 그런 용기와 힘이 났는지 알 수 없었다.

나는 그의 배 위에 쓰러져서 그의 알몸을 끌어안고서 애들이 들을까 보아 숨소리를 죽이고 소리 없이 눈물을 흘리며 꺽꺽 목이 막히게 울고 또 울었다.

일본 피는 안 된다고 그들은 우리와 심장이 다른 인간들이라며 그렇게 가슴 치며 반대하시던 어머니의 모습이 떠올랐다.

어머니…… 나는 이제 어떻게 하면 좋을까요?

그 시기엔 누구나 안팎으로 힘들었다.

"누구네가 굶어 죽었다." "량강도에선 사람 잡아먹는 사람들이 있다더구나." "염소고기인 줄 알고 사먹은 사람들이 이 세상에서 젤 맛있는 게 사람고기라고 말한대?" 이런 등등 온갖 흉흉한 소리가 나돌고 있었다. 나라가 북쪽에서부터 심각한 중태에 빠지기 시작했던 것이다.

탈북자 SH양은 그때의 심각했던 북녘의 식량 사정을 이렇게 설명한다.

"배급소 문 닫을 때 언젠가는 다시 열릴 것이라고 믿었고 농장에서 계획미달이라고 분배 못 잘릴 때도 다음해는 풍년이 들겠지 기다렸다. 하지만 굳게 닫힌 배급소 문이 가끔 가다 열리면 그 앞은 아수라장, 말 그대로 아비규환의 마당이었고 농장의 탈곡장마저 분배 타는 날이면 서로 밀치고 닥치는 소리가 여기저기서 들려왔다."

애들을 데리고 배급소에 가서 장시간씩 사람들 틈에 끼어 서서 진땀을 흘리다가 배급도 못타고 기진해서 돌아오기를 몇 번……. 그나마 언제부터 웬일인지 출근하지 않는 남편 때문에 우리 식구는 보름씩 밀려서 주는 식량도 그나마 타보지 못한 지가 오래였다.

온나라가 배급을 중지하지 않았더라도 우리 집 살림살이는 벌써 동강이 나기 시작했었다. 시간이 약이라고 한 달을 누워 앓던 주나 아버지는 병이 좀 호전되어 갔고 건강이 많이 좋아졌지만 종일 집에서 나가지 않았다. 직장생활을 포기한 것 같았다.

이전 같으면 직장설비로부터 텔레비전 냉장고 카세트나 CD 뿐 아니라 고장 난 자전거나 자동차에 이르기까지도 죄다 수리해주곤 하던 그였다. 그는 마을과 직장에 없어서는 안 될 귀중한 보배였으며 백과사전으로 소문 난 그의 손을 한 번 빌리기란 하늘의 별 따기였다.

그러나 그는 이제 창문의 커튼을 두 겹 세 겹 드리우고 모포까지 뒤집어쓰고 먼 바깥세상과 내통하는 데 몰두했다. 그이는 자신만의 고유한 방법으로 KBS의 파장을 잡아 하루 종일 듣고 있었던 것이다.

나는 그이가 넘겨주는 리시버를 통하여 놀라운 내용의 KBS 인터뷰를 들을 수 있었다. 소련을 비롯한 동유럽 사회주의가 대거 무너졌는데 북한만 사망한 김일성의 교시를 따르는 유일 체제를 고집하고 있다, 그렇게 "과거 지향주의"에 빠져서 "우리식 사회주의"를 고집하고 봉쇄정책을 계속하면서 개방하지 않기 때문에 못 살 수밖에 없다, 등등의 얘기였다.

하지만 우리나라가 무얼 어떻게 잘못 하든지 정치는 나라의 큰 사람들이나 하는 일이고 나 같은 평민은 신수에 따라서 운명을 맡길 수밖에는 다른 도리가 없는 노릇이었다.

나는 남한의 방송을 통해서 "바위섬" "애모" "아파트" 같은 노래들을 들으면서 마음을 달랬다.

장사를 할 줄 모르던 나도 집안의 돈이 될 만한 물건이라면 다 내다 팔기 시작했다. 그렇게 가산을 다 내다 팔아 쌀을 사고 부식물을 사다가 식구들의 먹을거리를 마련하였다.

그도 그럴 수밖에 없는 것이 너무도 갑자기 찾아온 기근이었다. 돈벌이를 배우지 못한 나 같은 공주풍의 여인들에게 빠른 속도로 다가오는 시련은 참으로 낯선 것이었다.

과학자들을 살기 좋고 공기 좋은 곳에 살게 해 주라는 중앙의 알량한 배려로 우리가 사는 과학자 새마을은 평양 교외의 산기슭에 자리하고 있었다.

우리 집에는 투실투실한 개가 세 마리 있었는데 애완용이 아니었다. 팔아서 돈도 벌고 잡아도 먹고 개가죽은 외화벌이를 하려고 기르고 있었다.

참 이상한 일이다. 우리 집은 웬일인지 아기도 짐승도 잘 컸다.

남들이 개를 키우면 앓기도 하고 못 먹어서 비리비리하여 한동안 주사도 맞히고 수고를 해야 키울 수 있다지만 우리 집은 애들이고 짐승이고 남들이 시기할 정도로 잘 자라 주었다.

저녁마다 "동동아!" 하고 부르면 투실투실한 말 같은 강아지 세 마리가 줄을 서서 달려왔다. 주나와 여나까지 합하여 한 개 분대를 이끌고 집에 들어오는 나를 주변에서 그래도 부러워하는 듯싶었다.

하지만 이런 평화로운 나날을 맘씨 고약한 세월이 시기하고 있는 듯했다.

그 날은 설날 아침이었다.

특별한 날이라 그런지 엊그제부터 펑펑 내리던 하얀 눈이 우리 집 앞뜨락에도 문을 열지 못하게 많이도 쌓였는데 그렇게 반가워 뛰어나오던 동동이들이 보이지 않았다.

"동동아!" 물을 먹이려고 동동이 사랑이 순순이를 찾았지만 대답이 없다.

나는 눈을 헤치고 우리 집 담장 옆의 개 우리를 들여다보았는데 기척 없이 누워 있는 동동이 한 마리가 눈에 띄었다.

"동동아. 어디 아프냐?"

나는 하도 수상하여 손을 넣어 동동이를 꺼내려고 하다가 깜짝 놀라 손을 움츠렸다.

그렇게 투실투실하고 살이 쪄서 보기 좋고 부드럽던 아이보리 빛 털의 동동이가 꽛꽛하고 싸늘하게 식어 있었다.

"여보 주나 아버지!" 나는 아연실색하여 집안에 대고 소리쳤다.

달려 나온 주나와 여나 그리고 우리 식구는 새해 벽두부터 찾아온 불길한 예감에 몸을 떨었다. "순순아!" "사랑아!" 두 마리는 아무리 찾아도 보이지 않고 우리 집 낮은 담을 넘어 지나간 어지러운 겨울용 군화 발자국들과 무엇인가 질질 끌고 간 것 같은 어지러운 흔적들이 눈 덮인 골목길에 뚜렷이 나있었다.

동동이들의 밥그릇으로 쓰고 있던 빨간 플라스틱 냄비 옆에 다 찌그러지고 구멍 난 군인밥통이 뒹굴고 있었다.

주나 아버지가 투덜거렸다.

"음……. 누가 독을 먹이고 잡아갔어. 인덕동 장 실장네도 이런 일이 있었다더니. 요새는 먹을 것이 없어서 난리들이니 군대라고 별수 있겠어. 허……. 이젠 짐승도 못 키워 먹을 세월이군."

밥그릇에 발려있는 누런 콩비지 같은 것은 우리가 집에서 준 먹이가 아니었다.

배급을 안 주는데 남편은 술만 마시는지라 하는 수 없어 돈을 마련하고 외화벌이 과제도 해야겠기에 토끼를 기르려고 하니 토끼장이 없었다. 남들 집엔 다 창고가 있었는데 우리 집은 창고도 없다. 주나 아버지가 그런 일엔 일체 관심이 없다.

나는 시집올 때 가지고 왔던 트렁크 두 개로 건넌방의 위쪽을 막아놓고 토끼장으로 쓰기로 하고 토끼를 두 마리 키우기 시작했다.

처음엔 토끼 지린 냄새가 집안에 코를 찔러서 남편이 들어올 때면 코를 막으며 질색하곤 했지만 살아가려는 여인네의 고집도 어지간한 것이 아니었다.

자주 청소하고 소독해주고 부지런하게 먹이니 이제 방 한 칸은 통째로 토끼장이 되었고 새끼를 낳고 또 낳고 해서 어느새 30마리로 늘어났다.

이곳은 옛날에는 깊은 산골이었다고 한다.

한때 사격훈련 군사훈련을 많이 하고 불온분자 범죄자들 사형을 집행하기도 했던 곳이라 "사격장"이라고 불리던 산기슭에는 이제 많은 "하모니카 집"들이 자리 잡고 있었다. 과학자 가족들이 살고 있었는데, 산 너머에는 군인들이 배치되어 있었다.

아직 개발되지 않은 마을 뒷산에는 풀이 많았다.

아침식사를 차려놓고는 이슬을 차며 산에 올랐다. 웬일인지 산에만 오르면 순간에 만 시름이 놓이는 듯 가슴이 시원했다.

이름 모를 들꽃들이 반겨주고 아무 생각도 나지 않을 만큼 상쾌하다. 눈부시게 떠오르는 햇빛이 이슬에 부딪쳐 무지개처럼 아롱지고 숲에서는 뭔가 좋은 냄새가 나는 듯했다.

토끼는 처음엔 클로버만 먹는 줄 알았더니 씀바귀, 칡 등 더 잘 먹는 크고 먹음직한 이름 모를 풀들이 너무 많았다.

애들은 어머니가 뜯어 오는 먹음직한 풀들에 토끼사탕, 토끼과자, 토끼떡 등으로 이름을 붙였다. 그리고 토끼가 그 풀 먹는 것에 재미있어 하면서 토끼들과 형제가 되고 친구가 되어 함께 커갔다.

나는 이산 저산 주변의 야산들을 죄다 돌면서 쌀 100kg 들이 포대 한 가득 풀을 뜯어 왔다. 그래도 이틀을 못가고 또 산에 올라야 했다.

아이 둘을 하나는 업고 또 하나는 손에 데리고 배는 남산만 하게 나온 여자가 자기 옷은 작아서 하나도 못 입고 신랑의 헌 옷을 주워 입은 채였다. 내가 그런 행색으로 하나 가득한 토끼풀 마대를 이고 산길을 내려 마을로 들어설 때면 마을사람들은 전부 올려다보며 "꽃 파는 처녀"(예술영화의 제목으로 아주 힘든 상태를 이겨나가는 처녀 주인공)가 내려온다고 웃었다. 그래도 가정만 지킬 수 있다면 상관없었다.

동 인민위원회에서 동당비서와 위원장 등이 내려와서는 상을 주고 집 대문에 버젓하게 "3·16 모범가정"이라는 글을 붙여 주었다. 하지만 나는 실제로는 고민이 컸다.

남편은 직장엔 아주 안 가기로 결심을 한 듯했다. 집에서 하루에 한 마리씩 망치로 토끼 머리를 쳐서 빨갛게 탄 연탄 덩어리에 토끼고기를 구어서 술안주 하는 것이 거의 생업이었다.

토끼기름 타는 냄새가 방안에 지독하게 배여서 빠질 줄 몰랐다. 자욱한 연기로 벽은 누렇게 그을렸고 연탄이 다 타도록 방치하여 장판에 불이 붙기도 몇 번이었다.

그는 애들과 토끼들이 보는 것도 상관하지 않는 것 같았다.

나는 윗방에서 맨 구들바닥에 토끼 머리를 까는 소리를 들을 때마다 몸서리를 쳤다. "어서 다 잡아먹어라. 그런 다음엔 절대로 다시는 기르지 않으리라." 나는 진저리를 치며 그렇게 맘을 먹었다.

부부이기 전에

때때로 나는 얼마간씩 그이에게 시간을 주는 것도 괜찮을 것 같아 편지를 남겨놓고 애들을 데리고 도망치듯 친정 어머니에게로 떠나곤 했다.

주나 아버지에게 드립니다.

이제 우린 두 아이의 부모입니다.
부부이기 전에 가정을 이루고 자식을 함께 가진 공동의 이해
관계가 우리를 묶어 놓고 있다고 생각합니다. 그런데 이해할
수 없는 당신의 모습과 행동을 어떻게 정의해야 할지 갈피를
잡지 못하고 오랫동안 헤매었습니다.

"부부이기 전에"……. 나는 오래전부터 이 말이 습관이 돼 있
습니다.
결혼 전부터 늘 당신이 나에게 다정히 해주신 말씀이고, 이성

이란 감정에 앞서 먼저 찾아온 당신에 대한 기꺼운 맘이었습니다.

언젠가 우리가 한창 서로 그리워하며 결혼을 생각하던 어느날 당신은 편지에 이렇게 썼습니다.

……. 당신은 육친보다 더 가깝게 나의 모든 실체를 그대로 인정하고 받아준 세상에 둘도 없는 귀중한 사람입니다. 나에게 이런 사람이 존재하는 이상 내가 이제 더 남의 둥지를 넘보고 거기에 자기 알을 놓아두는 뻐꾸기처럼 주변을 둘러볼 아무런 이유가 없다는 것을 깨달았습니다.
부부라는 개념을 떠나서 당신은 나에게 그 이상으로 귀중한 사람입니다. 당신은 우선 나의 가장 존경하고 사랑하는 스승의 따님이요, 형제보다 더 가까운 친구의 동생인 까닭에 그리고 더욱이 나의 바로 "동생"인 까닭에……. 나에게는 당신 이상으로 소중한 사람은 없습니다.
나의 공주님을 아프게 하는 사람이 있다면 무하는 슬픔에 잠길 것이고 그가 누구든지 절대로 용서하지 않을 것입니다. 당신의 용감한 기사가.

저는 아직도 이 편지들을 고스란히 간직하고 있습니다.
그리고 그 말씀 한마디 한마디가 지금도 귓가에 쟁쟁한데 어디서부터 어떻게 잘못 되었을까요? 아니면 당신의 마음은 처음부터 모두 허상이었습니까?
이제 결론을 찾기 위해 더 애쓰기보다 서로가 시간을 좀 두는 것이 어떨까 해서 얼마간 친정에 다녀올까 합니다.

애들을 데리고 떠나 제가 없는 싸늘히 식은 집에서 당신 혼자 얼마나 쓸쓸하실까, 아직도 조금은 내가 보고 싶을까……. 이런 나의 맘이 너무 불쌍하고 가엾기는 하지만 이제 더는 당신에게 기대 같은 것을 하지는 못하겠습니다.

아직도 당신을 사랑하는 설아가

내가 주나 아버지를 아주 떠나려고 생각한 것은 아니다. 아내가 때때로 집을 비우고 도망하면 그가 좀 반성할 수도 있지 않을까 희망을 했던 것이다. 하지만 그때마다 아무런 보람도 없이 애들을 끌고 다시 제자리에 돌아오기만 몇 번이었다.

이러다가 언젠가는 참말로 나쁜 일이 생기지 않을까 하는 안 좋은 생각이 들기도 했다. 그런데 참말로 그 사람 곁을 떠나지 않으면 안 될 만한 일들이 차츰 꼬리를 물고 일어나기 시작했다.

그가 집을 나가는 버릇이 생긴 다음에는 토끼가 있어 그를 붙잡을 수 있었던 그때가 그래도 괜찮았다고 후회도 해보았다.

한번 말없이 집을 나가면 하루 이틀 외박하더니 언젠가부터 일주일 열흘 그리고 한 달을 넘기기도 했다. 그런데 그러다가 드디어 석 달씩 돌아오지 않았다.

충이 어머니와 정분 때문인 것만은 아닌 것 같았다.

일본인 자제이다 보니 돈이 있는가 싶어 달라붙는 여인들도 있었고 또 세월이 그런 세월이었으니 무슨 장사를 한답시고 골동품을 들고 찾아오고 찾아가고……

다들 돈도 없고 바른(모든 게 충분치 않은) 때이니 만큼 그럴수록 밀수와 투전은 더 성행하는 것 같았다. 경기가 안 좋은 때에 오히려 경마나 경주에 사람들이 몰리는 것과 같은 이치이다.

머리가 남다르게 특별히 좋던 그이는 장기라면 이 나라에서 가장 잘 두는 국수를 이길 만큼 적수가 없었다. 평양시 장기 경기에 나가서 상도 타 올 수 있을 정도였다. 하지만 이벤트나 조직생활에 참가하는 것은 죽기보다 싫어하는 자유주의자인 그가 그런 데 나갈 리 없었다. 대신 그는 도박 장기에 미쳐 버렸다. 장기 실력이 소문나 차포를 떼지 않으면 응하는 상대가 없을 정도로 전국적으로 유명한 장기꾼이 되어 버렸다.

어쨌든 돈이라는 것을 모르고 살아온 나는 그러는 그를 통 이해할 수 없었다. 그래서 나는 그가 듣거나 말거나 시간만 나면 입바른 소리를 해 댔다.

"왜 그렇게 사기꾼 협잡꾼 같은 사람들의 말을 들으세요? 출근도 안 하시고 강연회도 안 들으시고 정치학습도 안 하시니 그럴 수밖에 없죠. 지금의 이 시련은 잠시이고 과도기이니 금방 풀릴 거예요. 조금만 견디면서 충실히 사노라면 아무리 못해도 나라 형편이 지금보다 못해지진 않겠죠."

하지만 그는 "나라에 충실하고 조직생활에 잘 참가해야 하며 혁명만이 살길"이라는 마누라의 세계관과 잔소리가 맘에 안 들었을 것이다.

내가 목에 힘을 주고 애원하자 그이는 "당신 식으로 살아서는 100년 살아도 사람같이 못살아 본다. 나 하는 대로 가만히 두라" 하고 슬그머니 나가서는 몇 달씩 돌아오지 않았다.

딴에는 돈을 좀 벌어 볼까 하는 것도 같았다.

실제로 어느 날에는 돈을 한 가방 가지고 들어 와서 방바닥에 왈칵 쏟아 놓는 바람에 깜짝 놀라기도 했다. 하지만 내가 바라는 것은 그렇게 우여곡절 많은 생활과 사연 많은 돈이 아니었다. 나는 그저 조용하게 평화로운 가정만 유지할 수 있다면 더 바랄 게 없을 것 같았다.

주변 사람들은 그이에 대해 온갖 입방아를 찧고 있었다. "주나 아버지가 어떤 여자와 공원에서 함께 있는 것을 보았다"거나 "전승 영화관에서 주나네 집에 오던 이모라는 여자와 영화를 보더라"는 것부터 "대동강 유보도의 장기를 두는 사람들 속에서 보았다"라는 등 온갖 얘기를 내게 해주었다. 나를 아는 아줌마들은 "저 사람은 째포[14]인데 자본주의 물을 먹은 데다 여나 어머니가 너무 무던해서 신발을 잘못 신겼다"고 하는 등 우리 집에 대한 수다가 온 마을의 화제였다.

그럴 적마다 나는 아무 대꾸도 못하였지만 "남녀가 한자리에 있기만 하면 그렇고 그렇게만 생각하는 그들이 참으로 피곤하다"고 생각했다.

"설마 마누라 있는 남자가 할 일 없이 다른 여자랑 놀아날 수가 있을까. 아무리 나하고 섹스가 좀 안 맞고 편협한데도 있지만 그럴 사람은 절대로 아니다." 그 사람도 나를 사랑하고 있다고 믿고 싶었고 내가 보지 못한 이상 절대로 믿을 수 없다고 생각했다.

실제 사람들이 말하는 불륜이라는 그런 일이 있다고 해도 내가 겪어보지 못한 "사랑 없는 행위"에 대해서 난 그렇게 가슴 아파하지 않을 것 같았다.

안전부와 보위부에선 하루가 멀다하게 대문을 두드리고 행방불명으로 전국에 수배하겠다며 빨리 연락하여 찾아오라고 매일 매일 들볶았다.

그도 그럴 것이 주나 아버지는 특별연구팀 성원이었고 아프다는 핑계로 단지 휴가로 처리되어 있을 뿐이었다. 그는 요양이 끝나면 또다시 서해에 있는 NB시험장으로 가게 되어 있었던 것이다. 이미 휴가가 끝난 지도 까마득한데 출근을 안 하고 있으니 요시찰 대상일 수밖에 없었다.

나는 남편의 친구들을 잘 알고 있던 터라 그들에게 부탁하여 짐작이 가는 행선지를 다 찾아다녔지만 그이를 쉽게 찾을 수는 없었다.

---

14) 재일동포

그곳이 도외지든 농촌이든 탄광이든 발전소든지 그를 보았다고 하는데는 다 돌아다녀 보았다. 언젠가 한번은 평양시 교외의 낙랑 구역에 그이가 가 있다는 정보를 알게 되어 잃는 애를 업고 찾아가 보았다.

어떤 사람이 2층 양옥집으로 인도했다. 다리 부러진 노루 한 데 모인다고 일본 귀국민 자택 같았고 구석구석 먼지투성이였다. 빨간 주단이 깔린 방의 가운데 놓여 있는 넓은 침대에서 남자 4명과 여자 2명이 몰려 앉아 장기를 두고 있었다.

담배 연기가 자욱한 방안 한 옆에는 금방 먹다 밀어 놓은 음식상에 빈 술병들과 술잔들이 너저분하게 나뒹굴고 고기 뼈들과 음식 찌꺼기들을 치우지 않아 탁한 냄새가 났다.

나는 차마 들어서지 못하고 문설주에 오래도록 서 있었다.

빨간 입술에 일본제 담배를 피워 물고 정강이를 드러낸 아줌마들이 침대에 걸터앉아 있다가 나를 발견하고 갑자기 탄성을 질렀다.

"와! 무하씨 새 언니가 이렇게 고운 줄 몰랐군요. 젊고 미인이시네."

"무하 삼춘이 넘 양심이 없는 거 아니에요…… 호호 애가 아기 업은 것 같아" 하고 두 여자는 놀란 듯 수선을 떨었다.

그이는 내 쪽으로 흘끔 보고 아는 척 한쪽 눈을 찡긋했다.

며칠씩 세수도 안 한 듯 평시에 매끄럽고 유난히 맑던 얼굴이 부석부석하고, 감은지 오랜 먼지투성이의 머리칼은 뿌옇게 떡이 져 올려 붙어 있었다.

남편은 "용서해 줄거지?" 하는 것 같은 애교 섞인 미소를 지어 보이고는 금방 다시 장기판에 몰두해 버렸다.

후- 나는 한숨을 몰아쉬고 등에 업은 아이를 추슬렀다.

얼마나 오랫동안 찾아 헤맸는지 지금은 잘 기억나지 않는다.

전국 방방곡곡을 헤매며 찾아다니다가 만나면 늘 이런 식이었다.

나는 곧 그를 찾아온 것을 후회했다.

나는 말없이 돌아서서 그 집을 나왔다.

낯선 시내를 터벅터벅 걸어갔다. 발걸음이 무거웠다.

뒤에서 금방 쫓아나온 듯 무하가 "여나 엄마! 설아!" 하고 부르는 소리에 나는 멈칫했다. 다가온 무하가 아들애의 모자를 벗기며 잠깐 들여다보더니 내 팔 소매를 잡으며 사정하듯 말하였다

"왜 그래 조금만 있으면 끝나는데 같이 가."

나는 그이를 말끄러미 올려다보았다.

나는 그이가 조금 더 있어도 끝내지 않으리란 걸 알고 있었다.

늘 그랬으니까.

처녀 적 연애시절에 그 날은 일요일이어서 오랜만에 모란봉에서 데이트를 하고 있었다. 장기 두는 사람들 곁을 지나게 되었는데 그는 갑자기 나에게 가방을 맡기고 사라졌다. 홀로 나무벤치에 앉아 소설책을 보며 기다렸으나 저물녘까지 그이는 나타나지 않았다.

그이를 찾아 헤매다가 사람들이 몰려 앉은 가운데에 퍼져 앉아서 긴 허리를 숙이고 어두운 장기판을 보느라 정신이 빠져 있는 그를 발견하고 어이없었던 생각이 난다.

난 그때 남자니까 그럴 수도 있겠지 하고 넘겨 버렸었다.

처녀를 인적 드문 푸른 솔밭에 오랫동안 혼자 두고 장기를 둘 수 있는 사람의 성정이 무엇을 말하고 있는지……. 그냥 괴짜라고만 봐 주었던 그 날, 눈이 잘못된 그 아가씨도 얼마나 어리석고 한심한 인간이었을까.

남편의 석방

내가 우려하던 일은 끝내 닥쳐오고 말았다.

그로부터 1년이 지난 어느 날 감감 소식이 없던 남편이 보위부에 갇혀 있다는 청천벽력 같은 소식이 왔다. 그렇게 안타까이 뒤쫓아 다녔지만 붙잡아 두지 못하고 포기해 버렸던 무하를 보위부에서 잡아준 셈이다.

당장은 무엇 때문인지 알 수 없었다. 나는 잘 알지 못하지만 나와 대학 선후배 사이인 '친한 사람'에게 급히 수소문해줄 것을 부탁했다. 남편이 붙잡혀 간 줄도 감감 모르고 있었으니…… 벌써 6달째 보위부에 있었다고 한다. 남편은 이제 취조가 끝나 정치범으로 확정되면 재판도 없이 수용소로 간다.

우리는 자연 이혼이 된다고 했다. 처가 쪽이 '김일성상 계관'[15]인 가정이어서 가족들은 봐줄 수 있다고 했다. 그는 성급히 덧붙였다.

"빨리 서둘러야 할 것 같소. 다행히 가족들을 관대히 봐줄 것 같으니까 빨리 이혼 입장을 명백히 해야 보호받을 수 있다고 하는군요."

---

15) 김일성상을 수여받은 수상자, 국기훈장 1~2급보다 높은 최고 수훈자

이혼이라니? 애들 아버지를 무서운 곳으로 보낸다는 말이 아닌가.

처녀 적에 "이 사람하고 함께라면 절해고도이면 어떻고 무인도면 어떠냐?" 하고 쉽게 생각했었는데 아뿔싸 이렇게 현실로 다가올 줄이야……

아니 절대로 보낼 수 없다. 다른 사람이 아니고 내 남편을 그런 길로 보내는 일은 절대로 안 된다. 천만에, 나에게 그런 일은 있을 수 없다. 지금 이혼 같은 것은 중요하지 않다.

"아니 그런 것 말고요. 어떻게 다른 방도는 없을까요?"

아직 세상을 잘 모르고 이런 심한 일을 겪어 본 적 없는 나로서는 나에게 이런 일이 일어났다는 것이 믿어지지 않았고 도저히 나의 일상을 감옥이라는 알지 못하는 무서운 세계와 섞어서 생각할 수 없었다.

"안 돼!" 나는 몇 번이고 속으로 외치면서 남편을 구원하리라는 결심으로 온 밤을 뜬눈으로 새웠다.

다음날부터 나는 보위부 정문 앞에 가서 살다시피 했다. 면회는 절대로 안 된다고 했다. 카키색 군복을 입은 무장보초가 무기를 들고 서 있는 위엄스런 국가보위부는 면회는커녕 정문 수위실에서 접수도 안 해주었다.

하는 수 없이 높은 담을 둘러친 보위부 주변의 길가에서 목이 빠져라 담장 안을 넘겨다보았다. 하지만 높이 둘러친 울타리 안에 우람하게 자란 플라타너스의 누런 잎들만 바람에 우수수 날려 넘어와 눈물에 젖은 나의 얼굴을 씻어주지 못한 채 발밑에 떨어져 내렸다.

몇 번이고 국가보위부 앞에서 떠나지 못하고 눈물로 애처롭게 사정하는 나에게 '친한 사람'은 담당관을 만나게 해준다고 약속했다.

이윽고 그 사람이 군복차림의 군관 한 명과 함께 접수구로 나오더니 나를 손짓하여 불렀다. 나는 재빨리 뛰어가 다소곳이 고개를 숙였다.

"안녕하십니까?"

"무하 처야."

나를 가리키며 옆 사람에게 반말하는 폼이 그는 보위부 담당관하고 퍽 가까운 사이 같았다.

"그리고 이쪽은 중앙에서 이 사건을 담당하고 내려오신 양 과장님이구."

양 과장이란 사람이 나를 보자 동정하듯 혀를 둘렀다.

"야 곱네 뭐. 아직 처녀 같은걸. 이렇게 예쁜 색시를 놓고……. 개자식 왜 쓸데없는 짓거리 하고 돌아갔어. 쯧쯧."

친한 사람이 당연하다는 어조로 말을 받았다.

"내가 뭐랬어! 웬만하면 내가 소개 안하지. 남편 잘 만나서 고생 사서하는 거지 뭐."

"마누라 불쌍한 줄도 모르는 것들은 다 죽어야 돼. 고생 좀 더 하라고 가만 내버려 둬."

사뭇 동정하는 담당관이란 사람의 어조는 어디서 들은 듯했다.

뿌옇게 앞을 가리는 젖은 눈을 손수건으로 훔치고 올려다보니 담당관이란 사람은 언젠가 안면이 있는 사람이었다.

셋째를 금방 해산하고 누웠는데 그이가 없어졌다고 보위부 안전부에서 번갈아가며 사람들이 드나들던 때였다. 아직 27살밖에 안 되던 애젊은 어머니는 나가다니는 남편 때문에 남자들이 한구들씩 여자가 해산한 방에 드나드는 것이 무척 싫고 귀찮았던 기억이 났다.

그때 안전부 수사과 지도원하고 우리 집에 같이 왔던 사람이 분명했다. 그래도 그는 짐짓 모르는 체했다. 퉁퉁한 얼굴에 하얀 피부며 새카맣고 동그란 눈이 마치 여자 같은 느낌이었던 그 사람은 그때 입고 왔던 군복 차림에 보위부 둥글 모자까지 변한 것이 하나도 없었다. 여자를 보면 다 그러는지 나를 보면서 오히려 그 쪽에서 얼굴이 분홍색으로 활짝 피던 것까지 느끼하게 인상에 남았었다.

둘은 내 쪽을 힐끔힐끔 돌아보며 무엇인가 수군거리더니 나에게 가까이 다가왔다.

"지도원 동지. 좀 도와주십시오, 네?"

내 마음은 이 사람을 놓치면 죽을 것만 같이 절박했다. 나는 생전 안 해보던 애원을 기울여 비굴하다 할 만큼 간절히 매달렸다.

"그렇다고 방법은 없는 것이 아니오."

"네? 뭐든지 다 하겠습니다. 좀 도와주십쇼, 네?"

'친한 사람'은 분위기로 봐서 나에게 관심 있는 줄을 이미 알고 있었지만 양 지도원이란 사람까지 두 사내가 나를 아래위로 훑어보며 능글거리는 것이 벌레가 기어가는 것처럼 징그러웠다.

나를 여자로 생각하고 아직도 아가씨 같은 모습으로 보아주는 사람들이 있다는 것이 놀랍기도 하고 신기하긴 했지만 그것은 다 지나간 옛날 얘기였다. 28살이면 아직 한창이긴 했지만 나는 벌써 세 아이의 엄마였다.

"그럼 나중에 다시 봅시다."

둘이 무슨 약속을 했는지 양 지도원은 보위부로 다시 들어가고 나는 선배와 재일동포들의 식당인 "홍산 카레라이스"로 들어갔다.

점심으로 카레 밥 두 그릇을 청하는 그를 보며 내가 물었다.

"왜 식사라도 한 끼 같이 하자고 청하시지 그랬어요."

"걔들이 바라는 건 그런 게 아니오."

"어떻게 방법을 좀 알아보았어요?"

"응. 천 불만 있으면 말뚝(사형장)에서도 벗겨내는 세월이야."

"천 딸라?" 나는 입을 딱 벌렸다.

"그 새 돈이 있으면 다 되는 세상이 된 줄을 몰랐나 보네?"

'친한 사람'은 계속했다.

"설아 신랑이 누가 부탁하는 고려청자기를 중국 장사꾼에게 팔다가 단속되었는가 보더군. 국경을 넘어왔던 중국 사람들 중에 조선족으로 가장

한 남조선 사람이 있었는데 그 사람에게서 제철소를 폭파하라는 지령을 받고 움직이던 간첩일당이 체포되었다오. 그 간첩명단에는 속하지 않았지만 설아 신랑도 그 자와 접촉했다는 혐의가 있는가 보오. 문화유적을 외국에 팔아먹으려 한 것도 용서 못 받지만 설아 신랑이 근무하던 NB원자로가 우리나라의 1호 비밀대상이란 거야 설아도 잘 알잖소. 혹 자그마한 비밀이라도 유출시켰다는 단서가 나오면 간첩질을 한 거니까 사형감이라고 하더군."

그가 무슨 말을 하고 있는지 머리가 하얗다.

애들 아버지가 간첩 연루자라니……. 그럴 수가 없다. 소름이 쫙 끼치는 무서움이 덮쳐들었지만 나는 정신을 가다듬었다.

아직은 취조가 끝나지는 않았다고 했다.

그 모두 양 과장이 맡고 있으므로 문건 처리만 잘해주면 좋게 풀려날 수 있는 희망도 있다는 것이다. 결정권은 위에 있더라도 돈만 주면 눈을 감아 줄 수도 있을 거라고 했다. 그런데 그 큰돈을 어디서 마련한단 말인가. 더구나 국내에서 달러를 구하자면 쉬운 일이 아니었다.

언젠가 이산가족상봉으로 금강산에 왔다 간 올케 언니의 남조선 큰 아버지가 사돈 아버지에게 달러를 좀 주고 간 모양인 듯 올케언니가 자랑하던 일이 생각났다. 언니도 친정에서 200달러를 받아 왔다. 그때 달러를 본 적은 있지만 대충 환율을 들어서 알고 있던 터라 맥이 확 풀렸다.

몇 년 전에는 시어머니에게도 일본에서 동생이 돈을 조금씩 보내온다는 소리는 들었지만 그런 큰돈은 도저히 없을 것 같았다. 한숨을 쉬고 있는 나를 바라보던 선배가 다시 입을 열었다.

"그렇게 한숨만 쉬고 있을 게 아냐. 내가 양 담당관과 약속을 잡아 볼 테니 힘을 내라구. 돈을 얼마간이라도 만들어 보기요. 내가 도울 테니까."

"하지만 그렇게 큰돈을 어디서……."

"사람 사는 세상이요. 법도 사람이 만들어 놓은 건데 못할 일이 무에 있다고……. 힘을 내라구."

"고마워요. 암튼 꺼내만 놓으시면 내가 시집에 가서 다만 얼마만이라도 만들어 볼게요. 선배의 은혜를 평생 잊지 않을게요."

"뭘, 세상살이가 다 그렇지 뭐, 서로 도와가며 사는 것이 도리 아닌가. 마음 푹 놓으라구."

참말로 그가 고마웠다.

그냥 안면이나 익힌 선배인데 중앙 텔레비전 방송국의 국가보위부 출입 기자이다 보니 여행증 낼 때와 무슨 수속 같은 것을 부탁하면 언제나 말 없이 들어주곤 했다.

하지만 이런 큰 문제로 도움 받기는 이번이 처음이었다.

나도 이런 사람을 안면으로 가지고 있다 보니 처음부터 자신 있게 달라붙었는지도 모른다.

오늘 밤은 그들이 만나자는 날이다. 무엇 때문에 늦은 밤 시간을 택했는지 알 수 없었지만 낮이고 밤이고 시간 가릴 새가 없었다.

친정에 알려질까 봐 몰래 올케에게 부탁하여 있는 대로 돈을 꾸었다. 겨우 150을 마련해서 가방에 챙겨 넣었다. 이 돈으로 어림없을 테지만 내가 마련할 수 있는 전부였다.

온 시내가 정전으로 까만 나라인데 배터리를 가지고 있는 집의 창들에서 그래도 희미하게 불빛이 흘어 나오고 있는 거리를 지났다.

유독 라이트가 환하게 켜져 있는 국가보위부 앞에 또다시 행여나 하고 서 있었다. 싸늘한 밤바람이 불어와 머플러의 부드러운 감촉을 방해하고 으슬으슬 몸을 식혔다. 감기가 오려는지 너무 추웠다.

차가 없는 시절이라 걸어 지나가는 사람들이 많았다. 지나가는 사람들이 나를 향해 뒤돌아보는 모습은 오랜만에 밤길을 나온 나를 두렵고 헷갈리게 만들었다.

주위에 불빛이 있는 곳이라곤 유독 보위부 청사 앞뿐이라 사람들이 라이트 앞을 지날 때마다 나를 흘끔흘끔 곁눈질하여 쳐다보았다. 어두운 밤풍경과 젊은 여자가 전혀 어울리지 않았을 것이다.

나는 옥중에서 고생하고 있는 남편과 가정의 생사 때문에 그 자리에 서 있었다. 하지만 저들은 길가에서 딴 남자들을 기다리고 있는 이 여자를 불순하게 쳐다보는 듯했다. 마음이 개운치가 않았지만 용기를 내어 자연스레 태연하게 서 있으려 애썼다. 그래도 어딘가 불안하고 두려운 마음을 떨치기 어려웠다.

멀리서부터 부드러운 자동차의 엔진소리가 들려왔다.

드물게 보는 회색 고급 승용차의 불빛이 눈을 강하게 비추더니 차가 내 앞에 섰다.

"타오!"

차 안에는 군복을 입은 앳된 병사가 운전을 하고 있었고 낮에 본 두 사람이 타고 있었다.

두 사람이 때 아니게 추리닝을 입은 모습이 좀 편안해 보였는데 그들의 벙글거리는 웃음과 신이 난 농지거리에 좀 맘이 놓이는 것 같았다.

우리는 재빠르게 시외로 빠져 나왔다.

예쁜 꽃과 나무들이 울창하게 들어선 과학원 수목원을 벗어나자 승용차 라이터 빛에 가도 가도 끝이 없는 옥수수 밭이 언뜻 언뜻 지나갔다. 고속도로로 질풍같이 접어들던 벤츠는 어느새 대성산 유원지를 지났고 노산으로 들어서고 있었다.

나는 이들이 어디를 이렇게 멀리까지 가는지 알 수 없었다.

밤인데도 마당에 들어서니 어스름한 달빛이 무색하게 밝은 네온이 켜져 있었다. 구석구석 아름진 코스모스가 듬쑥 듬쑥 피어난 것이 보였다.

이제는 꽃이 몇 송이만 남고 다 져버린 장미덩굴에 둘러싸인 돌담이 아담하고 정교했다.

소담하게 자란 소나무를 보니 정원은 조경사의 세심한 손길이 깃들어 있는 것 같았다. 전기가 모자라는 때에 가든 스탠드까지 반짝이는 걸 봐선 무슨 고급요정 같기도 한데 왜 산속에 있는 것일까?

후에 알고 보니 모나코 대사로 가 있는 소좌인 양 과장의 삼촌이 휴가 들어오면 가있는 별장이라고 한다. 처녀 적에 윗분의 별장에서 DJ로 몇 달간 가 있은 적이 있는 나는 무슨 큰 사람을 만나는 것은 아닌지 긴장되고 불안하였다.

내가 이곳저곳 살펴보고 있는데 '친한 사람'이 "마음을 편하게 먹으라" 하고 내 잔등을 다독였다.

"?"

다른 것은 알 수 없었지만 이제 이렇게 집에서 멀리 왔으니 나 혼자 돌아갈 수는 없는 것이고 이 '친한 사람'에게 의지할 수밖에 없었다.

그들을 따라 들어간 방에는 창 밑을 돌아 빙 둘러 놓인 고급 소파와 가운데 타원형의 탁자가 놓여 있었고 한 쪽의 유리창에서는 부드러운 등불이 은은하게 비치고 있었다.

고급스러운 촛농 장식품들과 명화들, 사람을 취하게 만드는 서구 인형 조형물들이 아름답게 반짝이는 깔끔한 방은 마치 작은 갤러리에 온 것 같은 기분을 자아냈다.

전혀 이런 분위기에 습관이 안 된 나는 어리둥절하여 눈을 휘둥그레 뜨고 화려한 방을 둘러보았다. 고급스러운 스테인리스 히터에 스위치를 넣은 소좌는 숙련된 솜씨로 세 개의 컵에 봉지 홍차를 넣고 끓는 물을 부었다. 진하게 우려낸 홍차를 마실 생각 않고 멍하니 바라만 보다가 갑자기 생각나 서둘러 가방을 열고 돈을 끄집어냈다.

"저 이것밖에는……."

두 사람이 나를 바라보며 빙그레 웃었다.

적은 돈을 내놓는 것도 초라하고 송구스러웠지만 어쩐지 나만 바라보는 외간 남자들과 낯선 곳에서 마주 앉아 있다는 것이 너무 쑥스러워서 어쩐지 맘이 싱숭생숭했다.

"식사는 했어요?"

"네."

기어드는 목소리로 나는 황송한 듯 겨우 대답했다.

"늦은 시간이라 식사하고 올 줄 알고 그냥 술만 준비했는데 괜찮지?"

양 과장이 친구에게 건네는 말이다.

이제 이곳에 와서 보니 둘은 여간 막역한 사이가 아니다.

그럴수록 마음이 놓이는 것 같으면서도 두 사람이 주나 아버지 일은 까맣게 잊은 듯 밝은 표정인데 나는 자꾸 조급하여 너무나 딴 세계에서 외따로 도는 것 같았다.

나에게도 한잔 따라놓고 전혀 관심 없는 듯 술만 들이켜던 소좌는 코냑이 몇 잔 들어가자 얼굴이 확 피어올라 웃음을 띠고 말을 건넸다.

"설아 동무, 걱정하지 말아요. 우리가 이렇게 한 자리에 앉아 친구가 되었는데 뭐가 걱정할 게 있소? 난 한번 해준다면 해주는 사람이요. 널 당장 나가게 해줄게. 됐지?"

방금 뭐라고 했을까! 설마 내 귀가 잘못된 건 아니겠지? 이렇게 빨리 풀릴 수가!

"알아들었소? 설아 동무, 내 친구가 널 해결해 준다고 하잖아. 한잔 쭉 하지."

'친한 사람'이 다시 반복해 설명해 주어서야 나는 내 귀를 믿을 수가 있었다.

"고맙습니다. 고맙습니다."

나는 확 솟아오르는 감격을 참지 못하고 거듭 인사말을 반복하다가 가

뿐 숨을 몰아쉬고 평소에 못 먹는 술을 한잔 단숨에 들이켰다.

어쩜 너무 너무 고맙다.

눈물이 비 오듯 쏟아져 나온다.

군관은 그러는 나의 모습을 한참 바라보더니 너털웃음을 터트렸다.

"허허……. 그 못된 서방 살리는 것이 그렇게 좋아? 하하하."

그는 훌쩍 거리고 있는 나를 달래는 듯 다정히 나의 어깨에 손을 얹었다.

"자, 마시자구. 그냥 그럴 땐 술이 최고지."

나는 솟아오르는 눈물을 주체하지 못하는 내 모습이 부끄러워 눈물을 닦던 손수건으로 얼굴을 가리고 그가 주는 술잔을 연거푸 기울였다.

그가 나의 손목을 쥐어본다.

"?"

"와, 손이 정말 곱네. 백옥 같아."

슬그머니 오른손을 뽑아내니 그는 다시 왼손을 잡아당기며 "왜 촌스럽게 그래…… 허허 너무 갑작스러운가?" 하고는 친구를 마주 보았다.

친구가 말을 받았다.

"그래 술이나 마시게."

둘은 의미 있게 술잔을 마주치더니 아무 일도 없는 듯 좋아라 웃어댔다.

"외국 사람들은 뭐 남자 여자 사귀는 거 일도 아니래. 특히 중국 사람들은 네 형제에 아버지까지 다섯이서 한 여자 사서 돌려가며 한다 그러더군. 설아 동무."

"?"

그는 한 팔을 나의 어깨 위에 올려놓고 툭툭 두드리더니 다른 손으로 나의 열려있는 스크릿 코트 앞자락을 젖히고 레드마린 스커트를 슬쩍 올리며 나의 허벅지를 쓸어 만졌다.

"다리도 진짜 예쁘네. 누가 아줌마라 하겠어. 흐흐."

소좌는 점점 더 가까이 다가오더니 허리를 숙이고 나의 신발을 벗겼다.

"어머나."

놀란 내가 몸을 움츠리자 신발이 벗겨진 나의 발을 쓸어 만지며 또 한바탕 웃어댔다.

"야 발은 진짜 예술이네. 어쩌면 발가락도 이렇게 곱니?"

"아!"

나는 갑자기 신발을 챙겨 신고 본능적으로 의자에서 뛰쳐 일어났다.

갑자기 어색한 침묵이 흘렀다.

그런데 왜 이렇게 몸이 말을 잘 듣지 않을까? 소좌가 취기 오른 얼굴로 나를 바라보다가 상체를 일으켜 다시 나를 끌어 앉혔다.

머리가 어지럽고 핑그르르 실내 전체가 돌아갔다. 나는 취기 오른 얼굴을 나에게 기대고 좋아하고 있는 소좌의 몸을 치울 생각을 못하고 구원을 바라듯 '친한 사람'을 돌아보았다.

'친한 사람'이 물었다.

"양 과장. 설아가 그렇게 예뻐?"

"응 왜 이러면 안 되나?"

'친한 사람'이 나에게 눈을 끔쩍이며 아무 일 아니라는 듯 그냥 웃고 서 있었다. 받아주라는 소리였다. 그는 돌아서 물을 따라 먹는 척하더니 문을 닫고 나가는데 잇달아 문이 잠기는 절컥 하는 소리가 들려왔다.

벌써 남자의 손이 내 목을 쓸고 내려 보랏빛 블라우스의 위 단추를 벗겨내고 있었다.

아. 돈 없이도 해결될 수 있다는 것이 이런 거였단 말인가. 불안 불안하였지만 나에게 호감이 있다며 그렇게 친절하던 그 '친한 사람'이 나를 팔게 하다니…….

나는 너무 어이가 없어 한동안 어떻게 해야 하는지 생각이 나지 않았다. 나는 무의식중에 그가 내 블라우스의 단추 하나를 풀면 하나를 잠그고 또 하나를 풀면 또 하나를 잇달아 잠갔다. 그랬더니 소좌는 손을 내리고 나를 끌어안은 채 내 귀에 축축한 입을 대고 가만히 속삭였다.

"좋아. 난 강제로 널 좋아할 생각은 없어. 난 나라에 충실한 군인이니까. 우리가 하는 일이 어떤 일인지 알지? 난 너를 가지기 위해서 군복을 벗고 목을 내댈 생각은 없는 사람이야. 그러니까 잘 생각해봐."

내 볼로 소리 없이 눈물이 흘러내렸다. 참으로 오래 살고 볼 일이다. 별의 별짓을 다 해보는구나.

하지만 이 순간 참으로 냉정한 이성의 목소리가 들려왔다. 물론 무죄가 입증된다면 그이가 무사히 나올 수도 있다. 하지만 누가 그의 무죄를 입증한단 말인가? 그 형벌에는 변호사도 판사도 없었다. 귀에 걸면 귀걸이 코에 걸면 코걸이…….

지금은 권력으로 여자의 몸도 사고 돈도 가지고 호화주택에서 부를 누릴 수 있는 자들에 대해 격동하고 정죄할 때가 아니다. 만약 오늘 이 순간을 거부한다면 일생 후회할지도 모른다.

애들이 떠올랐다.

셋째를 옆집 할머니에게 맡기고 왔는데 젖을 뗀지가 얼마 안 되어서 때때로 불어나는 젖 때문에 젖 몸이 찌릿찌릿하고 팽팽하게 당겨져 터져 나올 것 같이 아팠다.

아, 세상에 태어나서 처음으로 정조에 대해서 생각하는 짧고도 긴 숨 막히는 시간이 지나가고 있었다.

나도 한때는 신데렐라 같은 아름다운 꿈을 꾸며 앞날에 대한 환상으로 가슴 불태우던 그런 날이 있었다는 것이 언뜻 떠올랐다.

한때는 아주 그럴듯한 남자를 만나 한껏 취하게 하는 부드러운 키스를 그려 본 적도 있었다. 버스를 타고 갈 때 옆에 앉은 멋진 총각의 든든한 체구에서 풍겨오는 따뜻한 체온을 느끼면서 아주 근사하게 포옹하는 진한 스킨십을 생각다가 스스로 얼굴을 붉힌 적도 있었던 것 같다.

하지만 난 스스로에게 상상도 거기까지만 허락했다.

내가 바라며 살아온 것은 그저 정직하고 평범한 인간다운 삶이었다. 이성과의 들뜬 사랑은 잘못하면 나를 유치하게 만들 수도 있다는 생각에 마냥 고상함을 유지하고 싶었는지도 모른다. 성이란 것은 보이지 않을 때는 신비하고 아름다운 것이다가도 밖으로 표출되었을 때는 천해진다고 생각한 것인지도 모르겠다.

나는 부부간에 잠자리가 좋지 못한 것이 이혼조건에 든다는 사실을 이해하지 못했다. 그런 것을 거론하는 것 자체가 시시하고 온전치 못한 행위라고 생각하였기 때문이다.

그래서인지 나는 남편하고 사는 동안 서로를 원하지 않고 오히려 배척하는데 많은 시간을 보내며 괴로움을 겪어야 했지만 그것이 내 생활에 어떤 영향이 있다고는 생각지 않았다. 아니 사실은 인정하기조차 싫었던 것 같다.

내가 바란 것은 오직 가정의 평화와 애들의 건강뿐이었다. 그런데 지금 나는 이 소박한 소원마저 이룰 수 없도록 무기력해져 있었다.

남자는 반항하지 않는 내 얼굴을 여자같이 말랑한 두 손으로 감싸 쥐고 내 눈을 똑바로 들여다보다가 눈을 슬며시 감았다 뜨며 천천히 말을 이어 나갔다.

"……. 잘 생각했어. 귀여운 설아. 난 너에게 아무것도 요구 안 해. 그냥 나하고 사랑 행위를 하자는 것이지. 남녀가 만나면 안고 싶고 키스하고 싶고…… . 또 벗고 싶고 하는 것은 자연스런 거 아닐까?"

허, 사랑행위 같은 소리 좋아하시네. 일방적인 욕구에 순종하는 것이 무슨 사랑행위인가 대꾸할 가치도 없다. 무례함을 따질 상대도 못된다.

더구나 내 잔에 미리 타놓은 보위부 일군 특용의 얼음(마약장사꾼들을 잡으면 한 봉씩 건사했다가 그럴 때 쓴다는 사실을 당시는 알지 못했다)이 순식간에 찌르르하게 내 입술의 감각을 마비시키고 몸을 나른하게 만든지라 나는 아무런 반항도 하지 못하고 서서히 그에게 용해되어갔다.

그는 나를 안고 옆방의 침실로 들어갔다.

…….

얼마나 시간이 흘렀을까? 그의 어깨너머로 옷을 벗고 있는 '친한 사람'의 얼굴이 보였다. 잠시 후 선뜻한 다른 체온이 나를 덮쳤다…….

돈은 내 가방에 도로 챙겨져 있었고 여섯 달 감방 생활에 이가 다 빠진 뼈 투성이의 남편은 집으로 돌아왔다. 나는 내가 앓는 남편의 얼굴을 차마 볼 수 있을는지 누구라도 붙잡고 물어 보고 싶었다.

아, 그러고 보면 밑지는 장사만은 아니었을까?
덤으로 세상을 알게 되었으니 말이다.

살기 싫다

남편은 병보석이라는 이름으로 풀려 나왔다.

이제 그는 더는 미남자가 아니었다.

몇 년 전 처녀 적에 나를 반하게 만들었던 붉고 투명한 입술 안에서 유난히 하얗게 반짝이던 옥석 같은 이가 하나도 없이 다 빠져서 돌아왔다.

웬일인가 물었더니 어느 날인가 구류장에서 침을 뱉으니 피 뭉텅이와 함께 틀렁하고 뭉텅 떨어져 내렸다고 한다.

그의 대답이 믿어지지 않았다.

하지만 아무리 보위부가 악한들만 모였다고 해도 설마 몽땅 뽑아냈을 리는 없고 너무 맞아서일까, 아니면 너무 배를 곯아서 영양실조로 허약해진 탓일까? 아니면 방사능 오염의 후유증일까?

방사능 오염은 대단히 위험하다. 유전자 변이를 일으켜 암 발생의 원인이 되기도 하고 불임이나 기형아의 원인이 되기도 하고 사망을 초래하기도 한다. 그래서 연구사들은 오염을 막기 위해 납이나 중금속으로 만든 차폐 막을 쓰고 일한다고 했다.

주나 아버지는 방사능 누출 사고로 큰 후유증을 겪고 많이도 앓았다. 하지만 술을 지나치게 마시거나 너무 피곤했을 때 실수하곤 하는 요실금 증상을 빼 놓으면 이제는 다 나았다고 생각했었다. 약도 많이 썼고 워낙 건강 체질이라 회복이 빨랐고 이제 별로 큰 지장이 없는 줄 알았다.

그동안 이러니 저러니 해도 돈 벌러 돌아다닌다고 집에도 안 들어오곤 할 때는 적어도 컨디션은 괜찮은 줄 알았었다. 그런데 이렇게 폐인이 돼서 돌아온 것이다. 그나마 살아서 돌아온 것이 다행이었다.

보위부에 오래 갇혀 있은 탓으로 그는 정신적으로도 많이 이지러져 있었다.

체구가 워낙 큰 사람이 뼈 주머니라 할 만큼 살 하나 없이 말라버린 탓에 관절들이 우직스럽게 툭툭 튀어 나와 보기에 적잖이 흉했다. 크고 부드럽던 눈동자마저 이제는 푹 꺼져 들어가 깊은 지하 터널을 보는 듯했다.

내가 지은 죄가 있어서 더 그렇게 느낀 것인지도 모른다.

눈이 마주치는 것도 두렵고 꺼려질 정도로 그가 나의 행위를 다 알고 있는 듯이 느껴졌다. 그의 인상이 마치 잡아먹을 듯이 사납게 나를 쏘아 보고 있는 것 같았다.

어느 날 지방에서 애들의 삼촌인 시동생이 와서 앓고 있는 형을 어머니가 계시는 산골로 요양차 데려갔다. 애들 셋에 남편까지 너무 힘들어서 다행이다 싶었다.

그런데 그래도 그이가 집에 누워 있은 것이 그나마 나를 버티게 해준 마지막 지탱점이 아니었는가 싶다. 남편이 떠난 후부터 나는 심한 우울증에 시달리기 시작했던 것이다.

그날 보위부 두 사람이 내 가방에 도로 챙겨 주었던 돈 150달러는 다시 조선 돈으로 바뀌어 고스란히 빚으로 남게 되었다. 그 사이 남편의 약 값으로 식량 값으로 그 돈을 까먹고 살았던 것이다. 그러다 식량이 떨어지자 집안 가산은 물론 옷까지 죄 내다 팔았다.

번갈아 찾아와 들여다보던 보위부 양 과장과 '친한 사람'은 어느 날 집 마당 안에서 놀고 있는 주나의 괴춤에 '외화 바꿈 돈표'를 몇 장 넣어주고 어머니한테 드리라고 하고는 가버렸다.

그들이 어슬렁거리는 것도 몹시 자존심 상하고 내가 살기 싫은 이유 중 하나였다.

아, 세상이 싫다.

며칠째 아무것도 입에 넣지 않았다.

나는 극도로 쇠약해져 후 불면 날아갈 듯 가늘어졌다.

디아제팜이란 수면제를 먹고 자고 또 자고……. 이러다 죽어지면……, 아무 괴로움 없이 죽어지면 좋겠다.

아, 책임성도 한계가 있는 것 같았다.

……

며칠이나 지났을까…….

이제 식량도 다 떨어지고 더 이상 바꾸어 먹을 옷도 없었다.

애들만 몇 끼 더 먹일 수 있는 쌀이 조금 남아 있을 뿐이었다.

혼미해진 의식 속에 누군가 흔드는 소리에 잠을 깨니 앞에 두 아이가 서 있었다.

"엄마, 엄마!"

3살 된 작은 애가 고사리 같은 양 손에 앞뜰에서 주웠을 길장구와 미나리 같은 조그만 풀들을 들고 내 코앞에 내밀었다.

팔소매가 드러난 스프링만 입은 5살 난 큰 애 주나는 강냉이 쌀이 두 되 정도 들어 있는 입구를 꽁꽁 여민 비닐봉지를 들고 서 있었다.

"그게 뭐니?"

"엄마, 윗집의 영미네 엄마가 내 빨간 옷이 예쁘다고 해서 가지라고 했어요. 영미 입으라고……. 엄마가 아프다고 말하고 쌀과 바꾸었어요."

"?"

순간 나는 애들을 와락 끌어안고 울음을 터트리고 말았다.

"엄마, 엄마! 울지 마."

누가 화는 쌍으로 온다고 했을까.

그 해는 가난도 무섭게 들이닥치더니 엎친 데 덮친 격으로 비도 많이 내렸다.

꽝꽝 우르릉거리며 하늘을 삼켜 버릴 듯한 무서운 소낙비가 일주일을 계속 퍼붓더니 봄에 야산에 불을 질러 밭으로 개간하여 곡식을 심은 땅들이 다 허물어져 내렸다.

골짜기마다 흙 사태 물 사태가 뒤덮고 마을까지 밀려들어 왔다.

호우는 한 달 째 계속되고 우리네 과학자 마을도 물에 잠겼다.

아이들을 산꼭대기 옥탑 방에 살고 있던 옥주 할머니에게 맡기고 집으로 뛰어내려오던 나는 순간 얼 나간 사람처럼 한동안 대 줄기 같은 비를 맞고 서 있었다.

홍수는 처음엔 앞마당을 바다로 만들더니 앞뜰에 함께 지어놓은 두 옆집 창고 사이로 밀려들고 있었다. 그러니까 우리 주나 아버지가 게을러서 창고도 제대로 안 짓고 그냥 살아오던 그 두 집 창고 사이, 바로 우리 집부터 치고 들어왔던 것이다.

부엌이 점점 흙탕물로 변하고 수리하지 않은 기와를 뚫고 천장에서 물이 떨어지기 시작했다. 그리고 급기야 사방에 구멍이 나더니 수돗물처럼 쫙쫙 소리치며 거센 물줄기가 쏟아져 내렸다.

정신없이 방에 들어서서 애들 옷가지라도 건지려고 둘러보는 사이 홍수가 눈앞에서 내 허리를 덮치더니 집안을 잠깐 사이에 물바다로 만들었다.

차오르는 물속을 헤엄쳐 겨우 빠져나와 뚝방길에 올라섰다.

그때 갑자기 "쾅" 하는 거센 소리가 나의 슬픈 통곡소리를 덮쳐버렸다.

높이 올려 지었던 옆집의 2층 다락 창고가 우리 집을 향해 무너지는 소리였다.

친정

많은 세월이 흘러오는 동안 때 없이 떠오르는 생각이 있다.

그때 내가 친정으로 가지 않고 그이가 가 있는 산골 시집으로 따라 들어갔더라면 그이와 만나 다시 살 수 있지 않았을까, 가정을 지킬 수는 없었을까, 참말로 내게 다른 방도가 없었을까 등등…….

친정이라고 하지만 언제나 식구들에게 미안했다. 부모님은 그렇다 치더라도 오빠와 새언니에게 미안하였다.

내가 먼저 시집을 간 후 나의 친구 한선희와 열연에 빠져 있던 오빠도 속세에 적응하여 북한의 대표적인 미술가인 작가 정훈의 딸과 결혼했다. 부모들이 서로 오랜 친구라 오빠를 설득한 것 같았다.

1970년대, 화가 정훈은 가수 신예링을 사랑하였다.

신예링은 정말로 예쁘고 사랑스러운 가수였다.

화가 정 씨로 말하면 "만경대의 아침", "강선으로 가시는 길에서", "위대한 태양을 본다" 등을 창작하여 미술계의 거장으로 전국에 많이 알려진 사람이었다.

하지만 황해북도 인민위원회 의장 사업을 맡아보고 있던 장인인 신 씨가 종파사건에 연루되면서 그 집이 모두 통제 구역에 가게 되었다.

정훈은 언제나 자기의 모델이 되어주었고 세상에서 가장 사랑하는 아내가 이혼당하여 통제구역에 끌려가는 것을 바라지 않았다. 그녀와 이혼하지 않으면 조선노동당원증을 빼앗기고 그녀와 면 조선방 탄광의 막장으로 가야 한다는 것을 잘 알지만 정훈은 그 길을 갔다. 다행히 여자는 온 집안과 함께 산속으로 끌려가는 일은 면하게 되었다.

그리하여 북한의 이름 있는 화가 정훈은 20여 년을 깊이 20m의 수직갱에서 인도주의와 자연주의적이고 순수 예술지향주의적인 예술인들이 어떻게 사회에서 매장되는가를 철저히 체험하게 되었다.

그러다 화가는 뒤늦은 시기에, 커가는 자식들을 위하여 반드시 자기의 과실을 씻고 당에 복귀하려는 열망으로 비로소 자기의 고집과 반항심이 얼마나 무의미하고 어리석은가를 반성하는 "장군님을 목숨으로 옹호 보위하는 총폭탄이 되자"라는 포스터를 그렸다.

친구들을 통해서 미술전시회에 출품해 보려고 무척 애를 썼지만 세상은 냉정한 것이어서 그를 변호해주려는 간부는 어느 누구도 없었다. 그의 작품을 내놓아 윗분께 심려를 끼쳐 드릴 수는 없다고 모두 머리를 돌렸던 것이다.

그러다 한 제자의 스케치북에서 나타난 작품의 사진이 계기가 되어 드디어 그의 작품은 윗분에게 알려졌다.

김정일은 "화가가 혁명화 노동계급화 과정에서 이런 작품을 창작하기까지 얼마나 많은 반성을 하였겠는가. 원본을 미술박물관에 전시하고 작가를 올려 보내라"고 지침을 내렸다. 그리고 "앞으로 철저한 당의 화가가 되기를 바란다"는 친서도 전달했다.

그는 만수대 예술단 책임 무대미술가로 불후의 고전적 명작 뮤지컬 "꽃 파는 처녀"와 "당의 참된 딸" 등의 무대미술을 담당하여 프랑스 파리며 이탈리아 로마 그리고 영국의 런던 등으로 외국출장도 자주 갈 수 있을 만큼 명예를 회복하였다.

그 후 그가 그린 작품은 전국 방방곡곡에 수령을 옹호 보위하는 선전물이 되어 나붙었고, 그의 가정은 김정일의 방침에 의하여 평양의 40층 온수난방 문화 예술인 아파트와 선물 승용차까지 받았다. 그리고 그는 드디어 방방곡곡에 미술가로 재등단하게 되었고 나중에는 김정일 가문의 전속을 옹호로 자리 매김하게 되었다.

한편 그의 세 자녀는 아버지의 '반성' 덕분에 김일성대학 김형직대학 등 명문대학에 가고 딸은 평양 의학대학을 졸업하고 큰 병원의 의사가 되었다.

그 딸이 바로 나의 올케였다.

새언니는 가수인 어머니보다는 못하지만 그래도 보기에는 참 부드럽게 생긴 편이었다. 그러나 눈빛은 영 아니었다. 사람이 고생을 하다 보면 그렇게 될 수도 있는 것일까.

고생한 사람은 남의 고달픔을 잘 알고 이해할 줄 안다지만 올케는 달랐다. 어릴 적부터 아버지를 따라 탄광촌에서 고생하며 자란 탓인지 그녀는 힘들게 얻어진 현실에 값을 매겼다. 그녀는 이기적인 사람의 전형이었다.

많은 생각 끝에 애들 셋을 데리고 친정을 찾아왔지만 이곳은 이제 더이상 내 어릴 적 꿈과 추억이 깃든 집이 아니었다. 까다로운 올케 언니가 있는데다 형편도 좋지 못했다.

아직은 김정일이 간부들에게 명절마다 보내는 선물찌꺼기와 특별 10호 공급소에서 따로 주는 배급들이 있었고, 아버지도 그것을 받고 있어 부모님은 굶지 않을 정도는 됐다. 하지만 사방에서 사람들이 죽어나가고 쌀값이 금값이라 친정이라고 사정이 좋을 수가 없었다.

반면 올케네 친정은 생활이 좋았다. 앞에서 잠깐 말했듯이 그의 친정아버지 정 씨가 정부에 잘 보인 덕분에 남조선의 형을 남북이산가족 상봉행사로 금강산에서 만났던 것이다.

성품도 그렇지만 믿는 구석도 있어서인지 올케는 재세(힘이나 세력을 믿고 교만하게 굶)가 심한 편이었다. 그런 며느리에게 딸이 애들을 데리고 온 것을 눈치 보여 하시는 부모님에게 나는 참으로 미안했다.

그래서 나는 얼마나 있게 되는지는 알 수 없었지만 아침저녁으로 밥을 짓고 빨래도 도맡아 했다.

그날 아침도 일찍 새벽밥을 지으려는데 누군가 문을 두드렸다.

새벽부터 누굴까 하고 문을 여는데 씽하고 몰려 들어오는 새벽 찬 공기 속에 때가 꼬질꼬질한 주홍색 띠개로 아이를 둘러업은 한 아줌마가 서 있었다.

얼핏 봐서 20대나 금방 넘겼을까. 말갛고 앳돼 보이는데, 얼굴은 빨갛게 얼고 두 손은 얼어서 오그라들어 펴지 못하는 것 같았다.

서글픈 두 눈엔 눈물이 어리고 밖에서 밤을 새운 양 떨고 서 있는 모습이 절박해 보였다. 등 뒤에 서 있는 애는 울어서 콧물 눈물 범벅이 덕지덕지 한 게 배고파 온 것이 분명했다.

"들어오세요."

요새 이 같은 거지 아닌 생거지들을 길거리에서 많이 보아온지라 나는 아무 말 않고 주방의 식장에서 저녁에 먹다 남은 밥덩이를 바가지째 꺼내서 밥상에 놓았다. 그리고 현관에서 애를 받으려고 하는데 안방 문이 열리며 올케의 짜증 섞인 소리가 연거푸 들려왔다.

"고모! 고모는 늘 그렇게 물렁물렁 해가지고 이 세상을 어떻게 살갔시요? 원참 저도 빌어먹으러 온 주제에. 고모는 그러니까 못사는 거요."

높이 떠들어 대는 소리에 잠에서 깬 부모님이 거실로 나오는데 마치 들으라는 듯 더 한층 소리를 높였다.

"사람들이 그러는데 저런 거지들을 집에 들이면 그 집이 금방 망한다네요. 고모가 못살아서 온 것만도 모자라 이제 집안까지 망치려고 드세요?"

그러고는 애기 어머니의 팔소매를 붙잡고 현관문을 열어젖혔다.

"아줌마 어서 빨리 나가세요."

김치와 반찬거리를 챙겨 주려던 나는 한참이나 어쩔 줄 모르고 서 있었는데 밥을 먹으려고 엉거주춤 거리던 애기 어머니가 갑자기 주저앉으며 새언니 무릎을 붙잡고 울며 사정했다.

"이틀을 굶었습니다. 젖이 안 나와서 그럽니다. 좀 불쌍히 여겨 줍쇼. 네? 불쌍히 여겨 줍쇼!"

이미 울어서 얼룩진 그녀의 얼굴이 다시 펑펑 쏟는 눈물로 뒤덮였다.

내가 "애 엄마가 너무 안됐군요. 새언니 제가 오늘 아침 굶을게요. 미안해요."

나는 그렇게 말하고 고집스럽게 어린 아줌마의 등 뒤에서 애기를 풀어서 안아 내리고 그녀에게 식사를 하게 했다. 그랬더니 새언니는 문을 확 열고 나가며 언성을 더 한층 높이고 투덜거렸다.

"아이고, 답답해라. 고모는 남에게 한 끼 먹이면 주나, 여나가 한 끼 굶어야 한다는 걸 정말 왜 몰라요. 그리 철이 없으니까 못살았지 왜 못살고 쏠려왔겠우. 다 자업자득이네 뭐."

"……."

세상은 어찌하여
나에게 기회를 주시지 않습니까?

철모르고 산골마을로 시집을 가던 때가 엊그제 같은데 날마다 다른 태양이 뜨고 지고하더니 7~8년 세월이 훌쩍 지났다.

이제 나는 여자를 떠나 좋은 가정의 좋은 아내이고 싶었던 꿈은 포기했다. 마지막 남은 소망은 오직 애들을 배 곯리지 않는 엄마로 남고 싶다는 것뿐이었다.

나는 전공을 바꾸고 상업봉사를 배웠다. 이제는 애 엄마인 나는 처녀 때 배운 전공으로는 직업을 구하기 어려웠고, 그래도 식료업종이 먹고 살수 있는 유일한 직업이었기 때문이다.

그나마 친정식구들의 도움이 있었기에 평양 상업학교 특설반에서 상업봉사를 배울 수 있었다. 나는 평양 경수관에서 실습을 마친 후 애들을 친정 부모에게 맡기고 중국 북경에 있는 유성호텔로 파견근무를 떠났다. 어떤 방법으로든지 이 세월에서 살아남으려면 식구들과 헤어지는 아픔도 감수해야 했다.

유성관은 그냥 평범한 식당들과는 달리 소규모 홀 스테이지를 갖추고 예능대학 양성반과 통전부 출신 전문진[16]이나 보위일꾼들로 꾸려져 있었다. 주 고객은 대사관이나 영사관을 비롯한 정치경제적으로 북한 일에 관심이 있는 외국 사람들이었다. 유성관은 이들 특별 고객들의 기분을 맞추기 위해 음악도 들려주고 노래도 불러주는 등 일종의 '미인계'를 기본적인 서빙전략으로 하고 있었다.

국가적인 대외사업이므로 프런트에서 근무하는 접대원들과 통역원 등은 군대식 규율이 서 있었다. 사뭇 규정이 많고 자유롭지 못했지만 경리부나 주방일꾼들은 괜찮은 편이었다.

나는 주방에서 냉면 마는 일을 맡아 했다. 중국 시내로 자재 구입이나 쇼핑을 나갈 때 혹은 휴일에 구경을 다닐 때도 수령의 초상화 배지를 달고 줄을 서서 다녀야 했고 승인 없이는 외부와 접촉할 수도 없었다. 좀 불편하긴 했지만 나는 이 모든 것을 당연한 것으로 여겼다.

세상의 달고 짠 맛을 그런대로 겪었고 사람 단련도 이제 어지간히 신물이 나는지라 세상일엔 별로 관심이 없었던 것이다. 어쩌면 이런 무관심이 냉면조리사라는 생소한 직업을 잘 배우고 수행할 수 있게 해 주었는지도 모른다.

당시 나의 관심은 오직 부모님께 맡기고 떠나온 자식들뿐이었다.

호텔식당에서 근무하면서 외화로 몇 십 달러에 해당하는 월급이 계산되었지만 쌀과 밀가루 기름 사탕가루 등으로 바뀌어 북한에 있는 가족에게 전달되었다.

북한에서는 직업이 있어도 쌀 두 되를 사면 그만이고 그마저도 6개월씩 밀려서 주곤 했다. 나는 조금씩 받는 생활비만 쓰지 않고 모아도 북한에서 버는 것보다는 훨씬 빨리 돈을 모을 수 있을 것 같았다.

16) 통일전선부 산하에서 조직 운영하는 해외진출 상업봉사망으로 중앙당에서 직접 관할함. 101호 연락소 군인 출신들과 연극영화대학 음악무용대학 예술학원 출신들로 전문진을 꾸리고 있음.

애들과 같이 있을 새집을 마련하기에는 역부족이었으나 집에 전달되는 배급 중에서 어머니가 좀 남겨주신다면 얼마든지 가족이 다시 모여 살 수도 있을 것 같았다. 나는 희망에 부풀어 열심이 일하느라 시간 가는 줄 몰랐다.

나라에 불만이 많은 남편이 걱정이었지만 그런대로 사고만 저지르지 않고 기다려준다면 그것으로 족했다. 그래도 해를 두고 살아온 정이 있지 않은가.

지난날을 돌이켜보면 나의 부주의와 성격 차이로 해서 그를 더 따뜻이 해 주지 못하고 서로에게 안 된 일들이 많았다고 생각됐다. 한편 생각하면 씁쓸하기도 하지만 어차피 다 들어맞을 수는 없는 일이라고 자신을 위안하곤 했다.

친정 옆에다 집을 사고 애들과 다시 만나 행복하게 살 수 있게 되기를 학수고대하면서 그런대로 북한에서는 선택된 사람들만이 할 수 있는 외국 파견 근무생활을 열심히 해 나갔다.

그날 북경은 새벽이라고 하지만 숨이 콱콱 막히게 더웠다.

며칠째 45~47℃를 오르내리는 무더위가 계속되다 줄창 소나기를 퍼부었지만 그래도 대도시는 더위가 가실 줄을 모르고 씩씩거리고 있었다.

이른 아침 식당일꾼들의 밥을 안쳐 놓고 동료들과 함께 채소를 구입하러 나갔다 왔다. 돌아오는 길로 찬물을 받아서 벌컥벌컥 몇 모금 들이켜는데 주방장이 내 손을 잡아끌고 문 뒤로 돌아 나가 귀에 대고 소곤거렸다.

"대사관에서 웬일로 너를 찾는다 하더라. 빨리 행사과장에게 가보아라."

"……?" (행사과라면 보위부?)

무의식중에 왠지 모르게 예리한 화살에 가슴복판이 맞은 것 같았다. 불안했다.

대학교 때 하나둘씩 불려나가 없어지는 동창생들 중에는 "중앙당 5과"요 "호위국"이요 하고 잘 된 애들도 많지만 어느 사이에 없어졌다가 나중에 "정치범 가족"이니 "통제구역"이네 하면서 이상하게 사라져 간 사람들도 꽤 있었다. 이런 일들이 떠올라 기관에서 찾는다고만 하면 가슴이 덜컥했다.

더구나 이젠 헤어진 지 오래 되었건만 지금토록 남편 때문에 마음을 못놓고 살아온 터라 더욱 그랬다.

나는 숨 가쁜 더위와 불안으로 타드는 목을 축일 여유도 같지 못하고 유성관의 보위부지도원으로 와 있는 행사과장의 방으로 들어갔다.

나의 예감이 틀렸다.

남편의 소식도 애들의 소식도 아니었다. 친정아버지가 돌아가신 것이었다.

"아!"

숨 막히고 뼈를 깎아내는 듯한 상실의 아픔과 그 동안 참고 견뎌왔던 나름대로의 수많은 서러움이 한꺼번에 밀려왔다. 효도해드리지 못하고 떠나보낸 아버님에 대한 죄책감이 한데 겹쳐 나는 고통의 울음을 토해냈다.

"아버지! 세상은 어찌하여 나에게 기회를 주시지 않습니까?"

오랜 세월 작품 활동을 해 오신 아버님이 과감하게 필을 꺾으신 이유는 일종의 자괴감 때문이었다. 충성할 수 없는 당에 대해 계속 거짓말을 써야 하는 당신 자신이 스스로에게 너무 비참하게 느껴졌던 것이다.

부모님이 일생을 기울여 배우고 쌓고 또 기대어 왔던 문학관은 리얼리즘에 충실하자는 것이었다. 그 리얼리즘이 어느 날 아버지를 버린 것이다.

부모님은 오래전부터 언제나 양심에 따라 현실을 직시하는 글을 쓰고자

하셨다. 하지만 이제 더는 시대가 용납하지 않았다. 아버지는 자신의 상황과 리얼리즘 원칙 사이의 충돌 앞에서 할 말을 잃으셨다. 현실을 직시하는 글을 쓰고 싶어도 당이 절대로 허락하지 않았고, 아버지는 그 모순을 이길 수 없는 인텔리겐치아의 나약함을 스스로 뼈아프게 통탄하셨다.

내가 중국 근무를 떠나기 전부터 아버님은 아프신지 오래 되었다.

하지만 아버지는 보통 때엔 언제 한번 그런 내색을 하신 적이 없으셨다. 아버지는 서재에서 좀처럼 나오실 줄 몰라 운동 가실 때를 빼고는 식구들도 얼굴을 보기가 힘들었다.

아버지는 병석에 누우신지 얼마 안 되어 식음을 전폐하셨다고 한다. 밥맛을 잃으셨다는 핑계로 식사를 거부하셨다고…….

하지만 난 아버님 성격을 잘 안다.

내 사춘기 적, 신참 탄광으로 혁명화 내려가실 당시 아버님은 생각이 얼마나 복잡하고 우울하셨을까. 하지만 아버지는 그러면서도 평양에서 피던 평양 브랜드 담배 '금강'을 못 피게 되자 구질구질하게 말아 피는 것이 궁상맞아 싫다고 단호히 담배를 끊으셨다. 그만큼 강직한 분이었다.

언젠가 내가 아버지에게 "어떤 사람들이 말하기를 전쟁은 남조선에서 일으킨 것이 아니라고 하네요. 참 아직 나쁜 사람들이 많이 있는 것 같아요." 하고 말씀 드린 적이 있었다. 그랬더니 아버지는 깊은 한숨을 내쉬면서 "그 사람 말이 맞다. 전쟁은 미국에서 일으킨 것이 아니야. 우리 쪽에서 일으켰다." 하시는 것이었다.

휴전 시에 남일 장군을 수행하여 종군기자로 군사정전 담판위원회에 참가한 적이 있었으므로 아버지는 그 모든 것을 알고 계신 산증인이셨다.

"아니 그럴 수가요?"

아버님이 요새 편치 않으시니…… 혹 잘못 말씀하시는 건 아닐까?

나는 내 귀를 의심했다.

우리는 전당 전군 전민이 태어나면서부터 "전쟁을 일으킨 미제 승냥이

놈들을 절대로 잊지 말자", "철천지원수에 복수하자"를 입버릇처럼 교육받았고 '위대한 조국해방전쟁의 승리'라는 영화를 밥 먹듯이 늘 보아왔다.

하지만 그게 전부 거짓말이란 말인가?

김일성의 회고록 〈세기와 더불어〉를 대필하였고 장편소설 〈불멸의 역사〉를 연속으로 맡아 집필한 작가 R에 대한 이야기다. 어느 날인가 R은 백두산 지대 구호나무 발굴사업과 복구 작업을 취재하고 돌아왔는데 친구들 사이에서 그 사실관계를 부정한 일이 드러났다. R은 결국 국가 보위부에 끌려가서 9개월 동안을 앉아 있다가 '조그마한 소년'이 되어서 돌아왔다.

백두산의 구호나무는 처음에 백두산 지역 청송이란 곳에서 10여 점이 발견되었는데 언젠가부터 북한 전역에서 발굴되기 시작하였다.

'천연기념물'인 구호나무들에는 이런 글들이 새겨져 있었다. "이천만 백의동포 대통운. 백두광명성 탄생!" "만민의 태양 김일성 장군. 항일의 여성영웅 김정숙 미래의 태양 백두광명성." "아 조선아, 아 민족아, 위대한 영도자를 높이 모시고 삼천리 광복하고 영원무궁 하라."

일제강점 시기, 나라의 백성들과 항일 빨치산 참가자들이 강도 일제와 맞서 싸우던 그 준엄한 시절에 김일성을 민족의 태양으로 높이 받들고 흠모하여 한자 한자 새겨 넣었다는 것이다. 이 구호 문헌들은 사방에서 발굴되어 전국을 격동의 도가니로 끓어오르게 하고 있었다.

이 일은 1941년 구소련에서 태어난 김정일의 고향을 백두산으로 못 박고 노동당의 유일 지도체제를 확고히 수립하기 위해 행해진 중앙당의 선전 캠페인의 일환이었다. 구체적 작업은 북한의 저명한 화학연구진으로 꾸려진 '1호 모심실'[17]에서 이루어졌다고 한다.

작가 R의 혐의는 전국 각지에서 1만여 점이 발굴되었다고 선전하는 이

---

17) 윗분의 위대성을 선전하고 그를 신격화하기 위해서 따로 둔 이벤트 단체

구호 문헌들의 진짜 출처를 떠들고 다녔다는 것이었다. 최고위 인물과 관련된 비밀을 감히 거론한 무도한 행위를 중앙에서 그냥 묵과할 순 없었을 것이다.

어느 날 슬며시 없어졌던 친구(보위부연행)가 집으로 돌아 왔다는 소식에 아버지는 당신 자신도 많이 아프면서도 반가움을 감추지 못하고 친구 작가의 집을 찾았다.

작가 R선생의 까칠하게 야윈 얼굴은 다 죽은 송장인 듯 늙고 초췌했다. 몸은 얼마나 꿇어 엎드려 있었는지 허리를 펴지 못했고 앙상한 뼈만 남은 작아진 체구는 열두어 살 난 아이보다 더 작았다.

R선생이 다시 햇빛을 보게 된 것은 끝까지 모른다고 버틴 덕분이었다. 이 북한의 대문호가 그렇게 버틸 수 있었던 데는 그의 꺾이지 않는 지성의 힘이 컸을 것이다. 그리고 반역자의 자식들로 낙인 찍힐 위험에 처한 가족에 대한 걱정 또한 그를 끝까지 버티게 한 힘이었을 것이다.

그렇게 가족에 대한 책임과 사랑을 다하고 나자 이 세상의 모든 것과 결별하고 싶어진 것인지 R은 아버지와 친구들의 문상을 침묵으로 영별하고 조용히 눈을 감았다.

내가 기억하는 그는 어린아이같이 천진한 분이셨다. 내가 다 자란 처녀 적에도 언제나 친딸을 만난 듯 대해주셨다. 정기 흐르는 눈동자에 환한 미소를 띠고 누가 보든 어떤 장소든 아랑곳없이 "사랑. 사랑!" 하면서 볼에다 뽀뽀를 하고 안아 주시곤 했다. 그는 어느 누구보다도 정열적이고 생기 넘치는 필력으로 온 나라가 인정하던 소설의 대가였다.

죽은 사람은 많은 비밀을 가지고 갔지만 이제 후대들도 그 많은 것을 알 때가 온 것 같다.

아들인 설홍 오빠 일로 늘 마음이 우울하던 아버지에게 친구 작가의 죽음은 커다란 충격이셨다. 내가 해외출장을 떠나기 전 어느 날 어머니가 나에게 "너희 아버지가 정신이 이상하셔" 하고 말씀하셨던 생각이 난다.

"글쎄 신상옥 최은희 선생들이 남조선으로 간 것을 부러워하시더라."

아버지는 한국의 유명 감독과 영화배우인 신상옥 최은희 두 선생과 함께 시나리오 작업을 하셨는데 신상옥 선생이 무엇인가 내내 고민하는 것 같다고 늘 측은해 하셨다.

언젠가 아버지는 마치 당신 자신의 일처럼 마음 아파하시면서 이렇게 말씀하셨다.

"오늘 신상옥 선생이 대성산(혁명열사릉이 있는 평양의 유원지)에 혼자 올라가 무슨 생각에 잠겨 있는 걸 보위부 애들이 붙들어 왔다. 아무리 나라에서 잘 해주어도 사람은 자유가 없으면 죽은 목숨과 같으니 정말 그분들이 얼마나 고향에 가고 싶겠느냐."

그러던 분이 이제 오히려 그들을 부러워하다니……. 아버지도 그만큼 자유가 그리우셨던 것이리라.

곡기를 끊으신지 보름 만에 아버지는 조용히 눈을 감으셨다고 한다.

나는 아버님의 영결식이 끝나고 난 다음에야 귀국하여 마지막 가시는 모습을 보지 못했다.

아버님이 남기신 원고지들을 정리하다가 여백에 낙서처럼 남기신 글귀들을 보게 됐다. 거기서 나는 아버지의 진실한 고백을 들을 수 있었다.

"우린 한평생 속아 살아왔다. 아니 속는 척하고 자신과 다른 누구를 또 속일 수밖에 없는 삶을 살아왔다. 이런 세상 더는 미련 없다."

하얗게 피었던 아카시아 잎이 아스르르 떨어지다가 어느새 흙빛으로 변하여 발아래서 우리의 슬픔을 쓰다듬는다.

스러지는 것은 천지만물의 피해갈 수 없는 자연스런 이치라 하지만 사랑하는 사람을 잃는 것은 누구에게나 죽을 만큼 힘든 아픔을 만들어 낸다.

오빠 설홍

"네 오라비가 사고만 저지르지 않았더라도 내가 주나랑은 산골로 안 보냈어. 네 아버지가 애들을 얼마나 좋아하셨는데……. 어휴, 이 할미가 죄인이다. 너하고 약속을 지켜주지 못했구나."

아버님을 잃은 슬픔도 견디기 힘드신데 어머니는 오히려 나에게 미안한 마음을 감추지 못하신다.

사연인즉 이러하다.

오빠 설홍은 평양에서 열리는 전국미술작품전시회에 출품했던 유화 "민주의 봄"이라는 작품에서 일등상을 받고 북한에서 최고 훈장인 국기훈장 제1급을 수여받았다. 이에 힘을 얻은 오빠는 우리나라 최초의 부르주아 혁명을 일으켰던 김옥균의 갑신정변을 주제로 대형그림 "삼일천하"를 그려서 세상에 내놓았다.

하지만 이것이 문제가 되었던 것이다

북한에서 교육하는 김옥균은 조선의 안정과 흔들리는 조선을 지키려고 노력한 흥선대원군도 함께 객관적으로 논술하는 한국 학계하곤 달랐다.

북한의 역사 교과서들은 김옥균이 우리나라 근세의 여명기에 자본주의 침략으로부터 조국의 독립을 지키고 부강하고 문명한 새 조국을 건설하기 위해 봉건적 낙후성을 제거하려 한 첫 부르주아 운동을 지도한 애국자이며 진보적 정치 활동가였다고 평가한다. 그리고 그의 사상과 활동은 당시 가장 선진적이었으며 애국적인 지향이 일관되어 있었다고 말한다.

또한 김옥균의 활동은 19세기 후반 우리나라 사회발전의 합법칙성을 반영하여 선진적 사회세력의 이익을 대표함과 동시에 민족의 이익을 수호한 것으로 애국적이고 진보적인 역사적 지위를 확고히 차지하고 있다고 설명한다. 그리고 그가 시작한 개화운동은 그 후 부르주아 민족운동이 줄기차게 이어지는 데 크게 이바지했다고 평하고 있다.

이런 교육을 받아 온 만큼 오빠는 당연히 김옥균에게 매우 긍정적이었다. 나는 오빠가 어려서부터 김옥균에게 매료되어 있었다는 것을 잘 알고 있었다.

오빠는 그처럼 김옥균의 열렬한 팬이었던 까닭에 시간만 나면 틈틈이 김옥균을 스케치하곤 했는데 놀라운 것은 오빠의 그림 속에 나타난 김옥균과 설홍 오빠가 많이 닮아 있다는 것이었다.

한번은 오빠의 그림 중 김옥균이 과거에 급제하여 당시의 사각모자를 쓰고 있는 초상화가 보았는데 마치 오빠 설홍을 보는 것 같았다. 화가들은 자기랑 닮은 사람들을 좋아하는지도 모르겠다고 생각했을 정도였다. 오빠는 그만큼 김옥균에게 빠져 있었던 것이다.

어느 날 나는 오빠에게 김옥균을 왜 그렇게 좋아하는가 물었다.

오빠는 자기가 알고 있는 김옥균을 자세히 설명했다.

흥선대원군과 김옥균의 관계는 한마디로 말해서 원수와 같았다는 게 오빠의 설명이었다.

흥선대원군은 고종이 왕위에 오른 뒤 조선 후기의 세도정치를 이끌었던 안동 김씨 가문을 모두 쫓아냈는데, 김옥균도 이 가문의 사람 중 한 명이었다고 한다. 때문에 김옥균은 홍선대원군과 매우 사이가 좋지 않았는데 그는 놀랍게도 자신이 주도했던 갑신정변 당시 임오군란 때 청으로 납치된 홍선대원군을 돌려보낼 것을 요구했다는 것이다.

그 당시 주위의 많은 사람들은 김옥균의 행동을 이해하지 못했다는데 이에 대해서 오빠는 진지한 표정으로 설명을 계속했다.

"김옥균은 이렇게 말했지. '대원군은 나의 원수와 같다. 그러나 그는 우리나라 국왕의 아버지이다. 그렇기 때문에 그가 다른 나라에 잡혀가 있는 것은 나라의 치욕이다'라고 말이야."

개인적인 원한보다도 나라의 위신을 더 생각한 그의 모습은 그의 사람됨과 애국심이 얼마나 진실하였는지를 잘 보여주고 있다는 얘기였다.

어려서 양부를 따라 강릉에 가서 서당에서 율곡학풍의 영향을 받으면서 공부한 김옥균은 어려서부터 재주가 뛰어나서 학문뿐만 아니라 문장·시·글씨·그림·음악 등 예능부문에서도 탁월한 소질을 발휘하였다고 한다.

그 뒤 김옥균은 박규수의 사랑방에서 여러 청년들과 함께 새로운 사상들을 배우게 되었는데, 1870년대 당시였던 그때가 바로 오경석, 유홍기, 박규수 등에 의하여 우리나라의 근대적 개혁을 위한 개화사상이 형성되기 시작한 시기였다고 한다.

오빠는 김옥균을 말할 때 언제나 어떤 죽고 못 살 연인의 얘기라도 하듯 열정적이고 흥분되어 있었다.

"김옥균도 바로 그 시기에 조선을 개화시키려는 생각을 가지게 되었대. 나는 김옥균이 〈치도성〉 〈회사설〉 같은 개화도서를 많이 저술한 중에 이런 것은 참 맘에 들었어."

"……. 지금 서양 각국에서는 회사를 설립해서 상업을 장려하지 않는 나라가 없으니 이것은 나라의 부강을 이룩하는 기초가 되는 것이다……. 그러나 우리나라는 상업이 출현한지 4천여 년이나 되었다고는 하나 다만

한 사람이 홀로 팔고 홀로 바꾸는 경영방식만 알았지 끝내 많은 사람들이 모여서 토의하고 운영하는 방식을 모르고 있다. 이 때문에 오래전부터 상업이 왕성하지 못하고 국세(國勢)를 떨치지 못하였다……."

오빠는 말을 이었다.

"나는 김옥균의 개화설은 아직도 유효하다고 봐. 아직 우리나라는 이조 봉건시기에 흥선대원군이 하던 쇄국정치에서 벗어나지 못하고 있으니 말이야. 만약 그때 김옥균 등이 일으킨 부르주아 혁명인 갑신정변이 삼일 천하로 끝나지 않고 뜻을 이루었더라면 우리나라는 지금 혹시 서구 문명들을 많이 받아들였을지도 몰라. 지금처럼 입헌군주제 같은 쇄국정치를 계속하고 있진 않을지도 모르지."

위험한 발상이긴 하지만 설홍 오빠는 정치가가 아니었고 어디까지나 동생을 믿고 그냥 하는 말이었다. 그것은 내가 단언할 수 있다.

천재적인 재능이 있었던 오빠는 어느 나라 노래도 한번만 들으면 다 알았다. 오빠는 오직 그림과 음악밖에는 모르는 사람이었다. 북한의 예술가라면 누구나 부러워하는 평양 만수대 창작단의 잘 나가는 일류 창작진의 과장으로 승진되었을 때마저도 자신은 그런 것은 안 바란다고 아무런 책임 없이 그림이나 실컷 그리며 살았으면 좋겠다고 했었다.

음악을 틀어놓고 한창 그림을 그릴 때 보면 물감 묻힌 붓을 입으로 빨고 새언니가 금방 다려준 청바지에 붉고 푸른 컬러 붓을 쑥쑥 문질러대며 오직 작품세계에만 빠져 지내던 오빠였다. 그런 오빠가 윗분에게 큰 심려를 끼쳤다고 가택 수색까지 당하다니, 정말 오빠를 잘 아는 사람들이라면 누구나 앙천대소할 일이 아닌 듯싶다.

자기들이 교육하던 교과서의 단어지만 "개혁" "군사정변" 이런 개념들은 부담스러웠던 것일까? 개혁과 관리들인 박규수와 오경석, 유홍기, 김옥균, 서광범, 홍영식 등 인물들과 함께 갑신정변을 그린 오빠의 대형 작품에 그런 개념들이 나타난 것을 보는 순간 중앙당 간부들은 머릿속이 어지러웠을지도 모르겠다. 아마도 나라가 고난의 행군을 진행하는 힘든 시기라 '윗분'의 심기를 몹시 건드리고 불안하게 만들었을 수도 있겠다.

언제나 긍정적으로만 전해지던 그 옛날의 김옥균 이야기가 어느 날 갑자기 누구에게 군사정변이라도 부추긴다는 것인지…… 그런데 사건은 그것으로 끝나지 않았다.

창작가 김설홍을 대상으로 사상투쟁 대논쟁회를 열고 그의 집을 가택수색하라는 명령이 떨어져 우리 친정은 벼락을 맞은 것처럼 수라장이 되었다.

그 와중에 오빠가 〈민주의 봄〉을 그릴 때 모델을 섰던 유명 영화배우 장신영의 나체 신을 그린 스케치북이 발견될 줄이야…….

오빠가 대학공부 할 때 오빠의 교수들은 우리나라에서는 아직 허락되지 않지만 진짜 화가들은 인체해부학 공부도 많이 하고 나체 신도 많이 그려 보아야 한다고 강의했다. 작품에 등장하는 캐릭터들의 심리 묘사도 중요하지만 인체를 잘 아는 것도 아주 중요하다는 취지였다.

순수 그림공부를 선택한 오빠에게 있어서 이것저것 규정이 많은 나라의 제한은 참으로 받아들이기 어려운 것 같았다.

남녀를 떠나서 어른 아이 할 것 없이 누구나 벗었다 입었다 하는 게 사람의 자연스러운 삶이다. 벗은 몸도 많이 그려 봐야 그 위에 옷을 입혀놓았을 때도 신체와 근육의 개성을 자연스럽게 살릴 수 있을 것 아닌가?

하지만 총각인 오빠에게 누가 누드모델을 서줄 리는 없었다. 그래서 오빠하고 한 집에서 자란 내가 학생 때 우리 오빠의 유일한 반라신의 모델이었다.

그냥 브래지어에 자리옷 차림으로 잠자리에 들려고 소설책을 뽑아들고 침실에 누워버리면 오빠가 따라 들어와 "잠깐!" 하고는 스케치북을 꺼내들고 속사를 하곤 했는데 내가 조금 기분이 좋으면 장시간 소묘도 허락했다.

하지만 오빠는 나를 보면서 17~18세 난 중등반의 어린 소녀가 아니라 늘 다 성숙한 여성상으로 그려 놓았고 왠지 모르게 미인을 만들곤 했다.

그러는 오빠에게 아버지가 하시는 말씀이 있었다.

"우리 설홍이는 사람을 예쁘게 그려내는 재주가 있어. 하지만 너무 미화 분식하는 것도 사실주의 작품으론 단점이 될 수도 있다. 그리고 여기 그림의 이 애는 얼굴은 설아인데 몸은 25살 처녀처럼 그려 놓아 너무 숙성해 보여. 더 진실하게 묘사할 순 없겠니?"

그들 사이에 어떤 일이 있었는지는 알 수 없었다.

장신영은 말하자면 '위에서 아끼는' 배우였다. 영화 〈바닷가 처녀〉 〈담임선생님〉 등을 비롯해 연속 10여 편의 여주인공역을 맡아 하여 금방 뜨기 시작한 그 여배우를 모델로 작품을 남기려면 중앙의 허락이 없으면 안 되는 일이었다.

오빠는 평시에 김일성이나 김정일을 그릴 때 몸은 다른 사람이 그려도 얼굴만은 전담할 만큼 비중이 있는 화가였다. 그래서 '위에서 아끼는' 그 여배우를 모델로 하는 것도 이미 허락돼 있는 것이나 다름없었다. 그런데 스케치할 때 궤도에서 '조금' 벗어난 게 문제였던것 같았다.

"하지만 설마요……."

놀라는 나를 바라보시며 어머니가 말씀하셨다.

"국가 미술전람회에서 일등 한 너의 오라비 그림 〈광주의 봄〉이 남조선 애들의 광주사태를 주제로 삼지 않았냐. 애인이 잡혀가는 것을 따라가며 외치는 여대생을 경찰이 폭행하는 장면을 그리느라 모델을 세우면서 스케치를 좀 한 것 같은데, 연필 소묘가 몇 장이 문제가 있나 보더라."

"옷이 막 벗겨지고 찢어지고 하는 그런 모습들을 그리면서 그리는 도중에 이 옷 저 옷 갈아입히다 보니 그리고도 싶었겠지. 다 벗은 것도 아니고 허벅지가 조금 보이고 팔이나 좀 드러난 걸 가지고 소란을 떨었어. '윗분'의 기분을 맞추려니까 간부들도 너희 오빠에게 그렇게 할 수밖에 없었는가 보더라."

어머니는 오빠를 탄광으로 보내며 언젠가 남편을 탄광으로 보낼 때와 똑같이 인생 두 번째로 맞게 된 폭풍에 몸서리를 치셨다고 한다. 그런데 어머니도 힘드셨을 테지만 앓고 계신 아버지에게 아들의 몰락은 더욱더 큰 충격이셨을 것이라는 생각에 나는 다시 한 번 가슴이 먹먹해졌다.

더욱이 배급을 하나도 안 주는 그 세월에 아들 식구까지 없히게 되니 재정적으로도 힘드셨을 것이다. 딸이 맡기고 간 외손주들인 주나 여나 서의에 아들의 손자 서현까지 있었다. 어린 것들이라도 굶기지 말아야 했기에 딸의 본사에서 보내는 입쌀은 강냉이와 1:2로 바꾸고 애들만 입쌀을 먹이고 어른들은 옥수수죽으로 끼니를 때웠다.

부모님은 그러면서 가장 집물을 팔아 돈을 마련하여 아파트 아래 물건이 없어 놓고 있는 국영식료상점의 조그마한 칸을 세 내었다고 한다. 그나마 '조국전쟁' 시기 종군한 군인기자 출신 노병들에게 나라에서 살 수 있는 대책을 마련해준다고 우선 대여해 준 것이었다.

한 쪽은 물건은 별로 없지만 국영식료품 상점을 그냥 운영하고 옆 칸에 매대를 만들었다. 그런데 이것을 새언니 옥성에게 경영하라고 한 것이 어쩌다 또다시 연속 사고를 내버렸다.

그날은 비가 오는 흐린 날이었다.
어머니는 집에서 만두를 해서 며느리가 있는 상점으로 팔라고 가져다 주고는 일찍 집으로 들어오셨다.

날은 저물고 손님도 뜸했다.

그 즈음엔 어둠이 깃들면 자주 정전이 되고 길가엔 가로등 하나 켜진 곳이 없이 캄캄했다.

여자 손님들은 때 끓일 것도 없는 집이지만 서둘러 들어들 갔고 어쩌다 매대에 들린 손님들이라야 남자들뿐이었다. 그들은 선 자리에서 선술 한 잔에 꼬치안주 한 개로 저녁을 때우고 매점 주인과 쓸데없는 말을 건네다가 하나둘 사라져 갔다.

새언니는 친정아버지가 몇 해 전 러시아에 출장 갔다 사다준 아끼는 노란 티셔츠를 아직도 재킷 안에 받쳐 입고 다녔다. 줄거나 늘지 않는 품질이 꽤 좋은 옷이었다. 2중으로 단추를 잠그는 보랏빛 재킷 안의 티셔츠가 그의 성격과 어울리지 않은 부드러운 몸맵시를 한층 돋보이게 하여 귀티를 물씬 풍겼다. 하지만 일견 보이는 외모답지 않게 침울한 모습이 나빠진 심사만은 어디 감출 데가 없는 것 같았다.

아버지의 덕분으로 의사가 되었지만 그 즈음엔 의사도 해먹긴 힘든 세월이라 너무 한스러운 옥성이었다.

무상치료제의 혜택으로 병이 나도 근심걱정 없던 세월은 갔다. 약품이 하나도 없는 병원으로 환자가 오면 처방만 해주고 약은 환자가 알아서 사 먹어야 했는데 국영약국은 약도 없어서 모두 장마당으로 가버렸다.

약이 없어 치료하지 못하는 병원에는 환자들의 발걸음이 뜸해졌다. 그래도 위험한 환자들은 돌봐야 했지만 약을 뒷거래로 팔아먹는 자들이 있었다. 그런 수완 좋은 양아치들이어야 돌팔이 의사질이라도 해먹고 살 수 있었다. 새언니는 배급을 밀려서 주는 시절에 병원에만 있을 수 없어 저녁에는 시어머니를 도와서 아파트 식료상점에 가게를 보았다.

새언니가 언젠가 왕진 갔다가 돌아오느라 지하철에서 나오던 때였다고 한다. "아지미, 좀 주세요" 하는 거지의 불쌍한 음성이 들려 눈을 주는데 아뿔싸 새언니의 대학 시절 담임교수님일 줄이야…….

제자를 알아보지 못하는 선생님에게 아들 서현에게 주려고 빵 몇 개 사 넣었던 꾸러미를 던지듯 주어 버리고 허겁지겁 달려오던 생각을 하면 지금도 마음이 쓰리다고 했다.

옥성은 생각할수록 이 집에 시집온 것이 후회가 됐다. 천사인 척하면서 재일 귀국민에게 시집갔던 애들 고모가 애를 셋씩이나 낳아서 데리고 몰려와 애들을 시어머니에게 맡기고 중국에 외국 파견근무 가버린 것도 정말 화가 나서 참을 수 없었다.

그런데 이번엔 누구나 부러워하던 남편마저 기대를 저버렸다.

졸지에 남편을 탄광으로 보낸 옥성은 우울한 마음으로 고객을 기다리며 창밖을 내다보고 있는데 성격만큼이나 더더욱 울분으로 참을 수가 없었다.

"어떤 녀석이 잘나가는 남편을 시샘하여 배가 아파서 장군님에게 꼬아바친 거야. 그렇지 않다면 그 많은 작품 중에 하필 서현 아버지 작품이 뭐라고. 다 지난 옛날 사화를 그린 것인데 그게 무슨 장군님을 반대하는 쿠데타를 말한다는 게 뭔 소린가……. 아이고, 가슴이야……."

언니는 한숨을 푹 쉬고는 매대에 얹어두었던 평양 인삼주를 꺼내서 한 잔 따라 마시고 오징어 다리를 쭉 찢어 질겅질겅 씹으며 혼자서 또 푸념을 늘어놓았다.

"아니 내가 매일 벗고 모델 서주었는데 어느새 남의 처녀를 그린다고 사고를 쳤담. 얼굴만 그 애를 쓰고 나를 그리면 되지, 애이고 여자 몸이란다 거기서 거긴데. 참 사고치려고 환장을 한 게지……. 싸지 싸! 아니지. 내가 먼 생각을 하노. 그 년이 꼬리쳤을 거야. 우리 그이처럼 고지식한 사람이 그럴 리가 있을라구."

옥성은 생각할수록 미운 사람뿐이었고 어쩌다 가정이 이 꼴이 됐는지 알 수가 없었다.

지나가던 인민군 군인 두 사람이 가게로 들어왔다.

"술 있습니까?"

"그래요."

"여기서 마시고 갈 수 있어요?"

"오래 앉아 마시는 것은 옆에 골목으로 조금 돌아가면 은하식당이라고 있어요. 아직까지 열었는지 모르겠네요. 여기는 매대라 선술만 고뿌(컵)로 파는데요. 잠시 마실 수는 있어요."

"아 그래요. 그러면 뭐, 서서 마시죠."

그들은 처음에 선술을 두어 잔 마시더니 지갑에서 100원짜리 김일성 초상화가 있는 빨각거리는 지폐를 두 장 꺼내어 새언니에게 내 놓았다.(그때는 백 원짜리가 제일 큰 지폐였다.)

손님들이 매대에 놓인 만두를 좀 끓여 먹을 수는 있는가 했다.

기분도 꿀꿀했던 김에 날씨도 쓸쓸하여 이제 더 올 손님도 없을 것 같고 그만 매점을 닫아야 할 것 같았다.

"그럼 여기 들어와서 드세요."

새언니는 매점공간에 놓인 상 위에 전기히터를 켜고 그 위에 냄비를 올려놓고 끓는 물에 만두송이들과 꼬부랑 국수를 두어 사리 넣어 끓였다.

그들에게 먹으라고 권하고는 물끄러미 창밖을 내다보노라니 저기 어둠 속처럼 캄캄한 곳에서 고생할 떠나간 남편이 또다시 어른거렸다.

……. 저녁은 드셨을까?

그때 군인들이 "누나 고맙습니다." 하고 인사를 건넸다.

"뭘요."

"누나도 한잔 하세요."

군인들은 술을 한잔 따라서 그에게 권했다.

마음이 울적하던 차라 옥성은 못이기는 척하고 받아 마셨는데 어느새 가버렸는지 군관들은 가고 없고 새언니는 덮쳐드는 졸음을 이기지 못하여 눈을 비비고 가게 문을 안으로 닫아걸었다.

거기까지였다.

새언니는 그 다음은 전혀 생각나지 않는다고…….

아침에 누가 흔들어서 깨어나니 햇빛 때문에 눈을 뜰 수가 없을 정도로 날이 개었다. 그런데 상점 마당 앞에 웬 사람들이 많이 모여서 웅성거리고 가게 안에 안전(경찰)복을 입은 사람들이 구두를 신은 채로 가게를 왔다 갔다 하고 있었다.

가게 꼴이 엉망이었다.

'웬일일가? 무슨 일이 일어난 걸까? 나는 왜 또 여기서 자는 걸까.'

당황한 옥성에게 안전원(경찰)이 사연을 알려 주었다.

가게에 도둑이 들었는데 기름을 바르고 창을 유리칼로 떼어낸 걸로 봐서 이미 계획된 강도가 틀림없다는 얘기였다.

매대에 차려놓았던 물건들을 다 쓸어갔는데 마침 비가 온 뒤여서 포장 안 한 흙바닥 마당에 군인 지프차 바퀴 자국이 선명했다.

매점 서랍에서 그날 팔았던 돈을 몽땅 훔쳐가고 국영 상점 물품까지 몽땅 실어 갔으니 이제 변상하는 것은 새언니와 우리 집안의 몫이었다.

후에 조사한 바에 의하면 언니가 먹었던 술잔에는 마취제가 들어 있었다.

30

연극이었으면 좋겠다

　국민의 생활은 더더욱 영락되었고 집집마다 식량 사정으로 여전히 사람들이 굶어 죽어 나가고 있었다. 식량난이 내가 떠날 때와 달리 전국으로 더 확대되어 가고 있었던 것이다.

　공장들은 다 문을 닫았고 굴뚝에서 연기 나본 지 오랜 공장들이 많았다. 수해나 가뭄으로 농촌에는 흉년이 들었지만 국영농장과 협동농장들에서는 농사가 안 되어도 대책이 없었다.

　일하고 싶어도 배가 고파서 일을 할 수도 없었지만 농민들은 자기 밭이 아닌 까닭에 집단 노동에 열심일 리가 만무했다.

　모두들 양심을 집구석 선반 위에 얹어 놓고 흑심만이 시내를 떠돌아다니는지 인심은 날이 갈수록 각박해지고 사기와 절도 강도 살인이 다반사로 사회에는 온통 불량한 소식만 떠돌고 있었다.

　집집마다 실직자들이 득실거리고 "너의 집사람 직장이 어디여?" 하고 물으면 "생활전선"이라고 대답했고 "그게 어딘데?" 하고 물으면 "장마당"이라고 대답하는 웃지 못할 유머들이 등장했다.

전 국민의 직업이 점차 꼭 같이 '장사꾼'으로 전락되어 갔는데 좀 고상하게 말하면 '상업전문가', 더 분위기 있게 말하면 '비즈니스'를 하고 있는 셈이었다. 그 밖의 직업을 가진 사람들은 갑자기 맞은 세월의 폭풍 속에 설자리를 잃어갔고 재빨리 적성을 바꾸지 못하고 적응하지 못하는 사람들은 서서히 사라져 갔다.

평양 지하철과 기차역 등 그곳이 바람을 가릴 수 있는 곳이면 어디나 이전엔 보지 못하던 거지들이 그득그득 했고 거리마다 물건을 파는 사람보다 물건을 빼앗는 사람이 더 많았다.

물건을 사기 당하거나 빼앗기고 주저앉아 울부짖으며 악쓰는 아낙들의 통곡소리가 거리를 메우고 다행히 날치기를 붙잡은 장년들이 쫓아가며 구타하고 그를 피해서 도망가는 거지 아이들의 아우성소리가 거리를 메웠다.

거리마다 얼굴만 하얗게 분칠을 하고 빨간 입술을 쫑긋거리는 여인네들이 떡과 튀김 빵 등이 담긴 조그마한 대야들을 함박꽃 이불거죽을 찢어 만든 붉고 푸른 보자기에 싸안고 나왔다. 길 가는 행인들은 아줌마들이 땟물이 흘러 자박하게 빤들거리는 치마폭에 쓱쓱 문지른 더러운 손으로 먹을 것을 팔아도 마다하지 않았다. 그들은 꼬깃꼬깃하고 휴지로도 쓰지 못할 것 같이 너덜너덜해진 돈 조각들을 주고 하나씩 집어 먹으며 빈속을 달랬다.

이 손에서 저 손으로 침 바른 손으로 셈을 센 돈들이 옮겨 다녔다.

더러운 균들이 퍼져 이 지방 저 지방 할 것 없이 똑같이 파라티푸스라는 대장염을 앓고 쓰러진 환자들이 넘쳐났다. 열이 41℃를 넘나드는 쥐병 열병으로 죽어나가는 사람들 덕분에 테라마이신과 중국서 강 건너온 '푸른 감기약과 정통편'[18] 장사꾼들이 살길이 났다. 술이 사람을 잡아먹는다

---

18) 한 때 유행한 것으로 파라티푸스 등 전염성 발열 두통의 해열약으로 사용. 그 두 가지와 대장약 테라마이신만 가지면 무슨 병이든 다 치료했음.

고 하더니 약이 사람을 먹는 세상이었다.

조금 큰 장사로는 뒷골목들에 몸을 숨기고 술과 담배를 파는 드센 아낙들의 경우가 있었다. 그네들은 사람이 둘 들어가고도 남을 만큼 허리가 넓은 점퍼를 둥실하게 둘러 입고 그 안 바지 괴춤에 술병을 다섯 여섯 개 심지어는 열병씩 감추고 있었다. 그리고 가슴과 겨드랑이 속에 국경지역에서 온 가방에서 서로 나누어 넘겨받은 여과담배 등을 속속 감추고 있었다.

모두가 군대의 사령관이나 중앙당 간부나 된 듯 뚱뚱해진 몸매에 폼을 잡은 모습이었다.(뚱뚱하고 배 나온 사람들을 선호하던 그때는 몸이 좋은 간부들의 모습을 무척 부러워하고 있었다.) 그러고는 허파에 바람이 가득 든 그나마 힘이 센 젊은 축들을 유혹했다.

어디선가 비사회주의 현상을 타격한다고 무슨 '64구루빠'라는 암행어사들이 갑자기 나타나서 골목마다 줄을 서있는 여인네들의 허리와 몸을 툭 치고 만지며 사정없이 낚아채고 수색을 벌였다.

물건을 빼앗고 빼앗기지 않으려는 아비규환의 아우성이 하늘을 꽉꽉 메우는데 인정사정없는 대형화물차들이 나타나 아줌마들에게서 빼앗은 물건들을 가득 실었다. 그리고 거기에다 이제 허리춤을 털어놓아 휑해지고 날씬해진 울음보따리들까지 가차 없이 처싣고 민족보안성 산하의 강제노동단련대로 먼지바람을 일으키며 질주했다.

그렇게 잡혀가면 경중에 따라 1개월에서 6개월까지 집에 돌아가지 못하고 강제 노동으로 혹사당했다. 돈이 있는 가족들은 안전부에 돈을 주고 무사히 빠져나오고 돈이 없는 사람들은 죽은 시체가 되어서야 집으로 돌아왔다.

하지만 이런 고통쯤은 웬걸, 오히려 면역예방주사를 맞은 양 더더욱 우악스러워진 축들이 그 치마폭에 더 많은 것들을 숨기고 언제 그런 일이 있었던가 싶게 나타났다. 그들은 찢기고 얻어터진 얼굴들에 하얗게 분칠을 하고 버젓이 장마당에 다시 나왔다.

어려운 세월일수록 그 짓거리는 더 성행하는 것 같았다.

장사물건을 다 빼앗기고 속절없이 굶어 죽게 된 남자들은 이제 처자를 거느릴 능력이 없었다. 맛 나는 것만 골라 먹으며 애지중지 키우던 눈에 넣어도 아프지 않을 사랑하는 어린 것들이 흩어져서 산으로 들로 먹이를 찾으러 집을 나갔다.

이제 메뚜기든 잠자리든 혹은 개구리는 고급이었다. 소나무 피나무 껍질을 벗겨서라도 쑥떡처럼 알뜰히 해먹이던 어머니들의 손길도 이제 멀어져 가고 고아들과 꼬제비[19]들이 거리를 메웠다.

채소밭에 가을바람이 불어와 떡잎이 진 가을배추들을 주워 갔다. 빨간 땅속에 꽁꽁 얼어붙은 배추 뿌리들만 만나도 너무 기쁜 실정이었다. 벼뿌리를 갈아 국수를 해먹는 가정도 있더니 드디어는 나라에서 대용식품경연까지 열렸다.

귀국하는 날 열차에 머무르면서 본 북방도시가 생각났다.

그날 우리나라 최북단을 출발한 두만강호는 새벽에 철의 도시 한복판인 K역에 도착하여 온종일 떠날 줄을 몰랐다. 그곳에는 인민군 19군단 064군 부대가 자리하고 있었는데 그 전날 그곳 정치위원이 반역을 해서 끌려온 그 가족들을 수송하느라 온 시내가 뒤숭숭해 있었다.

밤 10시에 군단을 전격 봉쇄하여 반역자들을 전면 포위 소탕했고 그 가족들을 '소개'했다.

바람 부는 K역의 새벽은 스산했다.

K역 부근을 전면 통제하고 사면이 꽉꽉 막힌 석탄차량으로 아녀자들을 쓸어 넣었다. 아들과 한 집에 살던 희끗한 머리에 목이 꺼칠한 노인들이 웬 봉변인 줄도 모르고 자리옷 바람으로 새벽바람 부는 K역에 끌려와

---

19) 어린 거지

몸을 떨고 있었다. 머리를 풀어 헤친 군관들의 젊은 부인들 중에는 임신부들도 있었다. 차량에 오르지 않겠다고 몸부림치며 남편을 부르는 임신부들의 배를 구둣발로 올려 차고 무서워 어쩔 줄 모르고 엄마 치마폭에 매달리는 어린애들을 들어서 검은 석탄차량 위에 올려 던지고 차량 문들을 사정없이 닫았다.

이제 아무것도 보이지 않는 캄캄한 곳에 갇히게 된 그들은 운명의 기차를 거꾸로 타고 어디로 떠나갔을까……. 그들이 남기고 떠나가던 슬픈 통곡소리와 바람에 날리던 쓰레기들이 아직도 기억 속에 생생하다.

나라의 사정도 안타까운 것이지만 그보다 더 안타까운 것은 우리 집 사정이었다.

나라에서 배급을 전혀 주지 않았으나 내가 외국에서 근무하는 동안 부서에서 보내준 쌀과 적지 않은 외국물품 덕분에 우리 친정식구는 다른 집들만큼 그렇게 굶지는 않고 있었다. 하지만 남편을 먼저 떠나보내신 어머니는 이제 기운을 잃고 있으셨다.

이전에 어머니는 정신적으로 아주 건강하고 현명한 분이셨다. 어머니는 김일성의 후처인 김성애의 수행기자를 오랫동안 담당하셨다. 그래서 곁가지라며 밀려났던 다른 많은 사람처럼 어머니도 다시 당의 신임을 받기 위하여 평생을 충실하게 살아 오셨다.

집체작이었던 대형 명작 뮤지컬을 창작하는 데 많은 기여를 한 공로자였지만 이제 나이도 있어 나라에서 쓰라는 글을 쓰면서는 먹고 살기가 힘드셨다. 노병대회요 기자대회요 하면서 선물로 타온 텔레비전, 카세트 등이 있었지만 공로보장금이 6개월째 밀려서 안 나오고 있어 궁핍을 메우기에 역부족이었다.

언제나 우리에게 밝고 명랑한 힘을 주시고 즐겁게 살 수 있도록 긍정적인 메시지를 안겨주시던 어머니도 이제 얼굴에 깊은 주름이 잡혀 있었다.

한평생 늘 젊을 것만 같던 어머니의 머리가 어느덧 희어지셨다. 얼마나 펜을 쥐시고 오랫동안 책상머리에 몸을 숙였는지 등허리도 다 휘셨다. 그 휘어진 등허리 너머로 남편을 잃은 슬픔을 참느라 소리 없이 흘러내리는 눈물을 닦으시는 어머니를 무슨 말로 위로해 드려야 할지 알 수 없었다.

옆방에서 훌쩍거리고 있는 새언니를 달래 줄 힘도 없었다.
그렇게 살아 보려고 심악스럽던 올케언니가 아들들인 나의 어린 두 조카 영현과 서현을 끌어안고 슬프게 울고 있었다. 시아버지 장례식차 평양에 올라왔던 남편을 또다시 지방탄광으로 떠나보낸 슬픔에다 앞으로 도둑 맞은 가게 빚 물어낼 일도 답답하였으니 오죽했으랴.

하지만 내 일이 더 답답하니⋯⋯. 오히려 애들 옆에 있는 그녀가 부러웠다⋯⋯.
그렇다고 애들을 찾아서 다시 데리고 들어올 용기도 이제 없었다.
'서로 울고불고 얼굴을 붉히고⋯⋯. 아, 이제 다 지겹다.'
가족이란 서로에게 편하고 의지가 되고 힘이 되어줄 수 있는 안식처인데 오히려 서로에게 짐이 되어가고 피의자가 되어가는 느낌 때문에 친정 식구는 서로가 말을 아끼고 있었다.
울적한 공기가 오래도록 집안에 그림자를 던지고 있었다.

귀국한 나를 결정적으로 아연하게 만든 것은 애들이 친정에 없는 것이었다.
내가 귀국하기 전 무하가 찾아와서 애들을 데려갔다는 것이다. 아버지가 많이 앓고 계셨으니 말리지 못하고 손자들을 떠나보낸 할머니 심중이 이해되어서 더 아무 말도 할 수 없었다. 게다가 어찌 보면 애들의 아버지가 애들을 데려가는 것도 당연한 일 아닌가.

그런데 문제는 이미 내가 가정을 잃었다는 사실이었다.

무하와 영신이 또 만났다는 것은 별로 놀랄 것이 없었지만 그들이 그렇게 함께 가정까지 이룰 줄은 생각지 못했다.

나는 무하가 세상을 방황하며 집에 돌아오지 않은 긴 세월 동안 나름대로 최선을 다했고 차마 부끄러워 회상하기조차 역겨운 치욕을 겪으면서까지도 가정을 지켜내려 했다. 하지만 가정을 지키지 못한 데는 내 책임도 없지 않았던 것 같다. 나는 나름대로 잘해 보려고 했어도 그에게 나라는 존재는 여자 같지 않고 딱딱하고 차갑게만 느껴졌는지 모른다.

무하는 강원도에서 이혼하고 찾아온 영신을 다시 만났다.

무하의 가족들이 있는 북계리, 그들이 처음 만났던 그곳. 그들의 사랑이 싹트던 그곳에서 그들은 다시 재회하였다. 호- 질기다.

부부 중 한사람이 간통하거나 범죄사건을 저질러 감옥 가는 일이 없는 한 이혼할 수 없는 것이 제도화되어 있는 세상이었다. 그런데 너무하다. 아무리 서로에게 서운한 것이 많다고 해도 마누라가 시퍼렇게 살아있는데 아무런 통고도 없이 정리도 하지 않은 채 제 맘대로 같은 하늘 어딘가에서 다른 여자와 살아 버리다니.

우리 주나 여나와 서의…… 이렇게 세 아이 그리고 충이까지 네 아이를 가진 새 가정이 그들에게 새로 생겼다.

거기에 내가 가서 끼어들 자리는 없었다.

아! 내 아이들이 보고 싶다.

얼마나 사랑한 아이들인가?

큰 애 주나를 가졌을 때 나는 햇빛을 받아 핑크빛으로 눈부시게 광채를 뿌리는 토실토실한 새끼돼지를 꿈에 보았다. 그것을 안고 먹이를 주는데 얼마나 사랑스럽고 예뻤는지 모른다. 생각만 해도 행복해진다.

그 애를 업고 다닐 때 나는 다른 엄마들도 다 그렇듯이 그 애가 알아들기라도 하는 것처럼 사랑이 폭 담긴 목소리로 속삭이곤 했다.

"주나야. 엄마는 이 세상에서 주나를 제일 사랑한단다." 하고……

우리 여나는 또 어땠는데……. 남편과 폼 나는 까만 스포츠카를 타고 신나게 드라이브를 하는 꿈을 꾸었다.

아침이슬에 반짝이는 산기슭으로 난 아름다운 길을 따라 달리다가 푸른 냇가에 다다르자 흰 토끼 한마리가 붉은 루비같이 아름답고 투명한 눈을 슴벅이며 나의 품에 스스럼없이 안겼을 때……. 아, 그 보드라운 그 느낌이란……. 잠에서 깨어난 나는 주위를 둘러보고 나에게 둘째가 찾아왔던 신선하고 상쾌한 아침 향기에 감사했다.

무척 아들을 바랐지만 인생을 살아온 선견지명이 있는 사람들은 누구나 그 애를 여자애라고 했다. 그러나 배에 들어선 날부터 그 애는 이미 나의 맘을 사로잡았다.

"누가 뭐래도 아무리 힘들어도 엄마가 너를 지켜줄 거야" 하고 고집스럽게 낳던 애가 또 딸이어서 시집식구들을 실망시켰다. 그래도 남편은 둘째를 더 귀여워하는 것 같았고 사랑하는 방법이 나름대로이고 좋아하는 표현이 남달랐다. 그이가 친구들을 불러다 술을 마시고 무연탄을 돌보지 않아 산모와 어린애가 함께 질식해 병원에 실려 간 일도 엊그제 같다.

그런데 어느 날 또 셋째가 생겼다.

그 애를 가졌을 때는 남자애라 태몽도 달랐다. 크고 진한 황토색의 기름진 황소가 언덕을 올라 나의 품에 안겼을 때 꿈에서 깨어난 나는 큰 황소를 전혀 무서워하지 않고 품에 안아 준 것이 의아했었다. 바로 그 애, 우리 서의가 내 뱃속에 생겨버렸던 것이다.

그 애를 가졌을 때 우리 가정은 이미 짙은 모순 속에 빠져 있었다.

앞서 얘기한 충이를 보는 순간 가정의 불안이 왠지 모르게 자꾸 나를 우울하게 했던 나날이었다. 살기도 힘든데 이 애를 지울까 하는 나의 물음에 남편은 "그러지마. 그 애는 분명 아들일 거야" 하고 자신 있게 대답했다. 그리고 말을 이었다.

"당신은 아들을 못 낳았으니 칠거지악에 해당하는 거야. 나하고 부모의 삼년상을 함께 치른 것도 아니요, 그렇게 살림 할 줄 모르는 공주과에 속하는 여자하곤 앞으로 잘 살아질 이유가 없을 거고. 게다가 친정이 있으니 갈 데 없는 여인네도 아니고. 삼불거의 여자가 쫓아내지 못하는 조건에 들지도 못하면서 아들까지 안 낳으면 당신은 나와 헤어질 명백한 조건을 갖춘 셈이지. 안 그런가?"

웃으며 농담처럼 던지는 말이지만 그 순간에 나는 아들을 무척 원하는 그의 맘을 잘 알 수 있었다. 혹 아들을 낳아주면 남편의 외도가 줄어들고 정신이 돌아와서 힘내어 같이 맞들고 한 세상 의지하여 잘 살아갈 수도 있지 않을까 하는 기대를 가지게 되었다.

그래서 친정식구들이 요즘같이 험한 시국에 아이 셋이 웬말이냐며 그렇게 미쳤다고 낳지 말라고 해도 그냥 그러안고 세월을 보냈다. 하루하루 내 뱃속에서 점점 커가는 셋째를 어떻게 해야 할까 망설이다가 세월을 보냈다.

어느덧 벌써 날이 지나고 점점 찌그러져가는 가정을 살릴 길이 없음을 알았을 때에야 나는 돌이킬 수 없는 내 신세를 한탄하면서 남편이 먹다 버린 맥주병을 들어서 불룩해진 배를 아프게 두드렸다. 그러다가 비틀어지는 아픔을 느끼고 그때에야 제정신이 들어 아픈 배를 그러쥐고 울면서 중얼거렸다.

"미안해……. 아가야 엄마가 미안해. 다시는 안 그럴 거야. 누가 뭐라고 해도 어떤 일이 있어도 우리 예쁜 아기 낳아서 엄마가 지켜줄 거다……. 엄마가 잘못 했어……. 흐흑."

많이 고민한 끝에 어렵게 세상에 태어난 셋째였지만 서의는 날 때부터 참으로 다감하고 천성적으로 명랑한 아이였다.

엄마라는 말을 알고서부터 그 애는 콧노래를 불렀다. 그리고 아직 걸음마를 떼기 전부터 카세트에서 음악이 울리면 힘이 오르기 시작한 앙증맞은 다리를 버티고 서서 누가 시키지 않아도 엉덩이를 삐죽 내밀고 흔들고 춤을 추어 사람들을 즐겁게 해주었다.

밥 먹는 시간을 빼고는 계속 흥얼거리고 있어 작가인 할머니가 작품세계에 들어갈 수 없을 만큼 웃기곤 했고 때때로 시끄럽다고 추궁할 정도로 그 애는 흥겹고 밝게 자라 주었다. 더구나 애들 모두 커가면서 서로사이가 좋았다.

제 아버지를 닮았는지 애들은 투실투실하고 튼튼하게 잘 자라 주었다.

그 어려운 속에서도 애들은 피부가 특별히 예쁘고 머리가 좋았다. 아버지를 닮지 않아 맘씨가 천사 같고 밝은 천성도 다행이었다.

그런데 이제 그 애들이 없었다.

일본 사회당에서 연락이 와서 일본에 있는 남편의 이모가 언니인 나의시어머니에게 다녀갔다고 한다. 돈을 좀 주고 간 모양인데 얼마나 버틸 수있을는지는 몰라도 애들을 먹일 수는 있다고 했다. 그러니 거기에 들어선다는 것은 죽을 만큼 내 자존심을 건드리는 일이었다.

애들의 아버지가 정신이 들어 충이 어머니하고라도 살림을 차리고 잘살아 보려고 한다는 것이 나에게 의외로 발전인 것처럼 보이는 것이 기뻐할 일인지 슬퍼할 일인지 알 수 없었다.

하지만 분명한 것은 나는 철저히 배신당했다는 것이었다.

그리고 더 분명한 것은 돌아와 보니 애들이 내 곁에 없다는 사실이었다. 애들을 친정에 두고 떠나던 그 시절 "이 엄마가 너희들을 얼마나 보고싶어했는데……."

갑자기 "씨르르 치리리" 하는 매미의 울음소리가 귓가에 커졌다 작아졌다 하더니 가슴이 저릿하게 외로움이 밀려들었다.

죽을 만큼 고통스런 아픔이 가슴 속에 갈마들었다.

이제 다시 혼자라는 생각이 무서워 "꿍" 하는 신음소리가 입새로 핏방울처럼 새 나왔다.

'아, 이 모든 것이 연극이었으면 좋겠다.'

만약 이 모든 것이 연극이라면 나는 아무리 슬픈 비극의 주인공이라 하여도 아무리 비극적으로 헤어진 슬픈 극의 주인공이라 하여도 다시 만날 수 있고, 악한의 총에 맞아 죽는 비운의 주인공이라 하여도 막이 내리면 기쁘고 행복한 일상의 현실로 돌아갈 수 있을 테니까.

연극이라면 애들과 같이 있지 못하는 아무리 슬픈 어머니의 역이라고 해도 막이 내리면 사랑하는 애들에게 돌아갈 수가 있다.

'모든 것이 연극이었으면 좋겠다.'

높이 떠 있는 저 파란 하늘에 둥실둥실 높이 떠가는 하얀 솜 같은 아득한 구름과 무심한 듯 솔솔 부는 바닷바람에 태평스레 흔들거리는 키 높은 백양나무…… 누가 가꿔주지 않고 돌아보지 않고 사랑하지 않아도 매해 들쭉날쭉 피었다 지는 코스모스와 그렇게 사정없이 밟고 다녀서 찢겨도 또다시 돋아나는 파아란 클로버…… 그리고 빨래하는 여인들의 시름을 씻어주며 유유히 흐르는 저 강물만 실제였으면 좋겠다.

하지만 슬프게도 내 아이들이 내 곁에 없고 그 애들을 데리고 살만한 내 집 한 칸 없는 것이 막이 내리면 분장을 지우고 돌아갈 수 있는 극 중이 아니고 내 현실이었다.

탈북

심 사장에게서 연락이 왔다.

일전에 내가 근무처를 좀 알아 봐 달라고 부탁했었다.

심 사장의 조선족 친구인 중국 연길에 있는 박 사장에게서 평양 경수관 냉면을 전수해 줄 수 있는 조리사를 한 명 보내 달라고 부탁이 들어왔다고 했다. 박 사장은 연길에서 호텔을 경영하고 있었는데 그곳은 나이트클럽과 헬스클럽 그리고 큰 식당에 '냉면부'를 따로 두고 있을 정도로 큰 '신화호텔' 사장이었다.

내가 유성호텔에 근무할 때에도 우리 식당에 자주 와서 냉면을 먹어보고 보위부 일꾼들에게 슬며시 당시 우리 주방장이던 심 사장을 소개해달라고 졸라댔다. 우리 경수관 냉면에 대해서 이것저것 알고 싶은 것이 많은 것 같았다. 그러더니 이제는 유성호텔에서 철수해서 어느 한 외화벌이 기관을 책임지고 중국에 나가있는 심 사장과 아주 가까운 사이가 되어버렸던 것이다.

비합법적으로 가는 것이니 숨어 살아야 하지만 박 사장이 신변보호는 철저히 해줄 수 있다고 했다. 중국 노동자 월급의 절반밖에 못 받는 다른 탈북자들과는 달리 기술자이고 심 사장이 소개해 보내주는 사람이라면 월급도 조선족 월급의 두 배를 줄 수 있다고 했다.

중국에서 근무경험이 있는 나에게 유혹이 아닐 수 없었다.

나라에서 선발되어 파견근무 나가는 것과는 달리 목숨은 위험할지 몰라도 월급만은 호기심이 갔다. 나라에서 식량 값 등을 다 떼고 주는 것과는 달리 '통 돈'을 그것도 현찰로 받을 수 있기 때문이었다.

이것저것 다 싫어진 지금 돈은 나에게 정말 붙잡을 수 있는 유일한 것이었는지도 모른다.

근무처가 급양 부문인 덕분에 나 하나 먹고 살기는 별 무리 없을 터였지만 그렇게 출근이나 꼬박꼬박 해가지고는 아이들을 데려올 집과 생활 터전을 마련할 수가 없었다.

'이렇게 살아서 뭐 하나⋯⋯. 지금처럼 살 바엔 죽는 것이 낫다.'

'나에게 무엇이 남았을까. 나에게는 애들을 찾아올 돈도 조강지처라고 비비고 들어설 용기도 없다. 지금은 교복 스커트 지퍼에 버스비 30전을 넣고 다녀도 살 수 있는 때가 아니다⋯⋯. 빈손으로 애들을 찾은들 뭘 어떻게 할 수 있는가.'

내가 왜 이렇게 살아야 하는데⋯⋯. 돈이 없어 겪었던 수많은 고생스런 날들과 가혹한 수모들이 떠올랐다.

'지금도 돈만 있다면 애들을 얼마든지 혼자서 키워 낼 수 있다.'

'돈이 있어야 한다.'

돈이라는 유혹이 이미 모든 삶을 포기한 것만 같았던 나에게 푸른 신호를 보내고 있었다.

돈이 있으면 내 아이들을 데려다 굶기지 않을 수 있고 어머니의 자격으로 살 수가 있지 않을까?

'그래 죽으면 한번 죽지 두 번 죽을까? 두만강이 아무리 서슬 푸르고 아

홉 마리 사자가 입을 벌리고 기다리는 무서운 곳이라 해도 이대로 주저앉을 수는 없다.'

중국말도 할 줄 알겠다.

'열심히 두 달만 벌어서 돌아오자……. 그러면 어쩌면 현재 중국 돈 환율이 우리 돈보다 훨씬 높으니 내가 애들과 다시 모여 살아갈 수 있는 오두막이라도 만들 수 있을는지 모른다.'

그때는 내가 아무리 모든 것을 각오했다고 하더라도 실지 체험하기 전이었다. 앞으로 내가 단행하려는 그 선택의 길에 얼마나 엄청난 재앙이 기다리고 있을지, 나는 단지 이론적으로만 알고 있을 뿐이었다.

지금은 상상도 할 수 없는, 하나님이 만들어 놓은 지옥보다 더 험한 수렁이 나의 앞길에 놓여 있음을 당시는 결코 알 수 없었다.

세상 이치는 가혹하게도 늘 다 겪고 난 다음에야 알려주었으니까 말이다.

중국 연길 중조국경 개산툰-삼봉, 중국 왕청 중조국경 도문-남양, 중국 북경 중조국경 남평-무산, 이렇게 몇 번을 왔다 갔다 했을까?

중국에서 돈을 벌어가지고 해를 두고 고향으로 가려고 거듭 애써 보았지만 홀로인 나는 매번 실패했다.

두 달 지나면 보내주겠다고 약속한 중국인들은 여자를 부려먹고 일시키는 데만 혈안이 되었을 뿐 애들에게 가고 싶어 하는 내 마음과 생각은 안중에 없었다. 그들은 처음의 약속 따위는 까맣게 잊은 지 오래였다.

꽁꽁 얼어붙은 두만강 기슭에 회오리바람이 뽀얀 눈보라를 일으키고 있었다.

인적 드문 이곳에 한 여인이 자기만 한 트렁크를 들고 택시에서 내리고 있었다.

그날도 혼자서 몰래 귀국하려는 맘을 먹고 개산툰에서 북한국경인 삼봉을 넘어가려던 중이었다. 두껍게 얼음이 진 두만강을 절반 건넜을 쯤에 나는 인민군 초소에 적발되고 말았다. 보위부에 끌려가면 끝장이라는 생각에 쫙 소름이 끼쳤다.

위조한 중국인 신분증이 있었으므로 조선인민국경경비대 초소에서 중국인 행세를 하며 설에 장사하러 나온 것처럼 둘러댔다.

인민군은 나를 밀수장사 차 국경을 드나드는 중국인 중고 옷장사로 알았는지 통역을 붙이고 내가 가지고 있던 옷가지를 트렁크째 몽땅 빼앗았다.

돈까지 말끔히 털어낸 다음 세관에 넘기지 않는 것을 다행으로 알라고 오금을 박은 그들은 나를 얼음판으로 인도해 중국으로 다시 넘겨 보냈다.

다시 국경을 허둥지둥 넘어오다 배수로로 파놓은 얼음 구덩이에 빠져서 한동안 정신을 잃었다. 어디선가 멀리서 차 소리가 들렸다. 손님을 모셔다 주고 돌아가는 택시였다. 차가 동뚝길[20]에 접어드는 순간 나는 있는 힘을 다하여 소리쳤다.

"유런? (사람 있어요?)"

깨진 머리와 무릎에 줄줄 피가 흐르는 곳을 대강 티를 찢어서 싸맸다.

피와 눈물범벅이 되어버린 나의 얼굴을 아무런 느낌 없이 두만강 지역에서 늘 봐온 듯한 인상을 하고 바라보는 택시기사의 눈이 미러 안에서 마주 보였다.

아픈 줄도 몰랐다.

사랑하는 가족들한테 정녕 돌아갈 수 없을 것만 같은 설움이 무섭게 몸으로 파고 들어와 온 몸이 사시나무같이 떨리고 눈물이 쏟아져 내렸다.

---

20) 큰물이 넘쳐들지 못하게 크게 쌓은 둑 위로 난 길

다시는 고향으로 돌아갈 수 없고 어머니와 애들과 식구들을 볼 수 없을 것만 같은 불길한 예감 때문에 울고 또 울었다.

"니 취나알?"

얼마나 시간이 지났을까. 벌써 연길에 다다르고 있던 택시기사가 방향을 잡지 못하고 불쑥 물어왔다. 빨리 불안한 동북을 벗어나야 한다는 생각 때문에 긴장했다.

"베이징 쪼바."

북경에 가자는 나의 거침없는 대답에 택시기사는 조금은 어리둥절한 모양이었으나 곧 속력을 높이기 시작했다.

인민군경비대에 주머니를 털렸는지라 돈은 한 푼도 없었지만 중국인 행세를 하느라고 치부했던 금목걸이와 반지가 아직 남아있으니 북경까지는 문제없었다. 그 번화한 도시에 빈손으로 떨어지겠지만 잡히지만 않는다면 다시 시작하는 것은 다음 문제였다.

나는 점점 멀어지는 고향을 뒤에 두고 중국내륙으로 더 깊이 들어가고 있었다.

북경에 도착하니 2008년 올림픽에 대한 현수막들이 사방에 걸려있고 중국은 수도를 꾸미느라고 빈민촌들을 철거하고 있었다. 도심 구석구석이 어지럽고 불타고 헐린 집들과 실어가지 못한 이삿짐들과 쓰레기들로 너저분했지만 그래도 올림픽 준비에 들어가느라 붐비고 있었다.

그래서 영업을 시작하려는 사람들은 어디가 언제 어떻게 변화하게 될지 몰라 가게들을 팔기도 사기도 힘들어하며 다만 수도 없는 소문들로 들떠 있었다.

크고 웅장한 도시에 나날이 좍좍 뻗어나가는 도로들과 층층이 솟아나는 건물들…….

북경의 도로들은 유난히 좁고 빽빽한 건물들과 높고 낮은 언덕 사이를 그대로 포장한 서울의 도로들과는 비교가 안 되게 시원하게 드넓었다. 그런데 지금 와서 생각해보니 북경의 그 큰 도로들은 서울과 다른 배경이 있었다. 한국은 국민의 동의가 없으면 아무것도 할 수 없는 민주주의 사회였다. 그러나 중국은 정부가 맘만 먹으면 그 어디이든 금방 밀어젖히고 새롭게 디자인하고 정부의 의지대로 리모델링할 수 있었다. 중국은 역시 공산국가였다.

택시는 떠나가고 북경의 왕후징 구름다리 위에 밝은 해가 떠올랐다.

나는 겨울이라고 하지만 무척 가벼운 옷차림의 북경 아가씨들을 보면서 중국 내륙지방의 온기를 느낄 수 있었다.

아이보리 색의 부르르한 털 깃을 세워 입은 가죽 겉저고리에 무릎까지 오는 긴 부추를 신은 '동북 아가씨' 차림의 나의 모습이 새삼 사람들의 눈길을 끄는 것이 맘에 걸렸다.

금목걸이를 택시비로 주어 버린 나는 남은 반지와 팔찌를 부르는 값에 팔아서 베이징 교외의 촌락에 민박을 정하고 또다시 홀로서기를 시작했다.

천성적인 감각을 빌려 싼 것 중에서 따뜻하고 가벼운 색깔의 롱 니트를 골라 사 입고 장밋빛 도로쉬폰 재킷을 걸쳤다. 메탈레깅스 아래 한국제 모방 화이트나이스 운동화도 사 신었다.

벨트가 소박한 롱스커트를 수수하게 차리고 싸구려이긴 하지만 호루라기 이어폰과 큐빅이 박힌 가짜 체인목걸이를 액세서리로 걸치고 일단은 중국말이 서툰 서울 여자 모습을 모방하기로 했다.

그리고 나는 영어를 공부하기 시작했다.

기초지식이 좀 있었는지라 베이징에서 멀지않은 만리장성의 창펑이라는 곳에 있는 약 광고사에 취직할 수 있었다. 보룽당이란 약국이었는데 만리장성을 찾는 외국인들에게 약을 선전해서 파는 큰 회사였다. 그래서 다른 회사보다 월급을 많이 받을 수 있었다.

번쩍이는 유리등 안에서 고객들 눈속임의 푸른빛 효과를 내는 불길이 활활 타오르고 있었다.

그 위에는 시뻘겋게 달아오른 것처럼 보이는 녹 쓴 쇠방망이가 놓여 있었다. 하지만 봉 안은 달지 않은 차가운 수은으로 되어있었다.

나는 먼저 고객들이 보지 않는 데서 왼손 바닥에 고약을 잔뜩 발랐다.

그리고는 강단에 올라서서 마이크를 잡았다.

북한식 영어 발음의 딱딱한 목소리가 외국 관광객들이 가득 들어선 크고 화려한 강당에 울려 퍼졌다.

"레이디즈 앤 젠틀먼! 웰컴 투 차이나!"

그리고는 서툰 영어로 "이 약은 어린이와 성인들이 부주의로 화상을 입었을 때 금방 바르면 30분 내에 아무 일 없었던 듯 흉터를 남기지 않고 치료 할 수 있습니다" 하고 선전했다.

매번 너무 무서웠다.

하지만 나는 태연한 마음을 가장하고 빨갛게 단 강철 몽둥이를 유리관 안에서 꺼내들고 강단을 내려서 청중들 사이로 돌아다니며 붉게 달아 오른 쇠몽둥이를 확인시켰다.

모두들 방망이에 델까봐 질색하며 나를 피했다.

다시 강단에 오른 나는 달아오른 강철봉을 맨 손바닥에 슬쩍 문질러 화상을 입히는 척했다.

찌익 찌르르.

약이 타면서 증기가 오르고 살가죽이 타는 누린내가 장내에 퍼져 나갔다. 손바닥이 허옇게 데어서 끓어오르고 금방 피부에 수포가 차올라 정말 손바닥이 많이 데인 것처럼 보였다. 나는 몹시 아픈 듯 고통스런 시늉을 했다.

관객들은 이미 발라놓은 약 타는 냄새가 살 타는 냄새처럼 고약하고 끔찍해 눈을 감아 버리고 코를 싸쥐었다. 옆에 서있던 중국 매니저가 재빨리 고약을 다시 한 움큼 떠서 나의 왼손바닥의 상처에 발라주었다.

나는 봉을 내려놓고 강연을 계속했다.

한 15분간 지나서 약에 대한 강연이 끝이 날 즈음에 나는 강단을 내려 약 바른 손바닥을 고객들에게 펴 보였다.

'신기하다. 살색이 조금 시뻘걸 뿐 성상은 차분하게 가라앉았고 상처는 없다.'

고객들은 저마다 환성을 지르며 약이 신기하다고 감탄하고 돈을 던졌다.

돈은 탁자 위에 쌓여 복무원들이 바구니로 쓸어 담을 지경이었다.

강사가 여러 명이지만 연약한 여성이란 점 때문인지 내 강연은 매번 인기폭발이었다.

그 마술 같은 약은 순식간에 다 팔리곤 했다.

관광객들은 내 손바닥에 입 맞추고 윙크하고 나를 향해 두 팔을 흔들며 아쉬운 맘으로 떠나갔다.

"시 유 어게인!"

회사에서 나는 굿 스피커로 월급이 그 중 높았다.

하지만 나는 '효초령'이란 그 고약이 참말로 효험이 있는 것인지 확인하지 못하고 홍보하는 것이 늘 맘에 걸렸다. 그리고 아무리 심하게 데지 않는다고 해도 더운 화기로 여린 손바닥이 굳어가는 쓰린 아픔 때문에 저녁마다 잠들 수가 없었고 많이 울었다.

얼마 안 있어 후진타오가 중국공산당 총비서로 추대되었다.

나는 중국공산당 16차 전국대표대회를 하던 날 어느 자그마한 가게에 들어갔다가 주인이 하는 소리를 듣고 사뭇 놀랐다.

"장가가 되었든 후가가 되었든 누가 대통령을 하든지 나에겐 상관이 없다. 나는 우리 집 맥주만 잘 팔리면 좋겠다."

이런 말을 할 수 있는 걸 봐선 그래도 중국은 북한하고는 달리 어느 정도 언론의 자유가 있는 것 같았다.

하지만 중국이 관대한 대륙이라고는 해도 남의 일에 잘 관심을 안 갖는 중국 사람들의 성격 그대로 떠돌이 신세의 탈북자들에게는 냉담하고 인색했다.

이것저것 일을 바꿀 때마다 깔끔하고 젊은 '샤오저'가 왜 그런 험한 일을 하는지 시기하고 의심하는 눈초리들이 나를 바라보고 있었다.

그럭저럭 시간은 흘러서 나는 돈을 좀 모으게 되었다.

나는 나 자신의 '탁월한' 재능에 스스로 후한 점수를 주고 흡족해 했다.

나는 평양 경수관에서 배운 기술을 살려 이 세상에서 제일 맛있는 세계적인 냉면을 만들겠다고 맘을 먹었다.

북한의 맛은 좋게 말하면 너무나 전통적이고, 굳이 나쁘게 말하자면 재래식 방법이기에 고태가 있어 새롭지 못하다. 한국이나 연변의 국수는 화려하긴 하나 너무 이런 저런 방식이 짬뽕이 되어 맛 또한 개성이 없다.

나는 그 모든 것을 배합한 최고의 맛을 낼 수 있으리라 생각했다.

그래서 베이징, 상하이, 광주, 심천 등 큰 도시들을 전전하면서 가게 자리를 물색했다.

하지만 내게 있는 적은 돈으로 올림픽 때문에 눈이 뒤집혀 시끌벅적한 중국에서 국적이 불분명한 사람이 영업허가증을 내고 버젓이 음식점을 꾸릴만한 곳은 그 넓은 땅 어디에도 없었다.

자그마한 가게를 내고 비합법적으로 숨어서 자기 신분을 감추고 영업을 하기란 쉬운 일이 아니었다. 여전히 나는 숨어 다니는 신세의 불법 체류자에 지나지 않았기 때문이다.

중국에서 겪은 가지가지의 일을 여기 잠깐의 대목에서 어떻게 다 말할 수가 있을까. 많은 이야기가 있지만 이번에는 아껴두고 이 다음에 중국에서의 이야기를 따로 쓰기로 하겠다.

다만 한 가지, 장쩌민 때보다 후진타오 시대에 더 많은 탈북자들이 북송되고 있었다는 사실은 지적해두고 싶다.

감방의 아침

밖에서 갑자기 철문이 여닫히는 소리가 요란스레 들려오고 누군가들이 뛰어들어오는 구둣발 소리가 "와당탕탕!" 울렸다.

뒤이어 "기상!" 하는 소리가 메가폰에서 들려오고…… 무슨 소요가 일어난 것인지 짐작이 갔다.

금방 자리에 누운 것 같은데 시계가 없어 모르긴 하겠지만 하루에 서너 시간밖에 안 재우는 것 같다. 한 뼘 만큼 좁은 창은 아직도 시커먼 어둠 속인데 벌써 새벽이 된 것 같았다.

"야! 야! 야!" "어서들 일어나!" 하는 옆 사람들의 속삭임이 큰 소음처럼 들려왔다

…….

북한을 떠나 중국으로 가던 가지가지의 환영들로 이어지는 꿈속에서 아직 깨어나지 못하는 머리가 천만근 저울추를 달아놓은 듯 무거워 얼른 정신이 들지 않았다.

나는 가까스로 무거운 머리를 털고 일어나 앉았다. 벌써 순간에 모두

제자리에 가 앉고 가운데 우리 새 수인들만 어리둥절하여 꾸물거리고 있었다.

모두 제자리에 정돈하여 어제와 한 모습으로 정좌하여 올 방자를 틀고 앉아 손을 펴서 무릎에 얹고 머리를 45도로 숙였다. "안 된다와 할 수 없다"로 반복되는 두 번째 날이 시작되었던 것이다.

어제와 다름없이 보위부 군관복과 둥근 모자를 쓰고 권총을 찬 간수가 엄한 눈으로 매 감방들의 정돈된 모습을 또다시 차례로 들여다보았다.

어제는 전혀 무서워 엄두가 안 나던 보위부 군관의 상체가 시야에 들어왔다. 감시창 너머 보이는 자름 자름한[21] 북한의 젊은 군관들은 눈만 세모지게 번뜩거릴 뿐 영양이 많이 부족해 보였다. 중국에서 늘 보아온 한국 사람이나 중국경찰들과는 달리 가느다란 목이 낯설게 보였다. 내다보지 못한 감옥 밖의 북한 현실이 아직 많이 힘들다는 것을 느꼈다.

이어서 "세면하라" 하는 소리가 메가폰으로 울리자 26명의 수인들은 한 사람씩 차례로 대소변부터 보았다. 횃불 뭉치처럼 막대기에 천 뭉치를 달아 비닐로 퉁구리를 싼 것으로 틀어막은 변기 구멍을 열고 볼일을 보고 다시 막았다.

일을 본 사람 차례대로 옆 텐트 바닥에 조금 들어있는 물을 사발만큼 조그마한 검은 그릇으로 한 움큼씩 퍼내어 변기통 위에 그릇째 놓고 그대로 세수를 했다.

많은 사람이 마주보는 가운데라 변을 보는 사람과 앞 사람의 거리는 앉은 자리에서 서로 만질 수 있을 정도였다. 남 앞에서 변을 본다는 것이 참 웃기는 일일 것 같지만 웃는 사람은 아무도 없었다. 당연히 화장지는 없었고, 정적이 계속되는 가운데 변을 본 사람들은 세수까지 하고서야 마지막물로 뒤를 훔칠 수밖에 없었다.

---

21) 약간 짧은 듯하거나 알맞게 짤막하다.

앉아 있는 사람들은 코를 막을 수도 손을 움직일 수도 없었으니……. 아침시간이라 더 진한 냄새가 코를 찌르고……. 뒤 차례의 사람들은 물이 다 없어지면 어쩌나 걱정 되어 "조금씩 써라" "빨리 하라" 하고 계속 속삭이며 눈을 흘겼다. 하지만 겨우 차례가 돌아온 수인들은 그 시간이 영영 가버리고 안 돌아오기나 할 것처럼 뒷사람들의 말소리는 아랑곳없었다.

치아를 닦은 물에 세수를 하고 세수한 물에 발을 씻고 발을 씻은 물에 생리대겸 타월로 쓰고 있는 손바닥만큼 한 작고 때 묻은 검은 천 조각들을 빨아 물이 채 묻지도 않은 얼굴과 목을 훔쳤다. 한 명의 수인이 한 번밖에 퍼 쓸 수 없는 물은 그릇 안에서 먹물을 풀어놓은 듯 금방 까매졌다.

2~3달 동안 이송되지 못하고 앉아 있는 수인들은 핏기 하나 없는 야윈 얼굴들이지만 그래도 아침에는 물을 발라놓아 반들거렸고 머리들도 빗어서 꽁꽁 묶었다.

머리 긴 여자는 머리를 풀어 놓아서는 안 됐다. 머리를 높이 올려 매는 것도 중국풍이라 절대로 용서가 되지 않아 나지막하게 통일적으로 매고 있었다. 그래도 수인들의 다 풀린 눈도 순간이나마 생기가 도는 듯했다.

해 뜨는 아침 점검시간이라 살아있는 몸들임을 확인이라도 하고 싶은 몸부림이었을 것이다. 그러나 아침 세수시간은 수인들 모두에게 순서가 돌아오지는 못했다. 우리 같은 신입들은 손을 적셔보지도 못하고 채 소변도 보지 못했다. 그런데 또다시 "정돈하라" 하는 메가폰 소리가 들려왔다.

복도에 보위부 군관들이 여러 명 들어온 것 같았다.

이어서 복도로 나있는 작은 창구로 선생의 눈이 느껴지고 "목요 점검 준비!" 하는 메가폰 소리가 울렸다. '목요 점검이라니, 감옥에서도 점검을 하는가 보다.'

까마득히 잊고 살았는데 목요 점검 소리를 오랜만에 듣게 되었다.

북한은 일 년 중에 4월을 위생의 달로 정하고 있었고 일주일 중 하루인 매주 목요일을 위생검열의 날로 정하고 있었던 것이다. 그날은 가정과 학교 사업단위와 공장이나 단체별로 위생검열을 실시하고 잘 된 가정은 '316모범가정' 잘 된 공장 혹은 기계에다는 '26호'라는 칭호를 달아놓곤 했다. 옛날에 천리마운동 하듯이 김일성에게 충실했던 낙원이란 곳의 '26호 모범기대 운동'[22]에서 그 일이 비롯되었기 때문이다.

하지만 처음엔 무얼 하는지 모르니 남의 눈치를 볼 수밖에 없었다. 메가폰에서 다시 "옷을 몽땅 벗어서 가운데다 쌓아라!" 하는 소리가 들려와서야 나는 옆 사람들의 술렁이는 이유를 알 수 있었다.

소란이 벌어졌다. 이삼십 명의 여자들이 한꺼번에 옷을 벗고 있었다. 아마 다른 감방들에서도 다 같이 일어난 일인 듯했다. 여자들은 옷을 벗어서 하나 둘 가운데로 던졌다.

처음에는 입고 있는 낡은 겉옷들이 하나 둘 쌓이더니 니트들이 벗겨져 나가고, 비좁은 감방 안 가운데에 수십 명이 벗어 던진 옷들이 순식간에 산더미처럼 쌓였다.

혜주와 나는 어찌할 바를 몰랐다. 속옷과 팬티를 입은 채로 좁은 곳에서 주위의 맨살들이 서로 부대끼니 어쩔 줄을 몰라 헤덤비다가 몸을 옹송그리고 구석 쪽으로 바짝 붙었다. 바람벽을 향해 돌아서서 머리를 두 팔 사이에 틀어박은 채 부들부들 떨고 있는데 갑자기 "야 빨리 다 벗지 못 하가서야" 하는 소리가 들렸다. 돌아보니 다른 사람들은 옷을 몽땅 벗고 알몸으로 뭉쳐서 벽 쪽으로 구겨져 쭈그리고 앉아들 있었다.

같이 겪고 있는 감방 동료들은 우리 때문에 점검을 빨리 못한다고 아우성이었다.

"××새끼! 빨리 움직여라. 죽여버리기 전에!"

우리 때문에 피해가 있을까 봐 자기들끼리 돌아가며 우리를 쥐어박고

---

22) 기계 설비를 정비하고 효과적으로 이용하며 기술적으로 개조하여 생산 능력과 기술 장비 수준을 높이기 위한 대중적 설비 관리 운동.

강제로 옷을 벗기고 아우성이었다.

호실 전체가 벌을 설 수도 있으니 구대원들의 말을 들어야 할 것 같았다. 우리는 하는 수 없이 옷을 몽땅 벗고 벽 쪽으로 쭈그리고 앉았다. 소변을 보지 못한 아랫배가 터져 나올 것 같았고 무엇인가 뒤통수를 송곳으로 찌르는 듯한 긴장감에 이마에는 송골송골 땀방울이 맺혔다.

오랜 감방생활에 허기져서 영양실조라 마른 포도송이같이 배틀어진 꼭지만 달랑하니 붙어있는 납작한 젖가슴을 드러낸 호실장 여자가 후줄근하게 늘어진 뱃가죽과 살이 쭉 빠진 허벅지를 어기적거리며 구멍이 평펑 뚫린 모포들을 사람들 머리 위로 돌아가며 덮었다. 하지만 말이 가리는 것이지 소머리만 한 구멍에 반 남은 것마저 더 찢어진 넌덜거리는 헌 모포들이었다. 그 사이로 소녀들의 허벅지며 엉덩이와 어깨와 가슴의 맨 살들이 전부 파랗게 드러났다. 그들의 맞아서 푸르다 못해 보랏빛으로 피멍이 진 상처들을 보면서 보이지 않는 내 등허리도 그렇거니 생각하니 너무 끔찍했다. 나는 부르르 떨리는 몸을 해진 모포 속으로 깊이 파묻었다.

모두 무섭게 떨고 있어서 숨소리 하나 들리지 않았다.

이윽고 선생이 들어올 때만 열리는 가운데 육중한 큰 문이 열리더니 얼굴을 마스크로 절반 가리고 안경 안으로 눈알만 굴리는 둥글 모자의 남자 군관 두 명이 손에다 지팡이만 한 긴 쇠갈고리를 들고 군화발로 감방 안에 껑충 뛰어들어왔다.

그들은 방 가운데 산더미같이 쌓여있는 웃옷과 브래지어 할 것 없이 쇠꼬챙이로 찍어들고 하나하나 펼쳐보기 시작했다.

여자들의 옷 그것도 감방안의 죄수들의 것을 상상해 보라.

이곳에 들어오면 먹은 게 없어서인지 변을 보지 못한다. 나도 변을 23일 만에 보았는데 어떤 이들은 한 달이 넘어가는 사람도 있었다. 정신적인 타격으로 해서 생리도 하지 못한다. 나도 이 감방에 들어와서 한 번

했는데 보름이나 끊이지 않고 시름시름 피가 계속 흘러내렸다.

옆 사람도 그렇다고 하니 멘스트롤을 끊을 힘이 체내에 남아 있지 않았던 것이다. 그 후로 3년간 나는 생리가 없었다.

하지만 금방 들어온 축들은 그런 대로 팬티에 빨간 것을 묻혀냈고 끈적끈적한 고름인지 알 수 없는 핏물이 한번 내리기 시작하면 조금씩 조금씩 힘없이 열흘을 넘어가는 게 보통이었다.

비위생적인 환경으로 성병이 만연하고 있어 썩은 냄새에 정신이 가물거렸다.

갈고리에 딸려 올라오는 누군가의 팬티를 머리 위로 쳐들고 군관이 투덜거렸다.

"야, 직업도 고약하다."

"내가 왜 니들 더러운 거 봐야 하니?"

"애고! 야들아 쫌 씻고 살아라. 이 께끔스런 계집년들아."

"이러고도 중국 놈들 하구 좋아 했갔디?"

감방에는 생리대가 보장되지 않는다.

청바지를 구라파 숭배주의라고 해서 못 입게 다 빼앗아서 가위로 동강내어 감방 타월 및 냅킨으로 쓰라고 던져주면 그걸 서로 가지겠다고 아우성치며 서로 뺏는 격투가 벌어질 때도 드물지 않았다.

손바닥만큼씩 한 청바지 조각들이 지금 들고 서 있는 팬티들에서 핏덩이가 발린 채로 떨어져 내렸다.

왜? 이들은……. 그 더러운 것을 왜 들추고 있는 것일까?

말로는 남조선에서 파견되어 오는 공작원들이 문건을 감추고 있다고도 한다. 또 어떤 측들은 중국 돈을 그 속에 감추고 있다가 들통 나기도 한다. 참 그렇게 하체 검사까지 다 받으면서도 안 뺏기고 건사한 측들과 그 것을 뺏겠다고 항문검사에 변까지 다 헤쳐 보는 측들 중에 누가 더 악착스러운지 알 수가 없었다.

조금 있으려니 여자 군의 두 명이 또 들어왔다.

한 명은 저번에 본 기억이 있었다. 몸은 더 뚱뚱해진 것 같았고 연필로 시꺼멓게 그린 눈썹이 거머리같이 꿈틀거리는 얼굴에선 하얀 분이 떨어져 내릴 듯하다. 덕지덕지 많이도 발랐다.

그들은 모포를 뒤집어쓰고 있는 우리를 하나하나 일으켜 세우고 머리를 헤쳐보고 입을 벌리고 안을 들여다보았다. 입 안에 금니를 한 사람들은 검사가 끝난 뒤 불려나가 다 빼야 했다.

두 팔을 벌리고 겨드랑이를 들여다보고 소독약을 묻힌 싯누런 고무장갑 낀 손을 다리 가랑이를 벌리라고 하고 허벅지 사이에 또다시 손을 넣었다. 그리고는 돌아서 엎디라고 하고는 항문을 검사했다.

검사가 끝나는 차례로 또다시 헝겊모포를 뒤집어쓰게 했다.

"이건 누구 거야?"

쌓인 옷가지에서 드디어 무엇인가 발견한 것 같았다.

순간 우리는 다 벗었다는 것을 잊고 일제히 돌아보았다.

옷 임자는 그것이 자기 것이 아니라고 우길 수는 없다.

만약 그랬다간 호실 전체에 참혹한 벌이 가해질 것이기에 호실장을 비롯한 몇몇은 누구의 것인지 눈여겨 보아두기 때문이다.

한 여자가 머리를 풀어 헤치고 죽는 시늉을 하고 손을 들었다.

"옷 입어!" 그는 다 보는 앞에서 덜덜 떨며 옷을 입었다.

대충 니트를 걸치자 군인들은 그의 긴 머리채를 확 낚아 채여 문가로 끌고 갔다.

이윽고 복도 바닥에 메치는 꽝하는 소리와 함께 "으악" 하는 여자의 비명 소리가 들렸다.

"이놈의 ××년아. 야, 이거 아직 정신 덜 차렸구나. 이런 ××년들은 맞아야 돼."

구타하는 소리와 "잘못했습니다"를 수없이 반복하는 여인의 울음이 애절하게 들리다가 복도 끝으로 끌려가는지 사라졌다.

여인이 어떻게 감추고 들어왔는지 생리대용으로 쓰고 있는 피 발린 청바지 조각 속에서 중국 돈 50원이 발견되었던 것이다.

그들은 우리가 옷을 벗은 상태에서 이가 바글거리는 피부병 환자들의 머리에 '우와독스'라는 소독약을 뿌리는 것으로 위생검열을 마쳤다.

…….

벌거벗은 수십 명이 한꺼번에 몰려들어 자기 옷이라고 서로 밀치고 싸우며 가득 높이 쌓여있는 옷더미를 헤치고 먼저 입겠다고 아우성치던 짐승 같은 그날이 떠오른다.

나는 3년이란 감옥생활이 다 그렇지만 그날만큼은 기억하지 않으려고 무진 애를 썼다.

훗날 여러 감옥소들에서 노동고문을 받으며 몸무게 26킬로그램의 빼빼 마른 미친개 모양 소약자로 변하고 뱃가죽 허벅지 살이 뱀살처럼 주굴 주굴 말라가던 그때보다 더 고통스러웠다.

손과 발이 몽땅 얼고 데고 곪고 하여 한 달 동안 고열과 통증으로 시달리다가 오늘까지 그 곱던 손등은 모두 흉터로 남았지만 그때의 아픔보다 비할 수 없이 더 고통스럽던 날이었다.

온몸을 차디찬 얼음조각으로 쑤셔대는 듯 정신이 산산이 짓밟혀 나가던 매주 목요일, 힘이 약한 나에게 어김없이 찾아와 나를 벗기고 괴롭히던 그 지옥 같은 아침에 대해서 그만 말하고 싶다. 위생검열의 날의 치욕은 참말로 잊고 살고 싶다.

33

감옥에서 밥을 먹다

다시 정좌가 시작됐다. 참지 못하고 조금씩 숨배어 내리는 축축한 것이 바짓가랑이를 적셨다. 그래도 하는 수 없이 우린 밥 먹는 시간을 기다려 소변을 보는 수밖엔 없었다.

얼마나 시간이 흘렀을까……. 다리에 쥐가 올라와 또다시 식은땀이 흐르기를 반복했다.

"식사준비!"

아. 꼬박 삼일 만에 밥을 먹는다.

굶은 배는 더는 반응을 않고 온 몸에 기운이 하나도 없었다.

하지만 핍박에 대한 육체의 반응은 대단한 것이어서 모든 동작은 하나같이 민첩했다. 모두 어디서 그런 힘이 났는지 먹는다는 소리에 단 몇 초 사이에 일어난 수인들은 배식구를 사이에 두고 금방 두 줄로 나란히 섰다.

비좁은 데 꼭 붙어 섰는지라 한 명만 움직이면 전체 수인들이 넘어질 판이다.

재빨리 자기 번호들을 연달아 외쳤다.

이제 한 명이라도 제자리에 없거나 줄이 흐트러져 있으면 그 호실은 밥을 먹지 못하고 벌을 서야 한다.

선생들이 이 감방 저 감방 왔다 갔다 하면서 수인들 서 있는 상태를 점검하고 온순하게 차례로 서 있는 호실부터 식사 배정을 했다.

시커먼 양은 접시에 배추시래기와 강냉이 겨, 그리고 콩이 다문다문 박힌 밥이라 할 수 없는 밥이 서너 숟가락 되게 담겨져 있었다.

밥그릇이, 누구 밥그릇이 더 큰지 전혀 아무런 가망도 없는 것에 눈을 굴리고 서 있는 수인들 앞으로 무엇을 타 놓았는지 알 수 없는 짙은 커피색의 까만 국물 같은 것도 들어왔다. 그래도 반찬이라고 짭짤한 간이 있는 이 국물이라도 많이 먹었으면 하는 수인들은 간절한 바람으로 모두 눈을 반짝거렸다.

"세상에 원 이런 일도 있을까?"

나는 나의 몸을 의심했다. 한 달 전 중국의 거처를 떠난 이후 잡혀서 북송될까봐 긴장 속에 보낸 나날들 나는 거식증으로 밥 한 술 제대로 먹은 기억이 없었다. '이렇게 잡혀 올 줄 알았다면 어떻게 해서라도 많이 먹어 건강을 챙길 걸 그랬다'고 후회했다.

북경을 떠나 한국으로 가는 도중 심장이 두근거리고 머리도 아프고 밥을 먹어도 모래를 씹는 것 같았고 물을 마셔도 독약을 마시는 듯 메슥거렸다. 그런데 온갖 원초적인 자유를 다 잃은 오늘날엔 고난의 행군시기(1998년)에 보고는 처음 보는 이 시래기 밥이 그것도 입쌀과 옥수수 한 알도 섞이지 않은 옥수수 껍질 밥이 이렇게 목구멍으로 잘 넘어 가다니…….

하지만 나는 그때 이후로 3년을 국내의 여러 감옥들에 이송되면서 인간 상상의 한계를 뛰어넘어 열흘 굶은 개들도 거들떠보지 않을 음식이라고 할 수 없는 최악의 식물과 소량으로 끼니를 때웠다. 그렇게 생사를 연명한 긴 나날 동안 이곳에서 주던 시래기 밥을 오래도록 잊지 못하고 그리워하게 될 줄을 그때는 알지 못했다.

손잡이를 모두 끊어서 동그란 밥 푸는 것만 남겨놓은 시커먼 숟가락 머리를 감아쥐고 정신없이 먹고 있는데 웬일인지 갑자기 사방이 조용해진 느낌이었다.

머리를 들어보니 모두 밥을 빨리도 다 먹고 우리 신입들의 밥그릇을 넘겨다보고 있었다. 하긴 두어 숟가락밖에 안되는데 나처럼 꼼지락거릴 까닭이 없었다.

오랫동안 끼마다 똑같은 애기 주먹만큼씩 한 감옥 밥을 먹느라고 배곯고 허기진 수인들이었다. 신입들이 들어오면 밥 안 먹고도 버틸 수 있는 만큼 아직 건강한 사람들이라 이런 맛없는 것을 안 먹고 자기들에게 양보하기를 기다리고 있었던 것이다.

나는 이제 겨우 먹기 시작한 밥그릇을 하는 수 없이 아직 아동감방으로 옮겨가지 않은 감방 안의 제일 어린 수인인 아홉 살 난 어린 소녀에게 주어 버렸다. 그런데 갑자기 소란이 일어나 제일 끝에 있던 짧은 머리를 헝클어뜨린 아직 살이 빠지지 않아 뚱뚱한, 얼굴색이 검은 여인이 확 낚아 채어 입으로 가져갔다.

빼앗긴 어린애는 금방 울상이 되어 버렸지만 감옥에서 그 아이도 무척 단단해진 듯 만만치 않았다. 아무 소리 않고 입을 옥다물고 쌕쌕거리며 또렷한 눈으로 할기족 어른을 쏘아보더니 도로 왈칵 잡아당겼다.

실랑이가 벌어졌다.

순간 호실장과 옆의 여자가 주먹으로 그 여자를 쥐어박고 싸움박질이 일었다.

"뭐야?" 호실 밖 복도에서 간수의 목소리가 들려오고 호실은 잠시 아무

일도 없는 듯 다시 숨을 죽였다.

넘겨진 후론 꼬박 물 한 모금 먹지 못하고 사흘째 꼬박 굶었던 할머니와 혜주도 역시 절반쯤 남은 밥그릇을 가장 오래 있은 호실장과 호실의 노병들에게 양보할 수밖에 없었다.

정적은 또다시 찾아오고 아침시간이라 심문이 시작되었다.

찾는 이름과 수인번호를 부르면 수인들은 큰소리로 "예!" 하는 대답과 함께 무릎을 땅에 대고 상반신만 일으키고 서서 금방 왼손은 뒤에 가져가고 오른손을 주먹 쥐고 선서하듯이 높이 들어야 했다.

"나오라!" 하면 수인은 개들이나 드나들 만큼 한 낮은 문으로 기어 나가서 복도에 무릎과 종아리 발만 찬 복도 바닥에 대고 상반신은 복도 담벼락을 향해 머리를 조아리고 기다렸다. 그러다가 선생이 따라오라고 하면 허리와 머리를 숙이고 두 손을 뒷짐 지고는 어디론가 따라가곤 했다.

수인들이 하라는 대로 하지 못하고 무엇을 잘못하는지 복도에서 구타하는 소리가 비일비재로 들려와 아직 경험하지 못한 우리 맘을 공포에 떨게 했다.

돌아오는 수인마다 얼굴이 성한 데가 없이 붉고 푸르고, 옷을 입은 몸뚱어리 어디가 고통스러운지 알 수 없으나 수인들 말로 꿀 종지가 되어버린 눈이 울어서 퉁퉁 부어 있다. 불려간 수인들은 모두 그렇게 고통스레 일그러진 얼굴로 들어오곤 했다.

하지만 심문한 내용을 묻거나 말하는 것이 금지돼 있어 누가 가서 어떤 취조를 받는지는 서로가 알 수 없었다.

반대로 수인을 인도해 가는 그 시간만큼은 또 다른 수인들인 우리들에게는 조금은 자유가 있었다. 선생들이 취조하러 나가고 들여오고 하느라 잠시 아침시간의 감시가 소홀한 틈을 타서 수인들은 입속말로 소곤거렸다.

나도 옆 사람에게 입속말로 조용히 물어 보았다.

"새로 들어오는 사람은 언제 불러내나요?"

"한 일주일 이곳에 앉혀 놓고 진이 빠진 담에 불러내요."

"네⋯⋯. 진이 빠진 담에요⋯⋯." 그는 뒤쪽을 슬쩍 곁눈질해 보였다.

알 수 있을 것 같았다.

조금 감방 안이 눈에 익어지니 맨 뒤 변기에서 가장 먼 곳 간수가 들여다보이지 않는 감시창구 턱 아래쪽에 오랜 수인들이 앉아 있는 게 보였다. 그들은 거의 말이 없었다.

그러고 보니 기운이 하나도 없는 듯 머리는 가리마가 안 보이게 하얗게 세고 광대뼈가 푹 꺼지고 윤택이 없이 싯누렇게 뜬 얼굴은 무거운 듯 가슴 가까이 파묻고 있었다. 등은 척추변형이 와서 곱사등이처럼 동그랗게 휘었는데 고정되어 버린 그 자세로 앉아 죽은 사람처럼 언제까지라도 움직이지 않고 있을 듯싶게 멍하니 있었다. 두 달 만에 사람이 저 지경이 된 것이다. 이제 저들은 이 방에 있는 기간 동안 모든 것이 판명되지 않으면 복도 끝에 있는 장기수 감방으로 넘어가 또 몇 달을 앉아 있어야 하는지 알 수 없었다.

금방 나도 그렇게 되어 버릴 것 같은 소름이 온몸에 확 돋았다.

어떻게 하든지 이곳을 벗어날 때까지는 몸을 망가뜨리지 말아야 한다는 생각에 힘들어도 허리를 될수록 곧게 펴고 목만 가볍게 숙이고 있으려고 안간힘을 썼다. 그러나 생각뿐이지 무거운 상체를 지탱할 수 없어서 허리와 가슴은 점점 땅속으로 들어가는 듯 날이 갈수록 굽어들고 허벅지와 종아리는 피가 통하지 않아 차츰 말라 갔다.

광야

"108번 신혜주!"

감방 안이 갑자기 술렁인다.

혜주의 이름을 모르는 수인들은 옆 사람과 뒤를 돌아보고 누군가 호기심에 가득 찼는데 혜주는 갑자기 불린지라 자기 귀를 의심하며 어리둥절해 했다.

다시 "신혜주!"라는 이름이 불렸을 때 나는 우리에게도 심문이 다가 왔다는 것을 알았다.

"나와!"

같이 들어온 수인들을 나란히 앉히지 않는 것이 원칙이어서 내 몇 사람 뒤에 앉았던 혜주가 "네" 하고 몸을 일으켰다. 그리고 허리를 굽히고 빽빽한 사람들을 헤치고 앞으로 나갔다.

내 앞을 지날 때 혜주는 눈물이 글썽한 눈을 잠시 나에게 멈추었다.

"언니!"

"응, 혜주야."

아무 말도 못하고 그의 손을 꼭 잡고 있는데 어느새 철문 아래쪽 반쪽 문이 열리고 혜주는 다시 돌아보지 못한 채 기어서 끌려 나갔다.

혜주를 처음 본 것은 한 달 전 일이었다.

철저히 중국 여자로 가장하느라고 애쓴 흔적이 완연한 그녀는 조금은 불량해 보이기까지 했다. 크리스털 매직을 해서 앞쪽으로 확 늘어뜨린 머리는 말쑥한 얼굴을 반 이상 가리고 있었다. 반짝이는 반달 모양의 커다란 니켈도금 귀걸이가 머리칼 속에 가리어진 채 수시로 움직이며 곁을 살피는 허둥거리는 눈동자와 함께 보는 사람을 당황하게 했다.

그녀의 모습은 무슨 죄를 짓고 숨어 다니는 것이 분명하다는 느낌이 들었다. 민박 주인아줌마의 일을 도와 설거지에다 방바닥을 정신없이 닦고 돌아가는 모양이며 무슨 일에나 극성스레 몰두하는 그 열심이 도리어 수상쩍게 생각되었다.

같은 탈북자였지만 그 모습이 너무 서글프고 가여워서 왜 저렇게까지 자신을 감추고 살아야 하는지 불쌍하기까지 했다. 북경 민박에 경찰이 단속 들어온 그날에도 혜주는 온몸을 떨며 베란다에 나가서 이불을 뒤집어 쓴 채 꼼짝 않고 있었다.

주인아줌마가 그들이 다 철수하고 검색이 끝났다고 해도 그의 떨림은 멎지 않았다. 나는 이렇게 여린 사람과 어렵고 힘든 길을 같이 가야 한다는 것이 참으로 힘든 일이라는 것을 예감하고 불안감에 잠을 이룰 수가 없었다.

우리가 내몽고에서 붙잡힌 다음 한 달을 중국감옥소에서 함께 지내는 동안 나는 그의 남달리 불안한 정서가 어디서 비롯된 피해망상증인지 대충 알게 되었다.

......

우리는 중국 내륙지방인 북경에서 리무진을 타고 어딘지 알 수 없는 곳으로 가고 있었다. 누가 수상하다고 여길 수도 있으니 옆 사람들과 아무 말도 해서는 안 된다는 브로커들의 당부도 있어 우리는 서로 따로 떨어져 앉아 있었다.

각자 배낭에 넣었던 소시지와 차단 몇 개로 끼니를 하며 24시간을 줄곧 달려 도착한 곳은 모래바람 부는 사막의 허허벌판이었다.

10월이어서 북경은 아직 춥지 않을 때였다. 그러다보니 우리 다섯은 여름옷에 가까운 초가을 차림이었다. 엄격한 비밀이라고 행선지를 가르쳐주지 않은 까닭이었다.

밤 10시에 도착한 광야의 밤은 코앞을 바라볼 수 없이 캄캄했고 추웠다. 소형버스에 옮겨 타느라 밖을 둘러보니 사방이 어둠 속에 잠겼는데 눈이 한 벌 덮인 걸 보니 여기가 시베리아가 아닌가 하는 생각이 들었다.

셔틀 안에서 전지를 켜고 무슨 지도 같은 것을 비춰보던 안내자가 우리를 불러 모으고 말했다.

"이제부터 내 말을 잘 들어라. 여기는 중국의 내몽고다. 여기서 조금만 더 가면 몽골이다. 이제 우리는 여기서 너희들과 헤어진다……. 중국 사람은 갈 수 없는 곳이기 때문이다. 이곳에서 곧바로 한 1000m 쯤 가노라면 첫 번째 철조망이 나타난다. 철조망은 말과 염소들이 다니는 길을 표시하는 만큼 높지 않고 얼마든지 넘어갈 수가 있지. 그 다음 계속 걸어가면 또 높은 두 번째 철조망이 나타나는데……. 너희들은 신호등을 따라가야 해. 한 시간 반쯤 걸으면 몽골이다. 아무집이나 찾아들어가 대한민국에서 왔는데 길을 잃었다고 말해라……. 그러면 우리 사람들이 마중할 것이다. 만약 길을 못 찾으면 안 되니까 명심해라."

간간히 기억나는 것은 이러한 말들이었다.

그래 놓고는 갑자기 차에 시동을 걸고 속력을 내 달리다가 잠깐 멈추더니 할머니와 송천을 떨어뜨리고 또 조금 달리다가 초연이와 혜주 나 이렇게 셋을 길가에 하나씩 떨어뜨리듯 밀쳐 버렸다. 그리고 문을 쾅 닫은 차는 가속을 밟고 달려가 버렸다.

캄캄한 곳에서 어떻게 방향을 잡아야 하는지 알 수 없었다…….

한참 만에 어둠 속에서 서로 찾고 부르던 우리 일행은 다섯을 다 만날 수 있었다.

시종일관 나의 손목을 쥐고 걷고 계신 어르신과 달리 불안하던 젊은 혜주는 뜻밖에 이곳에서는 과감하고 진지했다. 마치 본래의 자신을 다시 찾은 듯했다. 목적을 달성하려는 그의 욕망이 슬기와 용맹을 낳아 에너지를 충전한 듯 반짝거리는 것 같았다.

그는 우리를 오히려 안심시키고 일행을 주도했고 초기에는 몹시도 명랑하기까지 했다. 나는 달라진 혜주를 보면서 그녀가 오랫동안 찾고 있다는 오빠를 꼭 만나고 한국의 젊은 목사님에 대한 그의 사랑이 꼭 이루어지기를 기원했다.

혜주가 먼저 말을 꺼냈다.

"언니 이제 철조망이란 것도 넘어 왔으니 잡힐 염려는 없을 것 같네요."

"우리 하나님께 예배드리고 기도하면서 가요."

내가 할머니를 부축하고 송천이가 혜주와 초연이의 팔을 끼고 우리 다섯은 혜주가 먼저 부른 찬송가를 따라 부르며 한걸음씩 힘겹게 내딛고 있었다.

태산을 넘어 험곡에 가도 빛 가운데로 걸어가면
주께서 나를 지키시기로 약속한 말씀 변치 않네.
하늘의 영광 하늘의 영광 내 마음속에 차고도 넘쳐

할렐루야를 힘차게 불러 영원히 주를 찬양하네.

캄캄한 밤에 다닐지라도 주께서 나의 길 되시고
나에게 밝은 빛이 되시니 길 잃어버릴 염려 없네…….

빛 가운데가 어딜까?

그들이 따라 가라던 신호등은 차츰 사라져 갔다. 차디찬 회오리바람 부는 캄캄한 밤하늘 멀리에서 아득히 가물거리고 있는 별이 북극성인 것 같았다. 별들을 바라보며 아무쪼록 북쪽으로만 가노라면 중국과 그리고 북한과 멀어질 거라고 생각했다.

배낭들에서 책과 신문지 등 태울 수 있는 것은 다 태우며 언 손을 녹이고 내복들을 꺼내서 위아래 더 입을 수 있는 것을 다 껴입었다. 하지만 워낙 가을 옷들이고 내몽고의 찬바람을 막아주기엔 역부족이었다.

우리는 눈보라가 모래톱을 휩쓸고 가는 어두운 광야에서 길을 잃었다는 것을 느낀 지 오래 되었지만 모두 말없이 걷고 또 걸었다. 다리는 퉁퉁 부어 한 걸음을 더 내딛기가 힘이 들게 무거웠고 무릎마디가 감각을 잃은 듯 뻣뻣해져왔다.

그렇게 춥고 그렇게 허기지고 그렇게 다리 아프고 그렇게 기진했던…… 그리고 이제 그만 누군가에게라도 잡히지 않으면 더는 살 수가 없다고 생각되던 끝이 없이 방황하던 그 사막의 밤을, 이루지 못한 '탈출의 밤'을 어떻게 설명할 수 있을까? 말이나 글은 물론이요 그림이나 영화의 한 장면으로도 묘사하기 쉽지 않을 듯하다.

나는 여기서 나의 한계를 느낀다.

왜 앞선 작가들이 그 모든 것을 판타지로밖에 끌고 갈 수 없었는지 생각해 본다.

그리고 그들이 적어 내려간 소설과 수필들을 보면서 적절치 못하고 리얼하지 못하다고 느끼고 나는 정말로 잘 그려낼 수 있을 거라고 생각했던 것이 얼마나 어리석었는지를 생각해 본다.

그곳은 그렇게 붙잡힐 수밖에 없었고 붙잡힌 것이 다행일 정도로 무수한 주검의 신이 큰 입을 쩍 벌리고 있는 곳이었다.

그 악몽 같은 밤이 지나 광야도 푸름푸름 날이 밝아오고 새벽인데 날은 이틀째 개이지 않았다. 초겨울의 광야는 어둡고 캄캄한데다 몹시 부는 모랫바람이 얼굴을 때려 눈을 뜰 수가 없이 앞을 가렸다.

이제 다 각기 흩어져서 걷고 있었다. 그렇게 서로 돕고 힘을 주며 관심을 가져주던 모습은 더는 볼 수 없었고 다들 자기 한 몸도 간수하기 힘들어 했다

모래가 한가득 채워진 신발을 털려고 주저앉는데 새벽빛에 염소나 토끼 배설물로 보이는 콩알 같은 조그마한 것들이 앞에 점점이 떨어져 있는 것이 보였다. 양이나 염소의 것으로 보이는 발자국도 죽 나있는 걸 봐선 어딘가 인가가 있을 것 같아 그 자국을 따라 걷기로 했다.

그렇게 아끼고 안 먹었던 물이 밤사이에 병째로 꽁꽁 얼어붙어서 먹을 수도 없고 걸어도 걸어도 끝이 없는 광야의 낮과 밤이 사흘째 바뀌었건만 우리를 맞아준다던 몽골 시가는 나타나지 않았다.

얼마쯤 앞쪽에 여벌로 가지고 떠났던 검은 바지로 목과 얼굴을 칭칭 둘러 감아 복면한 강도 같은 모습의 키다리 송천이가 긴 다리를 어슬렁거리고 있었다. 오른쪽 저 어딘가에는 아득하게 꼬맹이 초연이가 울고 울어서 얼룩진 눈물자국이 얼어붙은 얼굴을 싸쥐고 쭈그리고 앉은 모습이 보였다.

송천이 가까이 왼쪽에는 푸른색 티셔츠로 목을 감싸고 쓰러졌던 혜주가 몸을 일으켜 옹송그리고 앉았다. 그는 버리지 않고 애써 건사했던 모

래가 잔뜩 묻은 일회용 컵을 곱아드는 손으로 배낭지갑에서 *끄집어냈다.*
그것이나마 버리지 않은 것이 다행이었다. 혜주는 자기의 체내에서 방울
져 내리는 따끈따끈한 소변을 받아 마셨다.

"아……. 달다."

…….

내 팔에 의지하여 매달려 오시다가 끝내 늘어져 내리시는 할머니를 내
려다보았다. 처음엔 내가 할머니의 손과 팔을 잡아주었건만 이제는 당신
이 붙든 내 손을 마치 명줄이 걸린 듯 놓아주지 않으셨다. 어쩌면 내 팔
을 놓는 순간 그만 생이 끝나실 것 같아 그랬을지 모른다. 가까스로 어르
신을 떼어내어 배낭을 머리에 두고 모래톱에 눕혀드렸다.

아침 해가 솟아올랐다.

아침 해가 솟아오른 사막의 아침은 처음 보는지라 생소했다.

하나의 둥근 밥상 같은 큰 원반 위에 우리 다섯이 서 있었다.

푸르고 하얀 구름이 우리 주위의 땅 끝과 하늘 사이에 동그란 원을 긋
고 있었다.

우리가 지구의 중심에 서 있는 듯 원반이 끝나는 가장자리는 눈으로
볼 때 한걸음에 닿을 수 있을 것 같았다. 한 5리 안팎으로밖에 안 보이고
이제 지구의 끝인 듯 가까이 보였다.

땅이 끝나는 하늘 밑 그 낭떠러지 어딘가에 있을 한국이라는 우리나라
의 절반 땅을 향해 한 걸음 한 걸음 다가가는데 다리야 너만 가고 내 몸
과 눈은 그대로 있는 것인지……

아무리 안간힘을 쓰고 걷고 걸어도 우리는 또다시 하얀 하늘 띠를 두
른 원반의 가운데 갇혀 있었다.

굶주린 배는 감각을 잃고 눈앞은 가물가물, 식은땀이 흐르던 내 몸은

찬바람에 마르고 터서 영혼의 조각들이 흩어져 제각기 딴 길로 가고 있는 듯…….

앞에 쓰러져 자고 있는지 인기척이 없던 송천이의 그림자가 나에게 손을 흔들고 있었다. 눈을 떠 보니 먼 곳에 가물가물 뭔가 보이는 것이 있었다.

"누나. 저기 인가가 보여요! 무슨 보초막 같기도 하고 짐승 우리 같기도 한데."

황량한 허허벌판에 마른 풀로 이엉을 한 집 같은 것이 보이고 양 옆에는 멀리까지 내다볼 수 있게 지어놓은 원두막 같은 보초막이 보였다.

'아, 이제 살았구나.'

유혹인지 희망인지 알 수 없지만 앞에서 손 저어 부르는 곳은 구원이 분명한 것 같았다.

"그런데 여기가 아직 내몽고 땅이라면."

"제 생각엔 우리가 방향을 잘못 잡았으면 우린 아직 중국입니다."

송천이의 말대로라면 우린 아직 중국 땅을 못 벗어났다. 하지만 오히려 잡혀가는 길을 택하는 게 살 길일 수도 있을 만큼 이제 우린 너무 지쳐 있었다.

할 수 없다 저 집에 들어 갈 수밖에.

"초연아 조금만 더 힘을 내……. 저기 가면 물이 있을 거야."

나는 늘어진 초연을 일으켜 세우고 떨어진 할머니를 돌아보았지만 이제 어르신은 아득히 먼 곳에서 보이지조차 않았다.

중국말이 통했다.

밭고랑처럼 줄줄이 패인 이마를 내놓고는 까만 눈썹에 덕지덕지 기른 수염투성이, 까맣게 햇볕에 탄 얼굴, 이젠 반생을 족히 넘겼을 중년의 늙은이가 우리를 맞아주었다. 이런 인적 드문 광야에 나타난 우리를 늘 오는 손님처럼 침착하게 맞는 그의 무표정하고 엄한 얼굴에서 무엇인가 께름칙하고 섬뜩함을 느꼈다.

그러고 보니 나도 이곳 내몽고 땅을 스쳐가다 죽어간 탈북자들의 소식을 언젠가 한국 TV에서 본 것 같았다. 더구나 펑퍼짐한 몸매에 꼬질꼬질한 주홍 다부산자[23]를 걸친 차림새와는 어울리지 않는 주인 여자의 수선떠는 모습은 더 수상했다. 하지만 금방이라도 쓰러질 정도라 느낌 같은 것은 이미 뒷전이었다.

더운 차를 한 잔씩 대접하고 세숫물을 데워 주는 걸 봐선 그들은 우리가 자기들에게 이가 될지 해가 될지 떠보는 듯했다.

나는 그 집 아들에게 부탁하여 우선 멀리 떨어지신 할머니를 오토바이로 실어 오도록 하고 방을 한 칸 빌려달라고 했다.

우리 일행은 그 중국인들이 내준 헛간 비슷한 다락방에 올라 다들 죽은 듯이 쓰러져 잠이 들었다.

얼마나 시간이 지났을까…….

몸과 맘이 조금씩 안정되자 우리는 기름에 튀긴 밀가루 과자를 내놓는 주인 여자에게 여기가 어디냐고 물어 보았다.

아뿔싸, 아직 중국 내몽고라고 한다.

브로커들이 한 시간이면 닿을 수 있다던 몽골은 사흘씩 해가 뜨고 사흘씩 해가 졌건만 아직도 몽골에 들어서지 못한 걸 보면 우리가 중국 국경을 돌고 있는 것 같았다.

주인은 여기서 오토바이로 30분이면 몽골에 데려다 줄 수 있다고 말했다. 하지만 정작 쭈뼛거리는 걸 봐서 우리에게 돈을 요구하는 것 같은데 우리에게는 돈이 얼마 없었다. 우리를 안내하던 브로커들은 마지막까지 우리에게 공작상 행선지도 밝힐 수 없다며 비밀에 부치다가 버스에서 마지막 내릴 때 몽골이라고 말해주었을 뿐이었다.

---

23) 중국 민속 의상, 차이나 드레스. 코트처럼 길게 입는다.

"거기 가면 중국 돈이 하나도 필요 없다. 당신들은 이제 걸어서 국경을 넘으면 몽골 돈이 필요하다. 거기서 기다리는 우리 사람들에게 돈을 주어 미리 바꿔 놓고 준비시켰다가 당신들을 대사관이 있는 시내까지 안내할 수 있도록 조직해 준다. 그리고 국경에서는 휴대폰을 쓸 수 없는 것이 우리의 원칙이니 휴대폰을 다 내놓아라."

그들은 그때는 돈이 될 만하던 핸드폰까지 회수하여 우리에게 가장 중요한 통신을 끊어버렸고 돈도 몽땅 빼앗았던 것이다.

'아, 그래서 세상일은 연습이 필요한가 보다.'

연습치고는 가혹한 연습이 시작되었다는 것을 늦게야 깨달았다.

세상에는 수많은 변수가 따른다는 것을 깨닫지 못하고 늘 상대방을 저들만큼 믿어버리는 낙관적인 무지가 인생을 헛 살아온 자들을 또다시 죽음으로 몰아가고 있었던 것이다.

우리가 내놓은 돈이 숙박비도 모자라고 자기들에게 피해를 끼친다고 생각된 주인 내외는 아들을 불렀다. 그리고는 밖에서 수군거리더니 아들이 어디로 떠나가는 부르릉 사이클 소리가 들렸다.

송천이 나에게 말했다.

"누나 아무래도 수상해요. 우리 빨리 이집을 벗어나야 할까 봐요."

"웅, 그래. 빨리 움직이자."

나는 다락방에 곯아떨어진 초연이와 혜주를 급히 흔들어 깨우고 할머니의 허리를 안아 일으켰다. 하지만 이제 더는 걸을 수 없이 지친 몸들을 끌고 어디로 어떻게 가야 할지도 알 수 없었다. 금방 갈 곳이 있다 해도 세상의 낭떠러지까지 다 보이는 듯한 이 허허벌판에서 그들이 따라올 수 없는 곳으로 숨어 버릴 수는 도저히 없다는 것도 알고 있었다.

우리 일행이 운 나쁜 앞날을 점쳐 본 듯한 우울한 기분으로 말없이 여장을 챙기는데 멀리서 벌써 사이렌 소리가 들려왔다. 불운의 그 시간은 기어이 다가오고 말았다.

경찰차에서 열댓 명의 중국 경찰이 쏟아져 내리더니 먼저 남자인 송천이부터 구둣발로 차고 총 개머리판으로 까고 내리찍어서 무차별 폭력을 가해 쓰러 눕혔다…….

비상으로 건사했던 수면제를 다량 복용하고 병원으로 실려 나갔던 혜주가 죽지 않고 돌아온 것은 보름이 지나서였다.

알렌 감옥에 갇혀 있는 동안 혜주는 물 한 모금 밥 한 숟가락도 거부했었다.

"나는 한국 사람입니다!"

"내 남편은 한국 목사님이라구요!"

"우리는 북송되면 다 죽습니다."

그는 울며불며 우리가 북송되면 절대로 안 된다는 것을 경찰에게도 우리에게도 호소하였고 중국 감옥들에 이송되는 기간 내내 히스테리로 발작을 하였다.

나는 그를 안고 늘 말해 주었고 안심시켰다.

"하나님은 절대로 우리를 버리지 않으실 것이야. 우리는 절대 북송되지 않아."

하지만 하나님은 우리 편이 아니었다.

어느 날 아침잠도 깨지 않은 이른 새벽, 일은 일어나고야 말았다.

우리를 지옥으로 부르는 "뻬이쑹!(북송!)" 하는 목소리가 감방 안을 진동시켰다.

"우리는 죽는다. 아홉 명의 가족."

"잊지 말자. 우리 형제들의 원한을!"

알렌 감방의 벽에 낙서했던 우리 동포의 글들을 나는 지금도 잊을 수가 없다…….

혜주가 불려 나간 지 얼마 지나지 않아 그들은 나를 불러내고 성경책 한 권을 내놓았다.

"이것이 누구 것인 줄 아는가?"

혜주를 사랑하던 남한 목사가 혜주에게 선물한 성경이었다.

우리가 감옥에 들어오던 날, 내가 혜주의 배낭에서 꺼내서 운전석 뒤쪽에 던져 넣어버렸던 그 책이 이들 손에 고스란히 넘어올 줄은 생각지 못했다.

나의 얼굴은 그만 시커멓게 죽어 버렸다.

"아는가 물었다!"

갑자기 천장이 무너지는 소리가 꽥 하고 들리고 군관은 책을 들어서 나의 머리를 때렸다.

그리고는 비틀거리는 나의 멱살을 틀어쥐고 무섭게 부릅뜬 눈을 나의 얼굴 가까이 들이댔다.

"누구 것인지 몰라?"

"모릅니다."

"그래 그럼 똑똑히 봐라."

그는 책의 첫 장을 열어 목사의 필체를 펼쳐 보였다.

"사랑하는 혜주에게 하나님의 은총이 함께 하기를. 주남철 목사……."

…….

나와 남자 감방에 있는 송천이가 신혜주는 신을 모르는 사람이고 성경책은 혜주에게 누가 선물해서 가진 것뿐이었다고 증언했으나 혜주는 끝내 예수쟁이로 의심을 받아 독감방으로 끌려갔다.

우리나라 최북단 온성에 살던 혜주의 부모들은 오래전에 중국 장사꾼들에게서 산 반도체라디오로 기독교 방송을 들었다는 이유로 정치범 수용소로 끌려가 세상을 떠났다. 오빠와 함께 손목을 쥐고 도망쳐 두만강을 건넜던 혜주는 스무 살 때에 중국 장사꾼들에게 팔려 오빠와 헤어지게 되었다고 한다.

타향에서 10년을 보냈다는 혜주가 처음 만났을 때부터 원인 모를 불안에 떨고 히스테리 발작을 일으키곤 했던 원인을 알 것 같았다.

혜주는 먼저 가신 부모님의 운명을 알고 있었고 자기가 북한에 잡혀가면 어떤 벌이 기다리고 있다는 것을 잘 알고 있었고 그래서 늘 불안에 떨었던 것이다.

그동안 한국으로 가서 자유를 찾은 하나밖에 없는 오빠를 찾아 헤맸던 것이 그 여자의 죄이다.

혜주는 지금 어디에 살아나 있을까.

35

주여 용서하시옵소서

조그만 감방 샛문으로 무섭게 들여다보는 간수의 눈빛을 이제는 육감으로도 느낄 수 있었다.

매번 겪는 일이지만 언제 불려나갈지 모르는 죄수들은 언제나 불안했다. 하지만 이런 초조한 속에서도 자기 이름이 아니고 다른 사람이 불려나갈 때면 안도의 한숨과 함께 한편으론 부러워하기도 했다. 매도 빨리 맞으라는 말이 이 경우를 뜻하는 것 같았다.

취조 받는 사람들은 울고불고 하다가도 이곳에서의 첫 심문이 끝나면 자기를 데리러 오는 서로 다른 고향의 각 지방보위부 보위원들이 올 때까지는 몸은 불편하고 힘들어도 맘을 놓고 지낼 수 있었다. 그리고 한 두세 달 지나면 몸을 세우지 못하고 허리 꼬부라진 늙은이처럼 오그작거리는 걸음으로 힘들게 몸을 움직여 이곳을 나가 어디론지 사라지곤 했다.

나도 초조하게 기다리며 이렇게 꼬부리고 앉아 있은 지 벌써 일주일이 지났다.

처음에 들어올 적에는 30분을 앉아 있기가 힘들었다. 하지만 이제 허리

다리 대퇴 경추가 고정이 되고 변형이 오는 듯 오전 내내 그리고 오후 내내 조금 몸을 움직이는 밥 먹는 시간과 소변시간을 까딱도 않고 앉아 기다려낼 수 있을 정도로 단련이 되어갔다.

손가락 하나 엉덩이 한번 들썩거려도 보위원의 눈에 띄어 30분씩 일어나 앉았다를 수십 번씩 반복하는 물 펌프 운동이란 벌을 받았다. 그 덕분에 까무러치고 정신병에 걸려 끌려 나간 사람들은 어디 가서 살아나 있을까?

나도 기절하고 쓰러진 적도 몇 번 겪고 나니 수없이 흘러내리던 눈물도 이제 마르고 얼굴은 창백하게 경직되어 갔다.

먼저 끌려나갔던 12살 나는 어린 소녀가 훌쩍거리며 들어와 앉았다.

중국 어디를 돌아다니다 붙잡혀 왔을까? 얼마 전에 어머니와 같이 잡혀 들어온 여자애는 아직 살아돌아갈 길이 있다고 생각하는 것 같았다. 아버지를 만나면 주겠다고 샀다는 홀렁홀렁한 남자 회색 재킷을 누가 뺏기라도 할까봐 늘 작은 몸에 꽁꽁 여미곤 했다.

아직 젊은 아줌마인 어머니 곁에만 꼭 붙어있더니 어머니하고 말을 맞출 수 있다고 어머니를 다른 감방으로 옮겨놓은 후부터는 옆자리에 앉은 나를 친이모나 되는 듯 따르고 있었다.

갑자기 감방 안이 수인들의 속삭임으로 잠시 술렁이는 속에 나도 귓속말로 소곤소곤 물었다.

"금순아, 왜 그래? 울지 마."

"보위원이 내 몸에 손을 넣고 젖이를 막 주물렁…… 내 입안에다 군대가 혀를 넣고……. 가만있으면 살려준다고…… 그랬어요."

옆에 앉은 여인들이 수군거리는 소리가 높아졌다.

"에그 개자슥들이 애도 모르는가 보오."

"저들은 자식들도 없는가 봐요."

격분한 소리들이 웅성거리는 가운데 나는 규정도 잠시 잊은 채 품안에 안겨드는 딸 같은 어린애의 단발머리와 등을 쓸어주며 어찌 달래야 할지를 알지 못했다.

이때다.

"109번 김설아! 일어나!"

나는 내 귀를 의심하며 눈을 들어 감방 문 사이로 보이는 간수의 눈을 바라보았다.

"응 너 너란 말이다! 김설아."

옆으로 가늘게 찢어진 조그맣고 살기 어린 뱁새눈이 핏기 없고 윤기 없는 얼굴에서 맴도는 젊은 보위부 군관이 감옥 소창을 열고 나를 노려보고 있었다.

'아, 분명 내 이름을 불렀구나.'

"네……."

나는 주먹을 쥔 손을 수직으로 꺾어서 머리 위로 들었다가 놓고 일어나려 했다. 그러나 갑자기 몸을 일으키려니 엉덩이가 말을 듣지 않았다.

"일어나 일루 와!"

나는 쥐가 일어나는 부은 다리를 일으켜 한 걸음 한 걸음 무겁게 다가갔다.

"무슨 소란인가?"

"……."

"무슨 말을 했어?"

"말 안 했습니다."

"야. 선생님이 머저리야? 네 주변이 요새 좀 복잡하더라. 말소리 들리는 거 모르는 줄 알았어?"

"……."

"선생님이 널 벼르고 있었지. 반장도 아닌 것이 건방지게."

"……."

"수인규정 셋째에 뭐라고 밝히고 있나?"

"수인은 선생님의 승인 없이 말할 수 없으며 웃으면서 주위를 소란하게 하거나 울어서 환경에 나쁜 영향을 주어서는 안 된다."

"흠 잘 알고 있군. 그럼 넷째는?"

"수인은 다른 수인의 말과 요구를 대신할 수 없다."

"그래 그래 잘 알고 있어……. 그럼 네가 금순이 엄만가?"

"아닙니다."

"금순이 엄마도 아니고. 반장도 아니고. 네가 걔가 우는 일에 웬 참견이지? 여기 바싹 와!"

뭘 하자는 것일까?

나는 두려움에 부르르 떨리는 가슴을 가까스로 진정시키며 감방 문 가까이 한걸음 다가갔다.

"여기 얼굴을 갖다 대!"

뱁새눈 군관이 창살을 가리켰다. 살창이 드문드문 건너간 창문이 열려 있는데 그곳에 얼굴을 가져다 대면 무얼 하자는 것일까?

이 자들은 심심하면 어린 여자 수인들을 불러다 창 곁에 세우고 얼굴을 꼬집고 손을 비틀면서 희롱하는 것을 많이 봐 왔으나 나는 나이 있는 여성이니 그들의 장난감은 못 된다.

군관은 감방 밖인 복도에 그냥 서 있었고 나는 감방 안에 서 있었다.

벌을 세우느라고 수인들의 팔에 수갑을 채우고 높은 살창에 매다는 '비둘기 고문'과 '펌프질' 등은 많이 보아 와서 알고 있었다. 하지만 지금은 무엇을 하려는지 통 알 수가 없었다.

내가 머뭇거리고 섰는데 꽥 하는 소리가 또 한 번 귀청을 때린다.

"야! 빨리 못해."

깜짝 놀라 무의식중에 얼굴을 살창에 갖다 대었다.

"바싹 갖다 대지 못 하가서야?"

나는 얼굴을 엄지손가락 굵기만큼씩 한 차고 선뜻한 철창이 세로로 지나간 곳에 두 귀를 가져다 대고 가슴 조이며 서 있었다.

"바싹!"

"더 바싹!"

남자는 그의 바로 앞에 얼굴 앞면만 살창 넘어 감방 밖으로 나간 내 얼굴에서 눈을 떼지 않은 채 군복 바지 앞섶에서 번들거리는 검은 가죽장갑을 꺼내어 천천히 그리고 침착하게 끼고 있었다.

"매끈한 얼굴이 그냥 있는 게 아직 고생 덜 했군?"

무슨 결전에 나가는 용사마냥 희열까지 느껴질 만큼 의미심장한 회심의 미소를 띠고 있는 붉게 상기된 남자에게서 느낌인지 알 수 없으나 알코올 기운이 풍기는 듯했다.

그는 양손가락을 비벼 장갑을 꼭꼭 맞추어 꼈다.

주먹을 쥔 오른손을 몇 번 왼손바닥에 폼 나게 두드린 남자는 갑자기 창살 안에 끼워 박은 내 얼굴을 향하여 복서 훈련으로 샌드백을 치는 듯한 동작으로 몸을 획 날렸다.

"아······!"

갑자기 눈앞에 보랏빛 별들이 떨어져 내리고 눈 아래쪽에서 빨간 피가 터져 나와 가슴과 허벅지에 뿌려지고 사위를 붉은 빛으로 물들였다.

나는 외마디 비명도 지르지 못한 채 그 자리에 쓰러졌다.

······.

그 순간에 맞은 사람은 아이러니하게도 내가 아닌 다른 나인 것 같았다.

"하나님······. 지금 무슨 짓을 하는지도 모르는 저들이 너무 불쌍합니다. 용서하시옵소서······." 하는 마음의 소리를 들었다.

나는 맞은 나보다 더 무서운 괴성을 지르며 울음을 터트리는 감방 안의 어린애들의 처절한 울부짖음을 들으며 정신을 잃었다.

며칠이 지난 것 같았다.

정신을 차리고 보니 나는 감방 안의 반장 옆의 벽 쪽으로 길게 누웠는데 눈이 푸른 자색으로 팅팅 부어올라서 앞이 잘 보이지 않았다.

나의 얼굴은 잔뜩 부어서 편편하게 번들거리고 머리는 납덩이를 달아놓은 듯 움직일 수 없이 무거웠다. 누군지 찢어진 내 얼굴에 치약을 바르고 찬물 찜질을 해주고 있었다.

언제나 편이 되어 준 나를 엄마처럼 따르던 금순이와 초연이가 걱정스러운 얼굴을 하고 내 손을 꼭 잡아 주고 있었다.

엄마를 잃은 초연이 금순이…… 우리 주나와 여나가 떠오른다.

어이 하다가 이곳까지 왔단 말인가.

시간이 지날수록 차츰 참말로 내가 죄인이 아닐까 하는 착각이 들었다.

그렇지 않은 다음에야 어떻게 이런 모질고 험한 팔자를 타고 날 수가 있단 말인가?

아니 착각이 아니었다.

부모로서 아기들을 건사하지 못하는 죄보다 더한 죄가 어디에 있을까?

너무나 무책임하고 어리석었다. 그래서 지금 받는 것은 내가 당연히 치를 죄가 인지도 모른다.

"얘들아, 참말로 죄 많은 이 엄마를 용서하지 말아라……."

인간이고 싶다

감방 안의 상처는 더 오래 가는 것 같았다.

초연이와 어린애들의 하혈도 한 달 동안 멈추지 못하고 시름시름 계속되었고 이나 빈대, 곰팡이와 세균의 오염으로 성인들도 안 가려운 데가 없었다. 게다가 그 여자가 손을 넣었던 그곳까지 염증이 퍼져 속으로 가려움과 쓰라림이 파고드는데 규정 때문에 몸을 움직이지도 못하여 미칠 것 같은 지경이었다.

게다가 입병까지 퍼져 감옥안의 여자들은 온통 피고름을 물고 앉았다.

내 얼굴의 상처도 한 달 동안 붓고 내리고를 계속하다가 오늘까지 영원히 흉터로 남았다.

하지만 간수들의 학대와 악착스러운 감방생활은 참을 수밖에 다른 도리가 없었다.

그런데 정말 괴롭고 참을 수 없는 것이 있었다.

수인들이 자기들끼리 싸우는 짐승 같은 모습이었다.

게으른 간수들은 사람을 괴롭힐 생각이 있으면 수인들끼리 집단 구타를 시켰다.

서로 대질 심문을 시키다가 맘에 안 들면 모둠 매를 시켰다.

"모두 마주 서라!"

"얼굴 때리기 시작!"

만성 스트레스를 앓고 있는 수인들은 이 기회에 자기들의 기분을 풀어 버리기라도 하려는 듯 성난 맹수마냥 달라붙어 머리끄덩이를 잡고 주먹으로 쥐어박고 발로 차고 물고 뜯고 꼬집고 분이 다 풀릴 때까지 갖은 악을 썼다.

수라장이 되어도 CCTV를 보고 있는 그자들은 말릴 생각을 안 했다. 그만 하라는 소리도 않은 채 모른 체하고 있다가 모두 얻어터지고 피투성이가 되어서 쓰러진 다음에야 질서를 잡았다.

모두 매를 맞아서 실성하고 죽어나간 사람들은 또 얼마인가?

약한 애들은 밥을 몽땅 뺏기고 먹지 못해서 서서히 굶어 죽어갔다.

약한 사람들은 옷이 다 벗겨지고 추워서 덜덜 떨고 있었다.

그날은 김정일의 생일이었다.

그래도 윗분의 생일인 까닭에 두어 숟가락 되던 검은 시래기 보리밥의 밥 수량이 조금 많아지고 밥 위에는 절인지 오래되어 고란내가 지독한 흑색 배추 떡잎이 올라왔다. 그래도 간을 먹어보지 못하던 수인들은 그나마에도 창자가 뒤집히듯 동했고 시큼털털하게 섞여드는 김치 냄새에 더욱 군침이 돋았다.

나에게 누가 "살아오면서 제일 맛있게 먹은 음식은 무엇인가" 물으면 감옥에서 밥 위에 얹어 주던 시큼한 절인 떡잎이었다고 말하겠다.

그런데 이 떡잎 때문에 감옥 안에 대 수라장이 벌어지고 서로 뺏어 먹겠다는 아귀다툼이 벌어졌다. 산속에 사자와 호랑이가 서로 물어뜯고 싸워도 이처럼 스산할 것 같지가 않았다. 사람도 짐승과 꼭 같다는 생각이 들었다.

우리는 그날 앉았다 일어섰다를 수백 번 반복하는 펌프 고문을 받아야 했다.

두 사람이 기절해서 어디론가 끌려나갔다.

그들은 병원으로 갔을까 하늘나라로 갔을까?

어느 날 나는 선생들이 식사하러 사라지고 복도가 조용한 틈을 타서 단단히 맘을 먹고 입을 열었다.

"다들 돌아보지 말고 머리 들지 말고 내말을 들어라……."

순간 뜻밖의 갑작스러운 나의 말에 주위가 삽시에 물을 뿌린 듯 조용해졌다.

나는 식은땀이 흐르는 가물거리는 혼신을 모아 천천히 말을 이었다.

"인간성이 있어서 인간이다. 인간의 본래의 모습은 짐승과 달라서 서로 사랑하고 위하고 아껴주는 선한 본성을 가지고 있는 거다. 그래서 무리가 되어서도 화목하게 살아갈 수 있는 것이다. 그런데 우린 지금 인간성을 상실하고 있다. 이 감옥 안에서 짐승처럼 살고 있는 것도 원통한데 스스로가 인간임을 포기하고 짐승처럼 되어간다면 우리의 힘든 이 삶이 당연할 수밖에 없지 않느냐?

자기 몸 하나 건사할 수 없이 자유를 상실한 우리가 서로를 위해 해줄 수 있는 것은 아무것도 없다. 우리에게는 나누어 먹을 밥도 벗어줄 옷도 옆 사람 등을 한번 쓸어줄 자유도 없다. 우리는 거울이 없어서 상대방을 바라보면서 자기를 보고 있다. 옆 사람이 작아지고 늙어가고 상처 입은 모습은 내 모습이다.

그렇다면 우린 이 속에서 인간처럼 살 수 있을까?

살 수 있다.

그러기 위해선 나와 똑같은 또 다른 나인 곁의 언니와 동생들에게 상처를 입히지 말아야 할 것이다. 쌍욕으로 모욕하고 남의 것을 뺏고 서로 때려서 상처 입히는 것은 짐승임을 자처하는 짓이 아니냐? 상대 생각을 이해하고 존중하고 할 수 있는 기회가 생기면 말 한마디라도 따뜻이 해주는 것이 서로를 위로하고 인간임을 지켜가는 최소한의 노력이고 배려가 될 것이다."

……

줄을 맞추어 앉은 수인들의 숙인 머리 위로 침묵이라는 공기가 오랫동안 떠돌고 있었다.

나는 매우 심각해진 그들의 뒤통수를 느꼈다.

그들은 내 목소리를 통해서 자기들의 내면의 목소리를 듣고 있는 것 같았다.

다 빼앗기고 남은 것이란 하나도 없는 듯 모조리 포기해 버렸던 스스로를 다시 돌아본다.

그래도 아직 마음이 남아 있고 그것도 살아있다는 것을 느낀 것인지도 모른다.

그 후로 우리 감방은 완전히 다른 곳이 되어버렸다.

그들은 상대를 보면서 부끄러워했고 무척 온순해졌다.

그들은 상대방을 바라보면서 자기 배고플 때 옆 사람의 배고픔을 느꼈고 참고 한 숟가락을 남에게 덜어줄 수 없어도 최소한 남의 밥그릇을 넘겨다보지 않게 되었다.

그들은 싸우고 싶을 때도 주위의 눈치를 보기 시작했다.

힘들어서 육신 속에 쓰러져 죽어가던 인성이 눈을 뜨기 시작했던 것이다.

……

그곳에도 정이 있었다면 누가 믿을까?

그 속에서 살아갈 의미를 느꼈다면 누구도 믿지 않겠지만 나는 그 속에도 인간들이 살고 있다는 것을 느꼈고 어느덧 사람 냄새를 맡게 되었다.

감옥에서 친구도 생겨나고 자유를 찾게되는 날 서로 의지해서 살아가자고 주소도 교환하여 머릿속에 외워서 열심히 저장했다.

물론 우리는 헤어져 나간 다음에는 서로 생사 여부를 전혀 알 수 없을 것이다. 그래도……

인생은 그것이 행복한 자의 것이든 가혹한 자의 것이든 같이 있는 시간이 만드는 것 같다. 미운 정 고운정이라고 하는 것 말이다.

그 후 나를 때린 군인은 이상하게도 나를 배려하기 시작했다.

어쩌면 그는 나를 때린 것을 후회하고 있는 것인지도 몰랐다.

어느 날인가 나를 반장으로 임명하더니 밥을 한 그릇씩 더 들여오기 시작했다.

또 어느 날인가는 지금 있는 것들보다 조금 깨끗한 모포 한 장을 깔고 앉으라고 넣어주었고 선생들이 먹다버린 두부 반 모를 국물째 나의 밥그릇에 쏟아 넣어주었다.

"호실장 한 그릇 더 먹어." 입안으로 침을 뱉듯 씨부렁거리는 말투였지만 우리 수인 형제들에게는 참으로 너무도 놀랍고 신선하게 들린다. 지옥 같은 곳에도 대우가 있다니!

놀랍게도 그의 아이러니한 인간적인 대우는 수인들에게 막연하게나마 희망으로 다가왔다.

나보다 열 살이나 아래로 보이는 그 자는 취조시간에 나를 불러놓고 젊은 목소리에 일부러 어른스런 무게를 잡고 나를 생각하는 듯 말했다.

"설아. 너를 보면 어딘가 모르게 종교 냄새가 나거든. 선생들에게 듣자니 네 소지품에 있던 양말이랑 옷가지들을 수인들에게 다 나누어 주라고 했다면서. 넌 네 앞날이 전혀 걱정도 안 되나? 살기를 포기한 건 아닐 텐데 말이지……. 흐흐……. 어쩜 그렇게 구태의연할 수가 있냐 그 말이다?"

그는 한국 상품을 의미하는 '코리아'라는 타원형의 바둑알만 한 빨간 종이딱지가 그대로 붙어있는 크고 잘 익은 사과 한 알을 들고 손끝으로 돌리며 나에게 한마디씩 느리게 천천히 이어 나갔다.

"하나 물어보자. 나에게 숨김없이 말해야 해. 너희들은 중국에 가서 남조선 놈들과도 만나봤을 테고 텔레비전도 보았을 테니 중국이 얼마나 잘 살고 남조선이 어떻다는 거 다 알갔디? 우리나라하고 대비하면 어때?"

나의 시선은 보위원의 말보다도 보위원이 들고 있는 한국 사과와 그자의 의자 옆에 뒹구는 한국 라면박스에 가 있었다.

나는 중국에서 텔레비전과 신문 라디오를 통하여 용천 폭파사건 때를 전후하여 한국에서 물심양면으로 지원한 식량원조 등 구호물자들이 신의주 세관을 거쳐 이곳 단동으로 많이 들어왔다는 것을 잘 알고 있었다.

남한사람들의 구호물자가 국민들에게는 얼마나 돌아갔는지는 알 수 없지만 그 원조품의 많은 양을 보위부에서 치부하고 있었던 것이다.

국민에게 돌아가야 할 한국과 외국의 인도적인 원조물자들로 배를 채우면서 "철천지 원쑤 미제 승냥이들의 앞잡이"라고 남한을 모욕하고 안기부에서 넘어온 간첩을 잡는다고 난데없이 배고파 월경한 사람들의 죄를 묻고 있다는 것이 참으로 기막힐 뿐이었다.

"빨리 말 안 해?"

갑자기 큰소리에 놀란 나는 생각을 멈추고 입을 열었다.

"솔직히 말해도 됩니까?"

"음 편히 말해."

"이건 제 생각이 아니고 중국 사람들이 말하는 겁니다. 중국은 우리나라에 비해서 20년 앞섰다고 합니다. 그리고 남조선은 못 가보았으니 저는 잘 모릅니다만. 듣자니 중국은 남조선에 비해 40년 뒤떨어졌다고 합니다.”

“그럼 우리나라가 남조선에게 60년 후졌다는 소리군?”

차분히 다스리는 듯 질문을 천천히 들이대다가도 돌변해 매를 들곤 하는 이 자들을 잘 알고 있는 나는 당장 무슨 일을 낼 것처럼 까박을 붙이는 보위원에게 서둘러 변명했다.

“아닙니다. 그들이 큰소리치느라고 하는 소리입니다. 뭐, 그렇기야 하겠습니까.”

그는 이러는 내가 재미있다는 듯 금방 얼굴에 조소하는 웃음을 띠더니 이어서 담배를 한 대 피워 물고 연기로 동그라미를 뿜으며 혀를 끌끌 찼다.

그도 무엇인가 세상 밖을 좀 느꼈고 호기심이 있는 듯했다.

“네가 아무리 여기서 잘난 체해도 여기서 살아 돌아가려면 빨리 너의 모든 것을 자백하는 수밖에 없다. 누구도 너를 도와주지는 못한다. 바로 너만이 너를 건질 수 있는 거다. 현명한 자는 빨리 분다. 네 죄가 살아날 수 있는 죄인지 알아봐야 하겠지만 여기 너무 오래 앉아 있으면 어떻게 되는지 알지?

처음엔 골반이 다 무너진다. 그리고 꼬리뼈가 삐어져 나오지, 다리는 오리 다리가 될 거다. 허리는 꼬부랑 할머니가 되고 키가 요만짝한 어린애보다도 더 작게 쪼그라들지. 그렇게 된 다음에도 살고 싶을까?”

남자는 앉은 자리에서 손을 자기 허리에 가져가 맞추고 7~8세 나는 어린애의 키만큼 가리켰다. 그렇게 되기 전에 빨리 반성하라는 말이다. 살기가 번뜩이던 군관의 모습은 날이 갈수록 사뭇 걱정하고 생각하는 척 실눈은 더 찌푸러뜨렸다.

그의 말대로 내가 살 수 있는 길은 빨리 이곳을 벗어나 다른 곳으로 이관 되는 것이다.

그곳이 전깃줄이 머리 위로 건너간 무서운 독방일 수도 있었다.

그곳이 인분덩이를 맨손으로 주워담고 통나무를 들지 못해 쓰러지다가 치어 죽는 무서운 노동단련대일 수도 있었다.

흙 지렁이와 쥐를 잡아먹고 배탈이 나서 죽어가는 요덕과 증산의 교화소일 수도 있었다.

그리고 안타깝게도 영원히 못나오는 정치범 수용소일 수도 있었다.

(실제 나는 그 후 이 모든 것을 겪지 않을 수 없었다. 3년 후 감옥 문을 나올 때 수감될 당시 50kg이던 내 몸은 26kg으로 뼈에 가죽만 주굴 주굴 씌워 있어 개 한 마리보다 더 작았고 얼고 트고 데고 곪고 뜯기고 한 손발은 지금껏 허물투성이다. 수감될 당시 실제 나이보다 10년은 젊어 보여 30세도 안 되어 보이던 모습은 너무 늙어서 60세처럼 보였고 보는 사람마다 "할머니"라고 불렀다. 그러니 감옥에서 나의 3년은 30년보다 더 길었던 셈이다.)

그의 말이 맞다.

이미 내 몸은 내 것이 아니고 그들의 것인 이상 그 나날들을 빨리 맞고 보내려면 하루 빨리 자백하고 결론을 이끌어 내야 할 것이다.

하지만 무엇을 자백하란 말인가?

슬프게 떠나간 북계리의 사랑

나는 그를 통해서 내 정체를 조사하기 위해 신원조회 하는 과정에 사방에다 알아본 국내 가족들의 그 후 얘기를 들을 수 있었다.

아버님이 돌아가신 후 오빠는 다시 복직되어 평양으로 올라갔다.

빨간 집안의 뿌리 깊은 충성심은 온갖 시련을 이겨 내고 다시 회복기에 들어섰다. 조카 서현이는 평양 음악무용대학 피아노 학과에서 그리고 영현이는 제 아버지인 나의 오빠 설홍을 닮아 그림을 그린다고 한다.

내가 행불로 되어 있어 자연 이혼된 후 힘들어진 남편은 애들을 다시 나의 친정으로 돌려보냈다. 애들의 양육을 미리 포기한 덕분에 다행히 애들은 외가댁에 보내져 늙은 어머니가 맡아서 키우고 계셨다.

못난 딸을 두서서 10년이 지난 아직까지 고생을 하시는 어머니에게 정말로 미안하다.

그 후 내가 그렇게도 살리려고 애썼던 남편은 끝내 그와 유사한 '일본 귀국자 출신'들이 선행한 운명을 면치 못했다. 그는 무슨 일 때문인지 영 거리라고 하는 정치범 수용소로 끌려갔고 내가 자유를 찾은 지금도 그 속에서 썩어가고 있다.

그와 혼인신고를 하지 못한 아내 영신은 자살했다고 한다.

그녀는 남편이 떠나고 없는 산골 마을의 외딴집에서 아들애 충이와 함께 지내고 있었다.

눈이 펑펑 오던 어느 날 그녀는 충이의 3일 먹을 쌀과 도시락을 싸들고 아랫마을에 살고 있는 친구 아줌마의 집을 찾았다. 그녀는 충이를 맡기면서 어딘가 잠깐 다녀오겠다고 했으나 며칠이 지나도록 돌아오지 않았다.

충이의 집을 찾은 마을사람들은 그가 살려고 애쓴 흔적들에 눈물을 찍었다. 눈이 허리께까지 쌓이고 사람 발길이 닿지 않은 마당가에는 참나무 장작단이 차곡차곡 쌓여있었던 것이다.

집안에는 옷을 깨끗이 차려 입은 충이 어머니가 누워 있었는데 시체는 싸늘하게 식어 있었다.

무하가 꿩을 사냥한다고 건사해 두었던 싸이나 봉지가 옆에서 뒹굴고 있었다고 한다.

검사 결과 그는 임신 6개월이었고 뇌사상태로 사망했다.

그녀의 가슴 아픈 통곡소리가 들려와 내 가슴을 짓누르는 듯하다.

사랑하는 사람과 정치범의 아기를 포기하기까지 그녀가 흘렸을 눈물을 헤아려 본다.

나는 깊은 산골인 북계리 계곡에 서 있는 듯 눈보라 몰아치는 사나운 바람소리를 듣는다.

눈보라 소리에 섞여 간간히 끊어지는 영신의 노랫소리가 들려온다.

사랑하는 사람에게서 배웠다고 그가 곧잘 부르곤 하던 아일랜드 가곡 '아 목동아'이다.

......

그 고운 꽃은 떨어져서 죽고 나 또한 죽어 땅에 묻히면

나 자는 곳을 돌아보아 주며 거룩하다고 불러 주어요

네 고운 목소리를 들으면 내 묻힌 무덤 따뜻하리라

또 네가 나를 사랑하여 주면

네가 올 때까지 내가 잘 자리라

질기고 길었던 슬픈 사랑은 그렇게 갔다······.

네 잎 클로버

모든 것이 묶였다.

나는 원초적인 자유를 잃었다.

짐승도 우리 안에서는 자유롭다.

토끼도 우리 안에서는 먹이를 주면 깡충깡충 뛰어서 좋아하며 풀을 맛있게 먹고 멍에를 지는 소도 우리 안에서는 풀어 놓아 자유롭다.

하지만 나는 앉아서 굳어진 채로 수족과 온갖 말초신경들이 억압을 받아 아무것도 할 수 없고 움직일 수 없다.

하지만 영원히 이곳에 있지는 않을 것이다.

허리를 펴지 못하고 개구멍 같은 문으로 기어나가 기약 없이 떠나버린 감방동료들의 얼굴이 하나씩 떠오른다. 단추와 지퍼들이 다 떨어진 옷 꾸러미들, 이와 빈대들이 버걱버걱한 옷을 서너 달씩 빨아 입지 못하고 둘둘 말아 베고 잔 것이 전부인 초라한 꾸러미를 부둥켜안고 떠나간 눈물이 말라버린 흐린 눈동자들을 잊을 수 없다.

언젠가 나를 부르는 소리도 들리리라.

나도 죽지 않고 살아서 꼭 저 작은 문을 나가리라.

드디어 그날은 왔다.

10월에 체포되어 4개월이 지난 다음해 2월 나는 드디어 신의주 보위부 월경자 집결소의 굳게 닫힌 철문을 나서게 되었다. 어느 날 갑자기 수인 번호를 부르고 질 나쁜 메가폰의 소음이 한참 소란하더니 먼저 간 동료들과 다름없이 "김설아! 소지품을 가지고 나와!" 하는 지옥의 사자 같은 목소리가 구류장에 메아리쳤다.

나는 또다시 지옥의 2층 계단을 내려가게 된 것이다. 고향인 평양 보위부에서 수인들을 호송하러 왔다. 보위부 군관 서넛이 마당가에 나와 서 있고 처음 느끼는 밖의 밝은 기운에 눈이 시어진 나는 주변을 둘러볼 생각도 못하고 규정대로 머리를 떨어뜨린 채 두 팔을 뒤로 하고 무릎을 끌었다. 수인은 나 말고도 30세가 좀 넘을 것 같아 보이는 남자 수인이 한 명 더 있었다. 몹시 남루하고 수척한 모습과는 달리 이목구비가 단정한 모습이 처음 보는 그였지만 웬일인지 혼자보다는 좀 의지가 되었다.

"일어나."

담배를 태워서 손끝이 누렇고 때가 낀 40세 남짓한 짙은 흑갈색 얼굴에 눈이 새까만 군관이 오랫동안 감방에 꿇어 앉아 무릎을 펴지 못하는 나를 부축하여 일으키더니 제법 동정하는 어조로 말을 이었다.

"이제 집으로 가자. 하지만 가면서 사고를 막아야 하기에 너희들을 서로 묶어서 갈 것이다."

그들은 나와 생판 모르는 남자 수인을 나란히 세우고 나의 왼팔과 그의 오른 팔목에 묵직하게 번쩍이는 새 것 같아 보이는 철수갑을 채웠다. 찢어진 티를 둘러 감은 목덜미 사이로 여전히 싸늘한 바람에 눈가루가 날리는 마지막 겨울 추위가 살을 에었다. 다리가 말을 듣지 않고 무지 떨리면서 오한을 느꼈지만 거역할 수 없는 운명에 다시 몸을 맡겼다.

나는 소형버스에 먼저 오르는 남자 수인 손목에 함께 매달린 내 손목에 찢기는 아픔을 느끼며 차에 올랐다. 차창 너머로 멀어지는 신의주 시가를 작별하는 순간이었다.

......

그들은 우리를 집으로 보낸다고 살가운 한 목소리로 달랬지만 그것은 도주를 우려하는 목소리일 뿐 나는 우리가 더 무서운 평양 감옥으로 또 다시 끌려간다는 것을 알고 있었다.

어제는 예수쟁이 두 명이 사형대로 끌려갔다. 나는 사형은 안 받는다 하더라도 적대국가인 남한으로 가려 했다는 이유로 어딘가 정치범수용소로 끌려갈 것이다. 그곳에서는 이렇게 최저 수준으로 허약해진 사람들에게도 고역을 강요할 것이다. 짐승보다 더한 억압이, 이곳보다 더 가혹한 지옥의 B-3층, B-4층이 나를 기다리고 있을 것이다.

하지만 다행히도 한 가지는 아직 내 것이다. 이들은 내 몸을 꽁꽁 묶어 놓을 수 있었지만 내 정신은 묶지 못했다. 생각은 나의 것이다. 할 수 있는 일이 있지 않은가!

가혹한 환경을 이기지 못하고 떠나간 수많은 사람들의 얼굴이 떠오른다. 어제 23세의 젊은 임신부 하나가 중국인의 아기를 배었다는 이유로 걷어차는 보위부 군관의 구둣발에 채여 정신을 잃고 어딘가로 끌려나갔다.

내가 불려나오기에 앞서 오늘 새벽에는 정신병에 걸려 무언가 밤낮으로 소리치며 매달리던 40대 중년 아줌마가 아들 같은 나이 어린 보위원에게 사정없이 맞고 죽어 나갔다......

정신을 차리자. 내가 할 일이 있다. 나에게 기적이 있어 죽지 않고 자유를 찾는다면 배고파 월경했던 이 불쌍하고 무고한 수많은 사람들을 위해서 할 일이 있다.

기억하자……. 비록 펜과 연필은 없어도 잊지 않게 머리에 쓰자.

설아! 네 머리가 컴퓨터일 수도 없고 온갖 수난에 이제는 작은 기억마저도 가물거리지만 그래도 잊을 만할 때마다 열번 백번이라도 더욱 곱씹어 저장하면 되지 않는가?

꼭 살아서 이 사실을 세상에 알려야 한다. 비록 그 세상도 냉정하겠지만 그래도 이 사실을 알려야 지옥 같은 쥐구멍에도 해가 비치는 날이 올 수 있을 것이다.

힘을 내자……. 아직도 태양은 젊다.

묶인 몸으로 바라보이는 차창 너머 뽀얀 눈가루 휘날리는 어딘가……
어린 날에 푸른 풀밭에서 찾아 뜯었던 네 잎 클로버가 나를 부르고 있었다.

2009년 8월 15일 김혜숙